Giving

기빙: 우리 각자의 나눔으로 세상을 바꾸는 법

GIVING: HOW EACH OF US CAN CHANGE THE WORLD
by William Jefferson Clinton

THIS IS A BORZOI BOOK
PUBLISHED BY ALFRED A. KNOPF

Manufactured in the United States of America
First Edition

빌 클린턴

Giving

기빙 : 우리 각자의 나눔으로 세상을 바꾸는 법

빌 클린턴 지음 | 김태훈 옮김

도서출판 물푸레

김태훈은 중앙대학교 문예창작과를 졸업하였으며 프리랜서 작가로 활동하고 있다. 현재 번역가 에이전시 하니브릿지에서 전속번역가로 활동 중이다. 주요 옮긴책으로는 『프리덤 라이터스 다이어리(랜덤하우스코리아)』, 『내마음은 임마꿀레』, 『히어로 프로젝트』, 『코칭 : 풍요로운 삶을 위한 조언』, 『가격 파괴 전략』, 『뮌헨, 1972』, 『여왕처럼 일하는 여자, 하녀처럼 일하는 여자』, 『미래형 리더』등 다수가 있다.

Giving

초판 1쇄 인쇄 | 2007년 12월 10일
초판 5쇄 인쇄 | 2007년 12월 22일

펴낸이 | 우문식
지은이 | 빌 클린턴
옮긴이 | 김태훈
펴낸곳 | 도서출판 물푸레
등록번호 | 제 1072-25호
등록일자 | 1994년 11월 11일

주소 | 경기도 안양시 동안구 호계 1동 950-51
전화 | (031)453-3211
전송 | (031)458-0097
www.mulpure.com

책에 관한 문의는 mpr@mulpure.com으로 해주시기 바랍니다.
값 12,000원

ISBN 978-89-8110-249-4 03840

클린턴재단과 도서관, 사회봉사 대학원의 헌신적인 직원과
자원봉사자, 파트너, 전 세계 후원자분들에게 그리고 레소토에서
우리 재단의 에이즈 퇴치활동을 위해 봉사하다 돌아가신 훌륭한 네덜란드 간호사
엘렌 페르베이 씨의 영전에 이 책을 바칩니다.

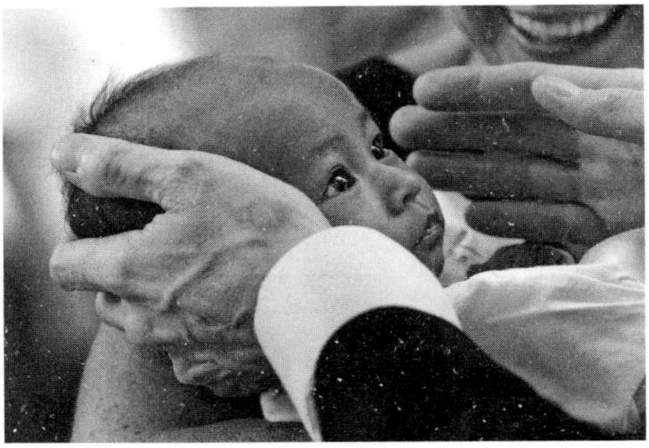

예쁜 얼굴과 초롱초롱한 눈망울을 담고 있는 이 사진의 아기는
HIV(인체 면역결핍 바이러스)를 갖고 태어난 캄보디아 고아인 바실(Basil)이다.
생후 한 달만에 엄마를 잃은 바실은 HIV와 결핵을 함께 앓고 있었다.
클린턴재단에 소속된 담당의사는 소아용 에이즈 치료약으로 바실을 치료했다.
다행히 바실은 좋은 경과를 보이면서 체중도 불었고,
사진에서 보다시피 생후 10개월된 현재는 건강한 모습이 되었다.
이제 바실에게는 새로운 삶의 기회가 생겼다.

●●● 목차

머리글 7

1장… 나눔을 위해 발 벗고 나서는 사람들 13

2장… 부의 나눔 25

3장… 시간의 나눔 48

4장… 물건의 나눔 75

5장… 기술의 나눔 92

6장… 화해와 새 출발의 선물 113

7장… 계속 이어지는 나눔의 선물 138

8장… 나눔의 모델 147

9장… 좋은 아이디어의 나눔 172

10장… 공공선을 위해 조직된 시장을 통한 나눔 190

11장… 비영리시장 조직을 통한 나눔 222

12장… 정부가 할 수 있는 나눔 230

13장… 얼마나 나누어야 하며 그 이유는 무엇인가 254

감사의 말씀 264

참고 자료 267

●●● 머리글

나는 백악관을 떠나면서 남은 인생 동안 나의 시간과 돈 그리고 기술을 가치 있는 일에 써야겠다고 생각했다. 정확히 어떤 일을 해야 할지는 몰랐지만 생명을 구하고 중요한 문제를 해결하며 더 많은 젊은이들이 꿈을 이룰 기회를 얻도록 도와주고 싶었다. 국민들이 내게 불가능해 보였던 멋진 인생을 선사했고, 내 삶의 대부분을 바쳤던 정치가 결국은 어떤 것을 '얻어내는' 일이기 때문에 나는 그래야만 한다는 의무감을 느꼈다.

정치를 하려면 끊임없이 정신적 후원과 물질적 지원 그리고 표를 얻어 내야 한다. 정치가가 국민을 잘 섬기면 합당한 거래가 이루어진 것이겠지만, 그보다 더 많은 기여를 해야 마땅하다는 생각이 없으면, 분별 있는 사람들은 나만큼 오래 정치를 하지 못했을 것이다. 사실 나는 그런 일을 즐겼다. 보람을 느끼며 충만한 삶을 사는 운 좋은 사람들처럼 나 역시 가족을 돌보고 친구나 가족들과 함께 하는 일 외에도 어린 아이들이 일찍 생을 마감하고 꿈을 이룰 기회를 잃지 않도록 돕는 일이 정말 중요하다는 생각을 가지게 되었다. 2004년에 심장마비로 목숨을 잃을 뻔한 고비를 겨우 넘긴 후로 그런 생각은 더욱 강해졌다.

그 생각은 살아오는 동안 직접 목격하면서 때로 당연시했던 많은 봉사활동들을 더욱 소중하게 받아들이게 만들었고, 이 책에 일부 경과를 정리한 여러가지 사회활동 계획으로 이어졌다. 그리고 수입과 여유 시간, 나이 그리고 기술에 상관없이 거의 모든 사람들이 다른 사람을 도울 수 있으며, 그 과정에서 우리가 딛고 선 인간성의 터전을 더욱 굳게 다질 수 있다는 확신을 갖게 되었다.

나와 같은 세대의 많은 미국인들처럼 나 역시 십일조를 통해 다른 사람을 돕도록 가르치는 교회에서 처음 나눔이 무엇인지 배웠다. 내 또래의 아이들은 소아마비환자들을 위한 모금활동에 작은 정성을 보탰다. 나는 1958년에 인종분리정책에 맞서 싸우다가 센트럴고등학교(Central High School)가 폐교 조치를 당했을 때, 빌리 그래험(Billy Graham) 목사가 리틀록(Little Rock)에서 인종화합을 역설하는 모습을 보고 나서 몇 달간 그의 교회에 용돈의 일부를 기부했다. 십대 시절에는 학교 차원에서 하는 일반적인 자원봉사를 했고 추수감사절과 크리스마스 기간에는 불우한 사람들을 도왔다.

조지타운대학(Georgetown University)에 들어간 후에는 워싱턴 DC의 빈민가에서 가끔씩 봉사활동을 하긴 했지만 대부분의 자유시간을 친구들과 어울리거나 대학생활을 즐기는 데 썼다. 그나마 옥스포드와 예일 법대에서 마지막 2년간의 대학시절을 보낼 때는 정치에 푹 빠진 나머지 다른 일에 신경쓸 겨를이 없었다.

이후 법학을 가르치기 위하여 고향인 아칸소로 돌아온 나는 무료법률상담을 하면서 관심을 가졌던 사회문제에 조금씩 참여하기 시작했다. 주지사로 일하던 기간에는 수입의 10퍼센트를 교회와 모교 그리고 학대받는 여성과 아이들을 위한 보호소 설립과 같은 의미 있는 프로젝트에 기부하려고 노력했다. 그러나 1974년 이후로 줄곧 정치에 몸담아 왔기 때문에 다른 일에는 많은 시간을 들이지 않았다.

힐러리는 나와 달랐다. 법대에서 처음 만날 당시 그녀는 가난한 사람들에게 법률자문서비스를 제공하는 지역 프로젝트에 가담하고 있었다. 또한 예일아동연구센터(Yale Child Study Center)와 대학병원에서 따로 1년 동안 아동문제를 연구하기도 했다. 그녀는 대학 졸업 후 높은 연봉을 받는 번듯한 법률회사가 아니라 가난한 아이들을 돕는 아동보호기금(Children' s Defense Fund)에서 일하기로 결정했다. 나중에 나와 함께 아칸소로 와서 법학을 가르칠 때에도 법률상담소와 교도소 프로젝트를 운영했다. 결혼 후 함께 리틀록으로 옮겨서 내가 주 법무장관과 주지사로 일하던 기간에 그녀는 아칸소 아동 및 가족지원단체(Arkansas Advocates for Children and Families)를 공동설립하고, 아동병원의 이사회에서 일하면서 기금모금 활동을 도왔다(아칸소아동병원은 인구가 280만밖에 안 되는 주에 있음에도 불구하고 미국 내 10위권에 들어가는 규모를 갖추게 되었다). 이외에도 가난한 가족들을 위해 이스라엘에서 뛰어난 아동교육 프로그램을 도입했고, 소도시와 농촌지역에 사는 사람들에게 보건혜택을 제공하기 위한 특별전담팀과 학교교육의 수준을 높이기 위해 설립된 위원회를 이끌었으며, 미국 법률가협회(American Bar Association)의 여성분과에서도 활동했다. 그녀는 본업인 변호사 일을 하고 교회활동에 적극적으로 참여하며 우리 딸 첼시(Chelsea)의 학교생활을 일일이 챙기면서도 앞서 말한 모든 자원봉사활동을 위해 어떻게든 시간을 냈다. 이처럼 아내는 공직자가 아니라도 공동체에 기여하는 일이 어떤 것인지 보여 준 첫 번째 본보기였다.

현재 우리 두 사람은 서로 뒤바뀐 입장에 있다. 이제는 내가 시민으로서 사회봉사에 나서고 있으며, 나 역시 사람에게서 가장 큰 보람을 얻는다. 이 책의 표지와 속지에 실린 사진을 보면 그 말이 무슨 뜻인지 알 수 있다. 이 사진은 HIV(인체 면역결핍 바이러스)를 갖고 태어난 캄보디아 고아의 예쁜 얼굴과 초롱초롱한 눈망울을 담고 있다. 사진에 찍힌 아기는 생후 10개월된 바실(Basil)이다. 태어난 지 한 달 만에 엄마를 잃은 바실은 HIV 양성 판정을 받은 아기들을 돌보는 '캄보디아 아이들을 위한 새 희망(New Hope for Cambodian Children)' 이라는 단체에 맡겨졌다. 당시 생후 6주였던 바실은 HIV와 결핵을 함께 앓고 있었다. 클린턴재단에 소속된 담당의사는 소아용 에이즈 치료약으로 바실을 치료했다. 그 약은 우리 재단의 의료활동을 후원하는 국제의약품구매기구(UNITAID)에서 제공한 것이었다. 다행히 바실은 좋은 경과를 보이면서 체중도 불었고, 사진에서 보다시피 현재는 건강한 모습이 되었다. 이제 바실에게는 삶의 기회가 생겼다. 대개 우리는 다른 사람에게 기회밖에 줄 수 없지만, 그것이 세상을 크게 변화시키기도 한다.

나는 가능한 모든 것을 세상과 나누자고 말하기 위하여 이 책을 썼다. 누구나 세상에 기여할 수 있는 부분이 있다. 우리가 사는 동네에, 그리고 전 세계에 모두 함께 나서서 해야 할 일들이 너무나 많다. 나눔은 언제 시작해도 결코 늦거나 이르지 않다. 여러분은 이 책에서 나이와 재산, 교육 정도가 제각각인 다양한 봉사자들을 만나게 될 것이다. 또한 혁신적인 단체와 시간 및 돈을 나누는 새로운 방법 그리고 전통적인 개인 차원의 나눔과 봉사에 대해 읽게 될 것이다. 아마 그 중에는 여러분이 닮고 싶은 사람이나 참가하고 싶은 단체, 성원하고 싶은 회사, 스스로 시작하고 싶은 프로젝트가 있을 것이다.

미국과 전 세계에 걸쳐서 훌륭한 일을 하는 수백만의 개인과 단체를 모두 소개하는 것은 불가능하다. 그래서 대부분 우리 재단을 통해서 개인적으로 알게 된 사람들을 소개할 수밖에 없었지만 모든 사람이 나눌 수 있고, 또 나누어야 한다는 사실을 납득시킬 만큼 폭넓고 대표적인 사례가 되었기를 바란다.

잘 알려진 빌 게이츠(Bill Gates)부터 해변정화운동을 이끈 여섯 살 꼬마 맥켄지 슈타이너(McKenzie Steiner)까지 다양한 봉사자들에 대한 이야기를 읽고 나서 여러분도 스스로 할 수 있는 일이 무엇인지 생각해 보았으면 좋겠다. 이 책에는 여러 봉사단체에 참가하는 법이나 그런 일을 하는 개인과 함께 하는 법 그리고 혼자서 또는 친구나 이웃들과 할 수 있는 봉사활동에 대한 제안이 담겨 있다. 혹시 이 책에서 다루지 않은 특별한 사안에 관심이 있다면 그 분야에 관계된 비정부단체의 웹사이트를 인터넷에서 찾을 수 있을 것이다.

마틴 루터 킹(Martin Luther King)은 "누구나 다른 사람을 섬길 수 있기 때문에 위대해질 수 있다."라고 말했다. 나는 위대한 사람들을 소개하고 여러분도 그 대열에 동참할 것을 촉구하기 위하여 이 책을 썼다.

1

Giving

나눔을 위해 발 벗고 나서는 사람들

지성과 열정은 세상 어디에나 골고루 퍼져 있지만 기회와 지원 그리고 훌륭한 사회단체는 그렇지 못하다. 그 결과 수십억 사람들이 삶을 최대한 누릴 기회를 얻지 못하고, 수백만 사람들이 해마다 아까운 목숨을 잃는다.

우리는 서로에게 의존하는 세상에 살고 있기 때문에 다른 사람들이 겪고 있는 문제를 외면할 수 없다. 우리 모두는 테러와 대량학살 무기, 질병의 확산 그리고 기후변화에 따른 잠재적 재난의 위험에서 자유롭지 못하다. 올해 사망한 사람 중 25퍼센트가 에이즈와 결핵, 말라리아 혹은 오염된 물로 인한 질병으로 죽었다는 사실은 우리 아이들의 미래에 어두운 그림자를 드리운다. 가난한 나라의 아이들 1억 명 이상이 학교에 다니지 못하고 있으며, 이런 일이 시정되지 않는 한 해당 국가의 정치적, 사회적 불안은 계속 전 세계에 나쁜 영향을 미칠 것이다.

성장의 과실을 폭넓게 나누지 못했기 때문에 부유한 나라든 가난한 나라든 글로벌 경제에 대한 반감이 높아지고 있다. 세계 인구의 약 절반은 여전히 하루에 2달러 이하의 돈으로 살아간다. 미국은 5년 간 경제가 성장하고 생산성이 증가했으며 기업이윤이 지난 45년 이래 최고를 기록했지만 평균임금은 제자리에 머물렀고, 노동자 가정의 빈곤율과 의료보험에 가입하지 못한 사람들의 비율은 높아졌다. 또한 제조와 서비스 부문에서 늘어나는 아웃소싱은 직업안정성을 악화시켜 왔다. 금세기에 형성된 경제적 이익은 대부분 수입이 상위 10퍼센트에 해당하는 사람들에게 돌아갔다. 이처럼 우리가 누리는 모든 풍요의 이면에는 배고픔에 시달리고, 집과 직장을 잃고, 질병과 장애에 고통 받으며, 사회적 외면으로 절망과 소외감에 빠진 사람들이 있다. 그리고 도움의 손길이 없으면 미처 꿈을 펼쳐 보기도 전에 죽어 갈 아이들이 있다.

현대사회는 많은 축복을 가져오긴 했으나 여전히 불평등하고 불안정하다. 21세기 초반을 살아가는 우리에게 주어진 최대의 사명은 우리의 이웃과 국가 그리고 세상이 기회, 책임, 진정한 소속감을 공유하는 하나된 공동체를 향해 나아가도록 만드는 일이다. 개인적 이익의 차이보다 인간적 가치의 보편성을 더 중시하는 태도는 모든 성공적 공동체의 근본이다.

현대사회에서 부유한 나라와 가난한 나라가 똑같이 직면한 많은 문제는 보다 계몽된 정부정책, 보다 효율적이고 공정한 공공행정, 보다 많은 복지투자 없이는 제대로 해결할 수 없는 것들이다. 효율성이 뛰어난 정부가 국민의 수입을 늘리고, 생활환경을 개선하고, 사회정의를 구현하며, 환경을 깨끗하게 만든다는 사실을 입증하는 많은 근거가 있다. 그러나 정부의 효율성과 관계없이 개인 차원에서 혹은 기업이나 비영리, 비정부단체에서 활동하는 시민들이 다양한 부문에 걸쳐 중대한 기여를 하고 있다. 비정부단체란 공공선을 촉진하기 위하여 시민들이 개인자격으로 모여 만든 단체를 말한다.

나는 2001년에 백악관을 떠나면서 사회봉사재단을 통해 계속 사회에 기여하고, 우리나라와 전 세계가 기아와 질병, 갈등 그리고 기후변화에서 벗어나는 데 도움이 되기를 원했다. 그리고 나의 시간과 경험, 인맥을 활용하여 생명을 구하고, 문제를 해결하며, 더 많은 사람들이 목표를 이루도록 힘이 되고 싶었다.

그 일환으로 클린턴재단(Clinton Foundation)은 2002년에 HIV/에이즈 이니셔티브(HIV/AIDS initiative, CHAI)를 시행하여 진단과 간호 및 치료를 통합하는 효율적인 의료체계를 세우고, 필수적인 항바이러스약품과 검사장비를 최저가에 제공함으로써 개발도상국들이 에이즈 문제에 대응할 수 있도록 돕고 있다.

지난해 나는 이 이니셔티브를 시작한 첫 번째 국가인 바하마에서 절망적인 상태였다가 저렴한 약 덕분에 건강을 되찾은 열여덟 살 소년과 다섯 살난 쌍동이 자매를 다시 만났다. 3년 전에는 에이즈 때문에 너무 아파서 학교까지 업혀 다녀야 했던 아이티 소녀의 사례를 접한 적이 있다. 그 소녀는 우리 재단이 아이티에서 활동을 시작할 때 가장 먼저 약을 제공받았는데, 얼마 전에 한껏 옷을 차려입고서 밝은 표정을 짓고 있는 사진을 보내왔다. 이밖에도 잔지바르(Zanzibar)의 아기들과 중국 운난성의 아이들, 캄보디아의 고아들이 저가약으로 생명을 되찾았다. 현재 우리 재단의 에이즈 이니셔티브는 25개 국가에서 HIV 및 에이즈 환자에 대한 진단과 간호활동을 지원하고 있으며, 별도 계약을 맺은 44개 국가에 저가 치료약과 진단장비를 제공하고 있다. 2007년 중반에는 현재 개발도상국 전체 지원대상자의 3분의 1에 해당하는 약 75만 명이 추가로 혜택을 받게 될 것이다.

우리 재단의 노력은 현재 전 세계에서 개인과 기업 그리고 비정부단체가 추진하는 수만 가지 봉사활동 중 하나에 불과하다. 2005년에 〈타임(TIME)〉지가 빌 게이츠 부부와 보노(Bono)를 올해의 인물로 뽑은 것은 결코 우연이 아니다. 세 사람은 아무런 공직이 없지만 개인적으로 훌륭한 사회봉사활동을 해 왔다. 빌 앤 멀린다 게이츠재단(Bill and Melinda Gates Foundation)은 아프리카와 인도의 보건사업에 10억 달러, 에이즈 백신과 예방약 개발에 수억 달러, 미국 고등학교의 국제적 경쟁력을 높이는 데 17억 달러 이상을 투자하는 등 광범위한 자선사업을 펼치고 있다. 보노는 2000년에 극빈국의 부채탕감을 위해 국제적 운동을 선도했고, 2005년에는 부유한 국가들이 아프리카 국가들에 대해 지원을 두 배로 늘리고 더 많은 부채를 탕감해 주도록 하려는 토니 블레어(Tony Blair) 영국 총리의 노력이 성공하도록 우호적인 여론을 조성했다. 현재

보노는 회원 수백만 명과 함께 미국 국내총생산의 1퍼센트를 기아퇴치 활동에 투자하자는 원 (ONE) 캠페인을 벌이고 있다.

지미 카터(Jimmy Carter) 전 대통령은 퇴임 후 아프리카의 기생충 관련 질병 퇴치활동에 앞장서고, 가난한 나라의 식량자족을 돕고, 인권의 중요성을 알리고, 사랑의 집짓기(Habitat for Humanity)운동을 통해 주택을 제공하며, 민주주의가 정착되지 않은 국가에서 공정한 선거가 이루어지도록 감시활동을 벌인 공로로 2002년에 노벨평화상을 수상했다.

2006년의 노벨평화상 수상자는 가난한 사람들, 특히 97퍼센트가 여성인 대상자들에게 소액대출을 제공하는 그라민은행(Grameen Bank)을 설립하여 선구적 기아퇴치활동을 펼친 무함마드 유누스(Muhammad Yunus)였다. 1인당 연평균소득이 500달러도 안 되는 나라에서, 그라민은행이 1983년 이후로 대출해 준 금액은 거의 7백만 달러에 달했다. 그라민은행의 대출은 보증이나 심지어 계약서도 없이 이루어졌지만 98.3퍼센트라는 놀라운 회수율을 보였다. 덕분에 그라민은행은 설립 이후 3년만 제외하고 줄곧 흑자를 기록했다. 그라민은행은 자체 재원을 이용한 통상이율의 기업대출과 생명보험, 노후대비예금, 주택대출 및 학자금 대출 외에 극빈자들에게 무이자대출을 제공하는데, 이미 대출건수의 60퍼센트 이상이 상환되었다. 이 은행의 대출고객이 사망하는 경우에는 지점장이 직접 장례식에 참가하여 남은 부채가 모두 탕감되었음을 알린다. 그 무엇보다 특기할 만한 점은 2007년 초까지 그라민은행에서 대출받은 사람의 58퍼센트 이상이 빈곤층에서 벗어났다는 사실일 것이다. 그라민은행의 다각적 활동은 방글라데시가 작년에 지속적인 정치혼란 속에서도 6.7퍼센트의 경제성장을 이루는 데 중대한 기여를 했다.

지난 25년 동안 그라민은행의 성공은 전 세계에 걸쳐 많은 사람들에게 영감을 주었다. 1980년대 중반에 힐러리(Hillary)와 나는 그라민은행처럼 지역 내 개인건설업자들에게 소액대출을 제공하여 낙후된 시카고 남부의 낡은 건물들을 재개발하도록 도와준 쇼어은행(Shorebank)을 모델 삼아, 아칸소 교외지역 개발을 위해 소액대출기구를 설립할 기금을 모았다. 나는 대통령으로 재직할 당시에도 의회와 협의하여 미국 내의 소액대출 프로그램을 지원하고, 지역개발은행을 설립하며, 개발도상국에 연간 약 2백만 달러의 소액대출자금을 제공하기 위한 예산을 확보했다.

현재 각국 정부, 은행, 기업, 개인, 비정부단체가 후원하는 소액대출기관들은 해마다 수백만 건의 대출을 제공하고 있다. 게다가 2007년 중반에 영국의 국제개발부는 전 세계 극빈자의 절반을 대상으로 소액대출 및 은행서비스를 제공하겠다는 계획을 발표했다. 한편, 오퍼튜니티 인터내셔널 오스트레일리아(Opportunity International Australia)는 게이츠재단의 지원을 받아 말라위(Malawi)에 있는 소액대출은행의 모든 고객에게 지문인식기능이 탑재된 카드를 제공하여 문맹자라도 안전하게 은행을 이용할 수 있게 했다. 이 카드는 말라위 국민 개개인의 삶을 개선하고, 지역 및 국가경제를 부흥시키기 위한 기반을 다지는 데 큰 도움이 될 것이다.

2004년의 노벨평화상 수상자는 동아프리카 여성으로서 최초로 박사 학위를 받은 케냐의 시민운동가, 왕가리 마타이(Wangari Maathai)였다. 그녀는 아름다운 회고록 『굽힘 없는 의지(Unbowed)』에서 자신의 이야기를 들려 준다. 그녀는 30년 전부터 물과 흙의 보존, 지속가능한 개발, 여성에 대한 기회 제공, 훌륭한 정치 그리고 평화를 위해 나무심기사업을 시작했다. 이 사업은 그린벨트운동(Green Belt Movement)으로 이어져 케냐의 여성들이 3천만 그루가 넘는 나무를 심도록 도왔고, 범아프리카 그린네트워크(Pan African Green Network)로 확대되어 그녀의 환경보존과 공동체건설 활동이 아프리카 전역으로 퍼져 나가는 계기가 되었으며, 궁극적으로는 향후 10년 동안 10억 그루의 나무를 심는다는 목표를 세운 국제 그린벨트운동(Green Belt Movement International)을 탄생시켰다. 최근 마타이는 적극적인 재활용으로 쓰레기를 줄이고, 위기에 처한 콩고 베이신(Basin) 삼림지역의 생태계를 보존하며, 환경보호를 통해 유엔의 밀레니엄 개발목표(Millenium Development Goals)를 달성할 수 있도록 돕자는 운동을 시작했다.

무함마드 유누스와 왕가리 마타이의 업적은 전 세계에서 폭발적으로 증가하는 비정부단체의 활동을 대표한다. 미국의 시민활동은 합중국보다 더 오랜 역사를 갖고 있다. 벤자민 프랭클린(Benjamin Franklin)은 독립헌장이 제정되기 40년 전인 1736년에 필라델피아에서 처음 자원소방대를 조직했다. 또 1835년에 알렉시스 드 토크빌(Alexis de Tocqueville)은 『미국의 민주주의(Democracy in America)』라는 책에서 국가에 의존하는 유럽사람들과 달리 공동의 문제를 해결하기 위하여 자발적으로 모임을 결성하는 미국인들의 열성을 긍정적으로 평가했다. 실제로 적십자(Red Cross)와 유나이티드 웨이(United Way), 주민위원회는 오랜 역사를 가지고 있다.

현재의 추세가 놀라운 점은 수십억 달러의 재원을 가진 게이츠재단부터 가난한 여성들에게 소액대출을 제공하는 인도의 여성자영업연합(Self Employed Women' s Association)까지 전 세계에 걸친 대대적 규모와 동참하는 사람들의 수에 있다.

사회봉사활동이 폭발적으로 증가한 데에는 몇 가지 이유가 있다.

첫째, 냉전 후 처음으로 세계 인구의 대다수가 선거로 구성된 정부를 두고 있으며, 그에 따라 민주사회와 시민운동이 성장할 기회가 많아졌다. 또한 국제적 언론의 등장과 여론에 민감할 수밖에 없는 지도자들의 입장 때문에 비민주적 정부라도 국민들이 사회단체를 조직하는 것을 막는 일이 점점 어려워지고 있다. 내가 대통령이 된 1993년에는 러시아와 중국에 비정부단체가 사실상 존재하지 않았다. 그러나 현재는 블라디미르 푸틴(Vladimir Putin) 대통령이 강하게 규제하는데도 불구하고 러시아에 40만 개 이상의 비정부단체가 생겼다. 중국 역시 정부에 등록된 비정부단체의 수가 거의 28만 개이며, 등록되지 않은 단체는 이보다 두 배에 이를 것으로 예상된다. 간디의 시민운동으로 탄생한 인도에는 50만 개 이상의 비정부단체가 활동하고 있다. 한편 미국 자선단체의 수는

2000년보다 두 배나 늘어난 1백만 개 이상이다. 이들 단체에서 일하는 인원만 해도 전체 근로인구의 7퍼센트인 1,020만 명이나 된다.

둘째, 정보기술의 혁명과 상업의 국제화가 많은 신흥부자들을 낳았다. 현재 백만장자와 억만장자의 수는 그 어느 때보다 많다. 다행히 그들 중 다수는 공동체의 문제를 해결하고, 세상사람들이 빈곤과 질병, 문맹 혹은 집단적 증오로부터 벗어나 생산적이고 평화로우며 충만한 삶을 살 수 있도록 기회를 주는 데 부의 상당 부분을 재투자하고 싶어 한다.

셋째, 인터넷 덕분에 자선활동이 전례 없이 보편화되어 공동의 관심사를 가진 사람들이 상당한 규모의 돈을 모금할 수 있게 되었다. 쓰나미가 동남아시아를 덮쳤을 때 미국인들은 신속하게 10억 달러가 넘는 구호금을 모았다. 당시 미국 전체 가정의 약 30퍼센트가 모금행사에 참여했으며, 그들 중 절반이 인터넷을 통해 기부했다. 다른 선진국에서도 구호금을 모았다. 쓰나미가 덮친 지역에서 휴가를 보내던 자국민들을 잃은 영국, 호주, 뉴질랜드, 스칸디나비아 국가들은 미국보다 더 높은 참여율을 보였다.

카트리나가 멕시코만 연안을 파괴했을 때 조지 W. 부시(George W. Bush) 대통령은 그의 아버지와 나에게 구호금을 모아서 정부의 구호활동에 힘을 보태 달라고 도움을 요청했다. 그로부터 얼마 지나지 않아 나는 힐러리와 함께 연례 주(州)축제에 참가하기 위해 뉴욕으로 갔다. 행사장에서 조카와 함께 걸어가고 있는데 한 여인이 게임부스 뒤에서 나오더니 나에게 50달러를 건넸다. 그녀는 "부시-클린턴 카트리나 기금(Bush-Clinton Katrina Fund)에 보태 주세요. 이렇게 바로 건네서 미안합니다. 인터넷으로 송금하고 싶은데 보시다시피 밖에서 일하다보니 그럴 수가 없네요." 라고 말했다. 그 여자분이 선호했던 인터넷은 몇 년 전만 해도 상상할 수 없는 수단이었다. 내가 대통령이 된 1993년에는 인터넷에 50개의 사이트밖에 없었다. 그러나 퇴임할 무렵에는 사이트의 수가 9백만 개로 늘어났고, 지금은 수억 개에 달한다.

소액을 모아 대규모 자금을 만드는 가장 독특한 사례는 아마 네덜란드의 우편번호 복권일 것이다. 1989년에 시작된 이 복권제도는 두 가지 측면에서 독특하다. 매달 당첨자를 뽑고, 6월에는 특별히 일등 당첨자 외에 당첨지역이 별도로 추첨된다. 당첨지역에서 복권을 산 수천 명의 사람은 전부 당첨금을 나눠 가지게 된다. 더 중요한 사실은 수익금의 50퍼센트가 사회정의, 환경보호, 낙후지역 개발 등의 사회활동에 투자된다는 것이다. 이는 상당히 의미 있는 제도이다. 이 복권의 당첨금은 전통적인 복권보다 적지만 더 많은 사람들이 당첨될 수 있다. 또한 모든 네덜란드 사람들은 복권 수익의 절반이 좋은 일에 쓰인다는 사실을 알고 있다. 2006년의 2억 1,700만 유로를 포함하여 1989년 이후로 우편번호 복권의 수익금으로 국경없는 의사회(Doctors Without Borders), 옥스팜(Oxfam), 세계야생동물기금(World Wildlife Fund), 앰네스티 인터내셔널(Amnesty International), 그린피스(Greenpeace) 등 여러 비정부단체에 지원한 금액은 23억 유로(31억 달러)가 넘는다. 우리 재단의 기후변화 대처활동도 지원금을 받았다.

개발도상국 내 시민사회의 성장과 나눔에 관대한 새로운 부유층의 증가, 소액기부자들의 영향력 확대라는 세 가지 경향은 개발도상국의 정부 및 비정부단체와 협력하여 사회문제 해결에 기여하는 다양한 크기와 목적을 지닌 비정부단체들의 검증된 능력으로 더욱 큰 힘을 발휘하게 되었다. 그러나 국제적 빈곤과 저개발의 상당한 규모와 미국을 포함한 여러 선진국의 여전한 빈곤층 및 기타 사회문제들을 볼 때 비정부단체가 성장할 여지와 그 활동의 필요성은 아직도 엄청나게 크다.

나는 이러한 문제를 해결하는 데 보탬이 되기 위하여 유엔총회가 열릴 무렵인 2005년 9월에 첫 '클린턴 글로벌 이니셔티브(Clinton Global Initiative)'를 열었다. 이 모임에는 전 세계의 정부지도자, 자선사업가, 경영자, 비정부단체의 활동가 등 수백 명이 참가하여 네 가지 국제적 문제를 놓고 해결 방안을 논의했다. 그 네 가지 문제는 기후변화에 대한 대응, 극빈층 구호, 가난한 국가들의 공공서비스 개선 그리고 종교적, 윤리적, 인종적 화합의 촉진이었다. 이 모임의 특이한 점은 참석자들이 사전에 네 가지 문제 중 하나에 시간과 돈을 나누겠다는 확약을 했다는 것이다. 사흘 동안 참석자들은 현안에 대해 열띤 토론을 벌였고, 널리 퍼뜨려야 할 성공적인 사례와 함께 새로운 아이디어들을 모았으며, 특정 분야에 기부할 25억 달러가 넘는 자금을 마련했다. 14명을 제외하고 모든 참석자가 보탠 이 돈은 금액상으로 크고 작은 차이는 있지만 모두 세상을 더 좋은 곳으로 만드는 데 쓰일 것이다.

2006년 9월에 열린 두 번째 모임에서는 빈곤과 싸우고, 건강을 개선하고, 기후변화를 막으며, 화합을 촉진하는 데 쓰일 70억 달러의 자금이 모였다. 참석자 중에는 많은 돈을 보태지 못했지만 너무나 인상적인 의지를 보여 준 사람들도 있었다. 클린턴 글로벌 이니셔티브에서 일하는 직원들은 사회사업가들이 효율적으로 일할 수 있도록 도와주고, 좋은 뜻을 갖고 있지만 후원자를 찾지 못한 사람과 기부하고자 하는 분야에서 믿을 만한 사회사업가를 찾는 사람들을 맺어 준다. 2006년에 열린 모임은 인터넷을 통해 생중계되었다. 이때 시청한 4만 8천 명 중에서 수백 명이 즉석에서 기부금을 내기도 했다. 나는 시민운동가들이 국제적인 네트워크를 형성하여 분열을 극복하고 기회와 책임 그리고 진정한 소속감을 공유하는 공동체를 건설할 수 있도록 최소한 10년은 더 이 모임을 지속시키고 싶다. 여러분도 수없이 많은 방법으로 그런 세상을 만드는 일에 도움을 주는 활동가가 될 수 있다.

2
Giving

부의 나눔

미국 가정의 약 70퍼센트와 전 세계의 점점 더 많은 사람들이 해마다 각종 기부금을 내고 있다. 미국인들은 2006년에 거의 국내총생산의 2퍼센트에 달하는 약 3천억 달러를 종교단체와 관련 활동, 쓰나미와 카트리나 피해 혹은 수술비 마련이 시급한 아이처럼 긴급한 공적 수요, 지역 내 기금모금행사라는 세 가지 주요 범주에 기부했다.

단순한 기부의 차원을 넘어서 자신의 재산을 미국과 다른 나라의 고질적 문제를 해결하는 데 쓰는 사람들도 있다. 이러한 종류의 나눔을 가장 큰 규모로 보여 주는 사례는 당연히 빌 앤 멜린다 게이츠재단이다. 게이츠 부부는 350억 달러가 넘는 돈을 이 재단에 투자하여 미국 공공교육의 질 향상과 가난한 나라의 의료사업 지원, 에이즈와 다른 질병들을 방지하는 새로운 백신 및 예방수단 개발, 극빈층 구호 등 다양한 국제적 문제에 대응하도록 하고 있다. 게이츠재단은 뛰어난 직원 및 신뢰할 수 있는 협력단체들과 함께 많은 후원이 뒤따르는 프로젝트를 추진하고 있다. 세상을 더 좋은 곳으로 만드는 데 기여하겠다는 굳은 의지를 가진 게이츠 부부는 재단의 활동에 적극적으로 참여하기 때문에 여러 현안에 대해 놀랄 정도로 자세히 알고 있다. 빌은 마이크로소프트의 경영에서 손을 떼고 조만간 아내와 함께 재단운영에 전념할 계획이다.

게이츠 부부는 왜 건강과 교육 그리고 개발 분야의 세계적 불평등을 해소하기 위하여 재산과 시간을 나누기로 결정했을까? 빌 게이츠는 2007년 6월 2일에 있었던 하버드대 졸업연설에서 다음과 같이 힘있는 답변을 제시했다.

"모든 사람이 동등한 가치를 지녔다고 믿는다면 아이들의 생명이 다른 취급을 받는다는 사실에 분노할 것입니다. 그리고 '이럴 수는 없어. 하지만 그게 현실이라면 무엇보다 이 일을 먼저 도와야 해.' 라고 생각하게 됩니다.

그래서 우리는 재단을 세우고 일을 시작했습니다. 이 자리에 있는 모든 분들도 제 입장이라면 그렇게 했을 것입니다. 우리는 어떻게 세상이 그 아이들을 죽게 내버려 두는지 궁금했습니다.

그 해답은 간단하고도 냉엄한 것이었습니다. 아이들의 생명을 살리는 일은 아무런 경제적 대가를 기대할 수 없었고, 정부에서도 보조해 주지 않았기 때문입니다. 그래서 시장과 정부에 아무런 힘도 쓸 수 없는 부모들 밑에서 아이들은 죽어 갔던 것입니다.

그러나 여러분과 저는 다릅니다.

보다 창의적인 자본주의를 개발할 수 있다면, 다시 말해서 시장의 힘이 닿는 범위를 넓혀서 더 많은 사람들이 돈을 벌거나 최소한 생계를 유지할 수 있게 하고, 최악의 불평등에 시달리는 사람들을 도울 수 있다면 우리는 시장의 힘이 가난한 사람들에게 더 혜택을 주도록 만들 수 있습니다. 또한 우리는 국민의 세금을 납세자들이 더 중시하는 분야에 쓰도록 세계 각국의 정부를 압박할 수 있습니다.

우리가 기업에게 수익을, 정치가들에게 표를 안겨 주면서 동시에 가난한 사람들까지 도울 수 있는 방법을 찾는다면 세상의 불평등을 줄일 지속적인 수단을 확보하게 될 것입니다.

이 일에는 끝이 없기 때문에 결코 완수할 수 없을 것입니다. 그러나 문제를 해결하려는 의식 있는 노력은 세상을 바꿀 것입니다."

게이츠재단은 불평등을 줄이고, 문제를 파악하여 해결책을 찾고, '아기의 생명을 구하는 일이 그 가족에게 어떤 의미인지 사람들이 느낄 수 있도록' 인간적인 관점에서 활동의 성과를 측정하며, '다른 단체들도 배울 수 있도록' 성공과 실패 사례를 나누어야 한다는 게이츠 부부의 의지가 최대한 반영되는 방향으로 엄청난 재원을 운용한다.

이 간단한 원칙은 모든 사회봉사활동에 적용할 수 있는 훌륭한 기준이다. 물론 실제로 실천하려면 말처럼 쉽지는 않을 것이다. 2000년에 힐러리와 내가 후원한 백악관 자선모임에서 빌 게이츠는 '돈을 벌기보다 쓰기가 더 어렵다' 는 인상적인 말을 했다. 미국의 두 번째 부호인 워렌 버핏(Warren Buffet)은 독특한 방식으로 이 문제를 해결했다. 자기 재산의 상당부분인 300억 달러를 게이츠재단에 맡긴 것이다. 이밖에도 그는 각자 존중할 만한 자선활동을 펼치고 있는 세 자녀의 재단에도 적지 않은 금액을 기부했다. 나는 기부활동을 축하하기 위해 워렌에게 전화를 걸면서 동기가 무엇인지 물었다. 그는 중서부 사람 특유의 솔직하고 실용적인 태도로 "나는 투자자들이 자기가 직접 투자하는 것보다 내가 더 많은 돈을 벌어 줄 것이라고 생각했기 때문에 부자가 되었지요. 마찬가지로 빌과 멀린다는 나보다 내 돈을 더 잘 써 줄 겁니다." 라고 대답했다. 다른 사람이 버핏만큼 부와 명성을 가졌다면 대부분 직접 재단을 세워서 자기 이름으로 기부했을 것이다. 그런 점에서 게이츠 부부의 활동을 본 후 자신의 돈으로 최대한 좋은 일을 많이 하도록 게이츠재단에 위탁한 버핏의 결정은 큰 의미를 지닌다.

첫째 질문에 이어 왜 재산의 거의 전부를 기부하려고 결심했는지 묻자 버핏은 "나의 기부는 아무것도 아닙니다. 내 재산의 1퍼센트도 안되는 돈으로도 필요한 모든 것을 가질 수 있어요. 나는 좋은 시기에 좋은 나라에서 태어났고, 교사나 군인들에 비해 과분한 대가를 받았어요. 그래서 나에겐 아무 의미가 없지만 다른 사람들을 위해 많은 것을 할 수 있는 초과분의 대가를 돌려 주고 있는 것뿐입니다. 내가 정말 존경하는 사람들은 영화비나 외식비용을 아껴서 더 어려운 사람들을 돕는 소액 기부자들이예요." 라고 대답했다. 모든 사람이 버핏처럼 생각하고 행동한다면 아마 우리는 아주 다른 세상에 살게 될 것이다.

버핏과 유사한 인상적인 나눔의 사례는 1980년대 말에 헷지펀드 매니저인 폴 투도 존스(Paul Tudor Jones)가 설립한 로빈훗재단(Robin Hood Foundation)이다. 이 재단은 뉴욕시의 가난한 사람들이 빈곤에서 벗어나도록 돕기 위해 부유한 기부자들로부터 10억 달러가 넘는 기금을 모았다. 거기에는 그럴 만한 충분한 이유가 있었다. 먼저 이 재단은 GE의 CEO 제프리 임멜트(Jeffrey Immelt), 골드만 삭스(Goldman Sachs) 회장 로이드 블랭크페인(Lloyd Blankfein), 지프 브라더즈 투자사(Ziff Brothers Investments) 회장 더크 지프(Dirk Ziff), 엔터테인먼트 기업 경영자 하비 웨인스타인(Harvey Weinstein)과 존 사이키스(John Sykes), 톰 브로코(Tom Brokaw), 다이안 소이어(Diane Sawyer), 기네스 팰트로(Gwyneth Paltrow)로 구성된 인상적인 이사진을 갖고 있었다. 둘째, 이사회 멤버들이 운영비를 전부 감당했기 때문에 모든 기부금은 육아, 교육, 직업 및 경제안정, 생계지원의 네 가지 핵심분야에서 빈곤과 싸우는 데 전적으로 투자되었다. 끝으로 로빈훗재단은 협약학교(Charter School, 공립학교지만 교육위원회의 통제를 받지 않는 초·중등학교-옮긴이)부터 노숙자 주택지원단체, 전과자 직업훈련단체, 할렘 지역 어린이 지원단체까지 후원하는 200개 이상의 단체를 엄격하게 평가한다.

로빈훗재단은 빈곤문제 해결에 가시적인 성과를 내고 싶은 시민들이 있는 모든 도시에서 재현할 수 있고, 또 재현해야 하는 모범이다. 유사한 예로 영국의 비정부단체인 식탁자선신탁(Kitchen Table Charities Trust)은 기금모금이나 자선단체 알선을 통해 다양한 봉사자들에게 나눌 수 있는 기회를 제공한다. 나는 다른 도시에서도 비슷한 단체가 생기기를 희망한다. 샌프란시스코에는 이미 그런 단체가 설립되었다.

영국의 헷지펀드 매니저인 아파드 버손(Arpad Busson)은 '아이들을 위한 무조건적인 보답(ARK:Absolute Return for Kids)'을 세워서 부유한 기부자들이 빈민가 학교의 학력 향상, 남아프리카의 에이즈환자 및 루마니아의 고아를 돕는 자선활동에 기여할 기회를 제공하고 있다. 영국의 자선사업가인 리차드 케어링(Richard Caring) 또한 대규모의 자금을 모아서 어려운 아이들을 보호하고 후원하는 일에 쓰고 있다.

버핏이나 로빈훗재단처럼 믿을만한 단체에 큰 금액을 맡기고 싶은 사람들에게는 오프라 윈프리(Oprah Winfrey)의 천사네트워크(Angel Network)가 좋은 선택이 될 것이다. 오프라는 자신의 높은 명성과 영향력을 이용하여 소액이라도 기부하고자 하는 사람에게 신뢰할 수 있는 단체를 소개할 뿐만 아니라 거기에 대한 책임을 진다. 그녀는 모든 기부금이 '혜택받지 못한 사람들이 자신의 잠재력을 발휘할 수 있게 돕는' 일에 쓰이도록 선정된 단체의 운영과 기금모금에 필요한 모든 비용을 지불한다.

1998년 이후 오프라의 천사네트워크는 5천만 달러가 넘는 기부금을 모았다. 기부자별 액수는 5달러부터 140만 달러까지 다양했으며, 평균 금액은 약 150달러였다. 이 돈은 중국과 아이티를 비롯하여 아프리카와 남아메리카에 있는 13개 국가의 60개 학교를 후원하고, 1,500만 달러의 카트리나 사태 구호금을 전달하고, 수천 명의 가난한 남아프리카 아이들에게 교복과 신발, 학용품을 제공하고, 세 개의 아프리카 국가에서 고아들을 돌보는 지역단체를 지원하며, 내전을 겪은 지역에 있는 여성들이 다시 생활을 꾸리도록 돕는 데 쓰였다. 또한 천사네트워크는 어려운 사람을 돕고, 오프라 북클럽에 선정된 책을 아동들에게 제공하고, 중국과 러시아, 콜롬비아, 멕시코를 비롯하여 카트리나에 피해를 입은 멕시코만 연안과 조지아, 아칸소, 앨라배마 지역에서 봉사활동을 하는 54개의 중소규모 단체에 자원봉사상(Use Your Life Award)을 수여하고 6백만 달러를 지원했다.

이외에도 윈프리는 사재 4천만 달러를 들여서 남아프리카의 여학생들을 돕는 오프라 윈프리 여학생 리더십 아카데미(Oprah Winfrey Leadership Academy for Girls)를 만들기 위한 재단을 설립했다. 이 아카데미는 성적이 우수한데도 가정형편 때문에 학업을 그만두어야 하는 많은 여학생들의 삶을 바꾸어 줄 것이고, 큰 돈을 기부한 사람들에게 자신의 돈이 좋은 일에 쓰이고 있다는 확신을 심어 줄 것이다.

왜 천사네트워크와 오프라 윈프리 아카데미를 세웠는지 묻는 나의 질문에 그녀는 이렇게 대답했다. "내가 받았던 자신의 가치에 대한 깨달음을 되돌려 주고 싶었어요. 모든 사람은 가치 있는 존재가 되기를 원해요. 우리 가족이 정부보조를 받으며 살 때 어느 크리스마스날 음식과 장난감을 갖고 찾아온 세 분의 수녀님들이 내게 그 깨달음을 주었지요. 그 분들이 준 최고의 선물은 장난감이 아니라 친구들이 크리스마스에 무엇을 받았냐고 물어볼 때 거짓말을 하지 않고 장난감을 받았다고 대답할 수 있다는 것이었어요." 이런 이유로 그녀는 천사네트워크를 세웠다. 이번에는 오프라 윈프리 아카데미를 세운 이유를 들어보자. "나는 자상한 선생님들 덕분에 배움의 기회를 얻을 수 있었어요. 그래서 나처럼 가난하지만 마음과 정신은 가난하지 않은 여학생들을 돕고 싶었어요." 그녀는 천사네트워크와 오프라 윈프리 아카데미에 대해 "이 두 가지는 내게 평생 가장 큰 기쁨을 주었어요. 남을 도울 수 있다는 사실이 기쁘지만 사실 그들로부터 상상했던 것보다 훨씬 더 큰 것을 얻었어요."라고 말한다.

오프라는 2008년 초에 ABC에서 기빙(Giving)에 대한 새로운 종류의 리얼리티 프로그램을 선보일 예정이다. 이 프로그램의 이름은 〈The Big Give〉이다. 여기에 출연하는 10명의 도전자들은 돈과 자선임무를 받게 된다. 시청자들은 그들이 기금을 모으고 다른 사람을 위해 쓰는 모습을 지켜 보게 될 것이다. 도전자들 중에서 가장 많은 자선활동을 펼친 사람이 우승자가 된다. 출연자들을 뽑고 있는 오프라는 "아주 독특한 오디션이예요. 우리는 사회에 봉사할 사람들을 찾고 있어요."라고 말한다.

몇 년 전에 오프라가 자신의 토크쇼는 당시 각종 매체를 장식하던 부정적이고 선정적인 내용이 아닌 긍정적인 이야기만을 다루겠다고 선언했을 때 많은 사람들은 시청률이 떨어질 것이라고 생각했다. 하지만 그녀는 미국인들이 더 나은 것을 원한다고 판단했다. 지금까지 그녀의 판단은 옳았다.

봉사활동에 보다 직접적인 참여를 원하는 사람들은 모든 재단운영을 챙기는 게이츠 부부와 자금운용을 일임하는 버핏, 로빈훗재단, 천사네트워크의 기부자들 사이에 해당하는 선택을 할 수 있다. 가족재단을 세워서 어떤 일에 기부할지 직접 결정하는 사람들은 모두 이런 범주에 속한다고 말할 수 있다. 대학과 예술단체, 미국심장협회(American Heart Association)와 같은 주요 건강단체들은 이러한 사람들로부터 많은 재원을 조달한다.

한편 특정한 분야에서 눈에 띄는 변화를 일으키고 싶은 사람들은 직접 비영리단체를 만들어서 무한한 가능성을 누릴 수 있다. 나는 이렇게 만들어진 몇 개의 훌륭한 비영리단체를 직접 만난 적이 있다. 그 중 네 개를 소개하고자 한다.

크리스 혼(Chris Hohn)은 2004년에 런던에서 독특한 헷지펀드를 설립했다. 아동투자펀드(Children' s Investment Fund)라고 이름 붙여진 이 펀드는 수익금의 일부를 산하의 자선단체인 아동투자펀드재단에 기부하도록 되어 있었다. 높은 수익률 덕분에 이 펀드는 이미 10억 달러가 훨씬 넘는 돈을 산하 재단에 기부했다. 이처럼 빠르게 성장하는 재단의 운영은 크리스의 아내인 제이미 쿠퍼-혼(Jamie Cooper-Hohn)이 맡고 있다. 지성과 열정으로 무장한 그녀는 지속적인 영향력을 지닌 전략을 통해 개발도상국에 사는 가난한 아이들의 삶을 개선한다는 재단의 사명을 일관되게 추구하고 있다. 또한 아동투자펀드재단은 HIV/에이즈를 앓는 아이들을 돌보고, 전쟁과 자연재해로 어려움에 처한 가족과 아이들을 돕고, 소액대출운동을 전개하며, 성적 착취에 맞서 싸우는 단체들을 후원하며, 현재는 아프리카의 HIV/에이즈 아동환자들과 다르푸르

(Darfur)에서 위험에 처한 아이들을 돕는 데 주력하고 있다.

2005년에 혼 부부는 우리 재단과 협력관계를 맺고 HIV/에이즈 이니셔티브를 통해 ARV라고 불리우는 항레트로바이러스 약물을 아이들에게 제공하기로 했다. 당시 50만 명이 넘는 15세 미만의 아이들이 해마다 에이즈로 죽어 가고 있었다. 그 중 정부에서 ARV를 지원하는 브라질과 태국에 사는 2만 5천 명을 제외하고 나머지 전체 개발도상국에서 적절한 약물치료를 받는 아이들은 약 1만 명뿐이었다. 다시 말해서 가난한 나라에 사는 아동 에이즈환자가 생명을 구할 약을 제공받을 확률은 20분의 1에 불과했다(성인 환자의 경우는 약 8분의 1이었다). 우리는 성인용 일반 ARV의 연간 구매비용을 139달러까지 낮추는 데 성공했지만 아동용 ARV의 가격은 수요가 적은 탓에 600달러나 되었다. 대부분의 나라는 그만한 비용을 지불할 능력이 없어서 임시방편으로 성인용 약을 절반으로 잘라 사용했지만 그다지 효과를 보지 못했다. 혼 부부는 우리 재단에서 HIV/에이즈 이니셔티브를 주관하는 아이라 매거자이너(Ira Magaziner)와 회의를 가진 후 중국, 인도 그리고 아프리카 여러 국가에 있는 1만 명의 아이들에게 약품을 제공하겠다고 약속함으로써 약물치료를 받는 아이들의 수를 두 배로 늘렸다. 아이라는 아동투자펀드재단에서 기부한 자금으로 높아진 구매력을 이용하여 아동용 약품의 가격을 196달러까지 낮추었으며, 이후로도 늘어난 기부금으로 추가가격인하를 이끌어 냈다. 이처럼 혼 부부의 나눔 덕분에 많은 아이들이 생명을 구하고 더 나은 삶을 살 수 있게 되었다. 혼 부부는 갓 마흔 살이 된 젊은 사람들로서 앞으로 더 큰 일을 하게 될 것이다.

크리스에게 그렇게 큰 돈을 나누는 이유가 무엇인지 묻자 그는 "어느 정도가 지나면 돈은 더 이상의 가치를 잃게 됩니다. 우리 부부의 경우가 그렇지요. 돈은 행복을 가져올 수 없지만 대신 많은 생명을 구하고 삶을 바꿀 수 있어요."라고 대답했다. 그는 필리핀에서 일하던 젊은 시절에 다섯 살 정도밖에 되지 않은 아이들이 먹을거리를 찾아 쓰레기더미를 뒤지는 모습을 보고 아이들을 도와야겠다고 생각했다. 제이미 부부는 아이들이 자라면서 배우는 윤리의식에도 많은 관심을 가지고 있다. 그들은 아이들이 따뜻한 마음으로 다른 사람을 존중하고 배려하는 법을 배워서 좋은 사회를 만들기를 희망하고 있다. 또한 그들은 많은 재산을 모을 수 있었던 이유가 전적으로 자신들의 능력 때문이 아니라 잘 사는 나라에서 좋은 시기에 태어난 덕분이기도 하다면서 그런 행운을 받지 못한 사람들을 도울 윤리적 의무를 느낀다고 말했다. 두 사람은 "모든 삶은 동등한 가치를 갖고 있다."는 게이츠 부부의 생각에 동의하며 거기에 따라 행동하지 않으면 행복할 수 없기 때문에 "부자로 죽기보다 행복한 사람으로 죽기를" 선택했다. "어차피 죽을 때 돈을 안고 가지는 못하잖아요."라는 제이미의 말이 두 사람의 태도를 잘 보여 준다.

35억 달러가 넘는 자산을 운용하는 투자회사인 스털링 스테이모스(Sterling Stamos)는 '좋은 일을 하면서 돈을 번다'는 슬로건 아래 투자와 자선사업을 병행한다. 그들은 해마다 수익의 약 10퍼센트를 사회환원 프로그램에 할당한다. 수석운용역이자 전 최고운영책임자 크리스 스테이모스(Chris Stamos)와 샌프란시스코의 빈민가에 있는 병원에서 의

사로 일하는 바실 스테이모스(Basil Stamos) 형제가 각각 대표와 회장으로서 스털링 스테이모스의 자선사업을 이끌고 있다.

그들이 역점을 두는 분야는 국제보건의료사업이다. 해마다 1천만 명의 아이들이 예방과 치료가 가능한 병으로 죽고 있기 때문에 그들은 국제보건의료사업을 '윤리적 기회' 이자 적절한 투자만 이루어진다면 엄청난 사회적 혜택과 경제적 투자대비수익을 안겨 줄 저평가된 자산으로 보고 있다.

그들이 벌인 첫 번째 국제활동은 동남아시아의 극빈국으로서 HIV 감염률과 유아사망률이 가장 높고, 1970년대 크메르루즈(Khmer Rouge)의 철권통치와 그들이 남긴 지뢰 때문에 수족절단환자들이 많은 캄보디아에 앙코르아동병원(Angkor Hospital for Children)을 짓는 것이었다.

나는 2006년 말에 크리스, 바실 형제와 함께 앙코르아동병원을 방문했다. 그 병원은 비정부단체인 '국경없는 친구(Friends Without a Border)' 가 1999년에 소아과교육병원으로 세운 곳이었다. 스테이모스 형제가 건립에 필요한 대부분의 자금을 후원한 그 병원에서는 매일 300명에서 400명의 아이들이 진료를 받으며, 해마다 약 800명의 보건 공무원과 학생들이 교육을 받는다. 현재 이사장은 외국인이지만 직원의 98퍼센트는 캄보디아인이다. 스테이모스 형제는 우리 재단의 HIV/에이즈 이니셔티브에도 참여하여 우수한 아동용 ARV를 저가에 확보하고 치료활동의 범위를 넓히는 데 기여했다. 그 일환으로 앙코르아동병원은 에이즈를 앓는 370명 이상의 아이들을 돌보며 치료하고 있다.

크리스 스테이모스가 나와 함께 아프리카를 다녀온 후, 스털링 스테이모스는 우리 재단을 통해 르완다에서 봉사활동을 하는 '보건을 위한 파트너들(Partners In Health)' 이라는 단체에 25만 달러를 지원하기도 했다.

스테이모스 형제는 왜 이런 일을 할까? 그들은 분명히 자선활동을 좋아하지만 동시에 그것이 좋은 비즈니스라고 믿는다. 크리스는 이에 대해 "생각은 세상을 바꾸고, '의미' 는 생각의 시장에서 가장 저평가된 자산입니다." 라고 말한다. 그는 회사의 자선사업이 직원들의 사기와 생산성을 높이고, 고객들에게 더 큰 만족감을 주며, 기업 이미지 제고와 지적 자본의 자극을 통해 투자자본을 증가시켜 준다고 설명한다. 혼 부부처럼 아직 젊은 나이인 스테이모스 형제는 아이티와 도미니카 공화국으로 의료봉사활동을 확대하고, 아르키메데스 펀드를 만들어서 현저하게 낮은 수수료로 다른 비정부단체와 가족재단의 자금을 관리하여 자선사업에 쓸 부의 규모를 키운다는 큰 계획을 갖고 있다.

랜스 암스트롱(Lance Armstrong)은 세계적 수준의 의료진뿐만 아니라 자신을 세계 최고의 사이클 선수로 만든 체력과 의지 그리고 긍정적 태도 덕분에 암을 이겨 냈다고 확신한다. 그는 다른 암환자들도 자신과 같이 암을 이겨 내도록 도와주고 싶었다. 그래서 랜스 암스트롱재단(Lance Armstrong Foundation)은 1997년 이후로 수백만 달러를 들여서 미국 전역의 암생존자 지원단체, 어린 암환자들을 돕는 전문단체, 풍요한 희망(Fertile Hope), 캔서케어(CancerCare), 인디언 암생존자 국립사무소(National Office of Native Cancer Survivorship) 등 200개 이상의 협력단체, 암생존자들에 대한 공공보건사업을 강화하려는 질병통제센터(Centers for Disease Control)를 후원하고, 홈페이지를 통해 암환자들에 대한 지원과 교육활동을 전개하며, 암생존자 직접지원프로그램인 리브스트롱 서바이버케어(LIVESTRONG SurvivorCare)를 운영하고 있다. 암스트롱재단은 암스트롱 개인의 기부금과 함께 후원금을 모금하는 만 5천 명의 자원봉사자들과 유명한 노란색의 '리브스트롱' 손목띠를 구매한 사람들의 후원으로 유지되고 있다. 전 세계에 걸쳐 5,500만 명의 사람들이 암환자들을 돕기 위해 리브스트롱 손목띠를 샀다. 암스트롱은 치명적인 병마에 시달렸던 경험을 통해 자신의 부를 나누었을 뿐만 아니라 수백만의 사람들에게 1달러짜리 노란색 손목띠를 삼으로써 암환자들을 도울 기회를 주었다.

이번에는 나이가 많지만 열정과 상상력으로 젊은 사람들에게 절대 뒤지지 않는 활동을 한 사람을 소개하고자 한다. 88세인 루이스 쿨만(Lewis Cullman)은 40년 전에 처음으로 차입매수(Leveraged Buyout: 매수 예정회사의 자본을 담보로 한 차입금에 의한 기업 매수–옮긴이)를 성사시켰다. 미국 최초의 벤처투자자로서 엄청난 부를 쌓은 그는 아내인 도로시(Dorothy)와 함께 살아 있는 동안 대부분의 재산을 남과 나누기로 결심했다. 지금까지 두 사람은 관심을 가진 분야에 2억 달러 이상을 기부했다. 그 중 대다수는 뉴욕공립도서관(New York Public Library), 미국자연사박물관(American Museum of Natural History), 현대미술관(Museum of Modern Art), 신경과학재단(Neuroscience Institute),

인권감시단(Human Rights Watch), 엔터프라이즈재단(Enterprise Foundation), 모교인 예일대(Yale University)처럼 재원이 풍부한 유명 단체였다. 반면 체스 인 더 스쿨즈(Chess-in-the-Schools) 프로그램은 매우 훌륭한 아이디어지만 개인의 후원 없이는 절대 불가능한 전형적인 사례였다.

체스 인 더 스쿨즈는 1986년에 몇 명의 체스애호가들이 체스의 복잡한 규칙과 전략성 그리고 상상력이 학업성적이 나쁜 학생들의 두뇌발달에 도움이 될 것이라는 생각으로 시작한 운동이다. 뉴욕시의 학교들에서 처음 이 프로그램이 실행되었는데 체스강좌를 수료한 학생들은 전국 단위의 읽기능력시험에서 같은 학군에 있는 학생들의 평균 성적뿐만 아니라 전국 평균보다 높은 성적을 기록했다. 한 학년 전체를 대상으로 강좌를 진행했기 때문에 학업능력이 뛰어난 학생만 따로 선발한 것도 아니었다.

체스는 사고능력과 분석능력, 집중력, 자제심, 자신감을 향상시키는 데 도움이 된다. 체스 인 더 스쿨즈의 수강료는 1년에 약 100달러이다. 현재 이 프로그램에는, 뉴욕주에서 정부로부터 부식비 지원을 받을 정도로 저소득 지역에 있는 109개 학교에 다니는 2만 7천 명의 초중고생들이 참가하고 있다. 체스 인 더 스쿨즈는 110개 학교에서 방과 후 프로그램을 운영하고 있으며, 1천 명까지 참여하는 네 개의 시단위 대회와 주말 및 휴일 대회를 후원한다. 강좌를 수료한 학생들이 후배 고교 졸업생들의 대학입학을 돕는 프로그램도 있다.

루이스는 이 프로그램의 운영 초기에 1백만 달러를 기부했다. 현재 그는 이 단체가 기업과 재단 그리고 개인으로부터 더 많은 기금을 모으는 일을 돕고 있으며, 나와 같은 사람들이 행사에 참가하여 홍보활동에 나서도록 설득하고 있다. 체스 인 더 스쿨즈가 빠르게 성장했는데도 불구하고 아직 체스교육 프로그램이 도입되기를 기다리는 학교가 거의 100개에 달한다. 해마다 전국 읽기시험의 결과를 보면 가난한 가정의 학생들은 부유한 가정의 학생들보다 성적이 뒤떨어졌으며 정보기술경제에서 성공하는 데 필요한 읽기 능력을 갖추지 못한 것으로 나타났다. 체스 인 더 스쿨즈 프로그램은 학생당 100달러로 확실한 효과를 볼 수 있다는 사실이 증명되었다. 지금 우리 아이들에게는 더 많은 루이스 쿨만이, 100달러를 나누어 줄 더 많은 사람들이 필요하다.

이 100달러어치의 나눔은 내가 이 장에서 소개하는 마지막이자 잠재적으로 가장 중요한 기부자, 바로 여러분을 위한 것이다. 이 책을 읽는 독자들 중 대다수가 나눌 수 있는 금액은 혼 부부나 스테이모스 형제 그리고 쿨만 부부가 기부한 금액보다 훨씬 적을 것이다. 그러나 여러분 모두가 진정으로 관심을 가진 일을 찾아서 가능한 방식으로 기여한다면 그 총합과 영향력은 엄청날 것이다. 이는 많은 기업들이 직원 개개인의 기여를 모아 큰 힘을 발휘하는 것과 마찬가지다. 여러분도 다른 사람들과 함께 정성을 모아서 나눔의 힘을 몇 배로 키울 수 있다.

나는 씀씀이를 일일이 신경 써야 하는 이웃들과 함께 그다지 넉넉하지 못한 가정에서 자랐기 때문에 어려운 환경에서도 나눔을 실천하는 사람들을 언제나 존경해 왔다. 그 중에서도 내게 가장 큰 놀라움을 준 사람은 1995년, 어려운 흑인학생들을 위한 장학금으로 15만 달러를 남부미시시피대학(University of Southern Mississippi)에 기증한 87세의 흑인 여성, 오시올라 맥카티(Oseola McCarty)이다.

그녀는 75년이 넘는 세월 동안 다른 사람의 옷을 세탁하고 다림질하면서 근근이 생계를 이어 왔다. 그녀는 병에 걸린 고모를 돌보기 위해 6학년 때 자퇴한 후로는 학교에 돌아가지 못했고 결혼도 하지 않았다. 1947년 이후로 그녀는 삼촌이 물려준 조그만 집에 계속 살고 있다. 한 번도 차를 가진 적이 없는 그녀는 87세의 나이에도 여전히 1킬로미터 넘게 떨어진 식료품점에서 먹을거리를 사고 쇼핑카트도 직접 밀고 다닌다. 그 동안 평생 모아 온 그녀의 저축은 지역은행에서 이자를 불려 나갔다. 1994년 말에 그녀는 손목관절염 때문에 세탁일을 그만두어야 했다. 그때 그녀는 은행을 찾아가 저축한 돈의 60퍼센트를 젊은이들에게 장학금으로 기부하고 나머지는 교회와 친척들에게 나눠 주고 싶다고 말했다.

1995년 8월, 해티스버그고등학교(Hattiesburg High School)를 우등으로 졸업한 18살의 스테파니 불록(Stephanie Bullock)이 첫 번째로 오시올라 맥카티 장학금을 받았다. 그 다음 달에 오시올라는 기차를 타고 워싱턴 DC로 가서 하원 흑인의원연맹(Congressional Black Caucus)이 주최하는 연회에 참석했다. 며칠 후 나는 그녀를 백악관으로 초대하여 대통령시민훈장(Presidential Citizens Medal)을 수여했다. 그녀와의 만남은 아주 즐거웠다. 그녀는 맑은 정신으로 자신의 생각을 명확하고 진솔하게 말했으며 워싱턴 DC에서 받은 환대를 즐기면서도 본연의 모습을 잃지 않았다. 그녀가 평생 돈을 모은 이유는 무일푼 신세의 고통을 잘 알고 있었고, 필요 없는 일에 돈을 쓰는 일이 바보같다고 생각했기 때문이다. 그녀는 삶의 멍에를 힘겹게 지며 살았지만 자신이 받지 못했던 교육을 젊은이들이 받을 수 있도록 도움을 주었다. 그녀에게는 그것이 마땅한 일이었고 고달픈 삶의 충분한 보상이기도 했다.

넉넉하지 못한 대부분의 사람들은 오시올라 맥카티처럼 많은 돈을 모으기 힘들지만 해마다 조금이나마 좋은 일에 보태고 싶어 한다. 그러나 실제로 기금모금에 참가하기 전까지는 자신이 내는 25달러나 50달러가 세상에 어떤 보탬이 될지 확신을 갖지 못한다. 그 문제를 혁신적인 방법으로 해결한 비정부단체가 바로 키바(Kiva)이다. 키바는 최저 25달러의 소액을 모아 개발도상국의 자영업자들에게 대출해 준다. 키바의 운영방식은 다음과 같다. 키바의 홈페이지(Kiva.org)에 가면 대출을 원하는 사람들의 사진이 필요한 액수 및 이유와 함께 게시되어 있다. 돈을 빌려 주고 싶은 사람들은 그 중에서 원하는 대상을 골라 신용카드로 결제하게 된다. 그러면 키바는 그 돈을 해당지역의 파트너들에게 보내서 대출이 이루어지게 한다. 대출기간 동안 지역 파트너는 돈을 빌려 준 사람에게 대출받은 사업의 진척 정도를 알려 주고 만기에 대출금을 회수한다. 그때 대여자는 키바로부터 돈을 돌려받거나 재대여할 수 있다.

나는 2006년에 열린 클린턴 글로벌 이니셔티브에서 처음 키바를 알게 되었다. 그때 키바를 소개하는 인터넷 생중계를 보고 닐(Neal)이라는 사람이 25달러를 키바의 홈페이지에 나온 사람에게 빌려 주어서 개발도상국의 빈곤문제를 해결하는 데 기여하고 싶다는 글을 보내기도 했다. 2007년 3월 27일, 〈뉴욕타임스(New York Times)〉의 칼럼리스트인 니콜라스 크리스토프(Nicholas Kristof)는 키바에 돈을 빌려 준 개인적 경험을 실었다. 그는 아프카니스탄의 가전제품수리소 주인과 빵가게 주인에게 각각 25달러를 빌려 주었다. 빵가게 주인은 일곱 명의 미국인 대여자로부터 총 425달러를 받아서 또 하나의 빵가게를 차렸다. 가전제품수리소 주인 역시 대출금으로 두 번째 가게를 열었다. 두 사람은 사업을 확장하면서 여섯 개의 새로운 일자리를 만들었고, 그 과정에서 아프카니스탄이 탈레반의 방해를 무릅쓰고 온건한 이슬람 민주주의를 건설할 수 있는 가능성을 높였다.

가장 흥미로운 나눔의 사례는 어린 학생들에게서 찾을 수 있다. 미네소타주에 사는 두 명의 6학년생인 레이첼 플뢰더(Rachel Floeder)와 오드리 펠츠(Audrey Feltz)는 구세군을 통해 아동구호기금(Kids to the Rescue Fund)을 만들어서 카트리나 사태로 어려움을 겪는 아이들을 도왔다. 그들의 목표는 가능한 많은 또래친구들로부터 1달러씩을 모으고 다른 지역의 아이들도 같은 일을 하도록 만드는 것이었다. 나는 2006년에 미니애폴리스에 갔을 때 아동구호기금을 만든 두 학생을 만났다. 그들이 카트리나 피해자들을 위해 모은 돈은 2만 4천 달러나 된다.

2005년 9월에 힐러리는 상업은행(Commerce Bank), 퓨처테크 엔터프라이즈사(Future Tech Enterprise, Inc.,)와 협력하여 뉴욕의 학생들도 '아이들의 동전 모으기(Coins from Kids)' 라는 이름의 비슷한 단체를 만들도록 도왔다. 그후 4개월 만에 40개 학군의 아이들은 3만 1,510달러 47센트를 모아서 카트리나 피해복구에 보탰다.

학생들이 돈을 나눌 수 있는 방법은 또 있다. 내가 정말 좋아하는 이 방법은 물건과 서비스를 팔아서 좋은 일에 쓰는 것이다. 미국 전역에서 매일 이러한 활동이 이루어지고 있다. 아이들이 세운 레모네이드 판매대, 학생들의 세차 아르바이트, 작은 동네에서 행해지는 전통적인 파이 판매 등은 모두 가치 있는 지역 프로젝트를 위해 기금을 모으는 한 방법이다. 내가 아칸소에서 정치활동을 할 때 그 주의 모든 정치인이 해마다 거의 의무적으로 참석하는 질레트 쿤 만찬(Gillette Coon Supper)이라는 행사가 있었다. 쌀농사를 주로 하는 아칸소 동남부 지역에 있는 인구 800명 남짓의 소도시로 언제나 1,500명이 넘는 사람들을 모으는 행사였다. 그 지역의 고등학교는 실력이 좋은 미식축구팀을 갖고 있었지만 도시규모가 너무 적어서 운영비를 충당하기 힘들었다. 그래서 지역주민들은 주민보다 두 배나 많은 사람들이 모여들었을 때 너구리 바베큐를 팔아서 꽤 많은 돈을 모았다. 그 행사는 너구리고기를 먹을 만하게 만드는 바베큐 소스 덕분에 누구나 일생에 한 번은 경험할 가치가 있었다.

최근 나는 상당히 인상적인 나눔의 사례를 접했다. 남부 캘리포니아의 스크립스대(Scripps College)에 다니는 엘리 윈켈만(Eli Winkelman)이라는 학생이 스스로 조직한 '기아구호를 위한 칼라(Challah for Hunger)' 라는 단체가 그것이다. 매주 이 단체의 자원봉사자들은 유태인들이 전통적으로 안식일이나 종교행사 때 먹는 칼라라는 빵을 150

개씩 만들었다. 그리고 금요일 아침에 다르푸르(Darfur)의 기아사태를 알리는 판매대에서 수단의 대학살을 멈추라는 메시지가 찍힌 티셔츠, 다르푸르를 돕자는 메시지가 적힌 팔찌, 구호운동 지원 편지, 구호운동 지원 물품 등과 함께 그 빵을 친구들에게 팔았다. 구호운동 지원 물품을 산 사람은 할인된 가격으로 빵을 살 수 있었다. 매주 이 단체는 적어도 300달러 정도를 다르푸르 구호단체에 보냈고, 피난민을 도울 것을 호소하면서 언론이 다르푸르 사태를 보다 진지하게 다루어 줄 것을 요청하는 50통의 편지와 엽서를 보냈다. 2004년 11월 이후로 이 단체는 스크립스와 인근 대학에서 2만 달러가 넘는 돈을 모아 구호활동에 보탰다.

나는 훨씬 가까운 이슬람국가들로부터 너무나 오랫동안 외면당했던 가난한 이슬람교도들의 고통을 덜어 주기 위해 유태인 학생들이 나서서, 유태인들이 전통적으로 먹던 빵을 판매하여 기금을 마련했다는 점에서 이 사례가 특히 더 감동적이고 의미가 깊다고 생각한다. 엘리는 우연히 이 운동을 시작할 아이디어를 얻었다며 다음과 같이 말한다. "이전에는 사람들이 좋아했기 때문에 그냥 빵을 구워 주곤 했어요. 그러다가 그럴 수 있는 여유가 있다는 사실이 하나의 축복이라는 것을 깨닫고 그 은혜를 되갚는 유일한 방법은 가치 있는 일을 하는 것이라고 생각했죠." 엘리는 2007년 봄에 대학을 졸업했지만 남은 회원들이 계속 활동을 이어 갈 것이다. 그녀는 이 운동이 다른 대학으로 확대되기를 바라고 있다. 이미 오스틴(Austin)에 있는 텍사스대(University of Texas)에 같은 단체가 생겼고, 애머스트(Amherst)의 매사추세츠대(University of

Massachusetts)에서도 비슷한 운동이 전개되고 있다. 엘리는 2007년 여름 동안 이스라엘에서 수단난민들을 돕는 활동에 참가하면서 "좋은 일을 하기 위해 필요한 힘을 얻는 법"에 대해 생각했다. 엘리 윈켈만이 들고 다니는 '기아구호를 위한 칼라'의 명함에는 '일을 해낼 의무는 없지만 피할 권리도 없다'는 랍비 타폰(Tarfon)의 말이 적혀 있다.

우리는 젊은이들로부터 나눔에 대해 많은 것을 배울 수 있다. 실제로 내가 읽은 책 중에서 나눔의 주제를 다룬 최고의 책을 쓴 사람은 젊은이였다. 프레디 자일러(Freddi Zeiler)가 쓴 『아이들을 위한 나눔의 지침서(A Kid's Guide to Giving)』는 모든 연령대의 사람들에게 나눔에 이르는 훌륭한 로드맵을 제시한다. UC버클리(University of California at Berkeley)에 다니는 자일러는 스무살이 되던 2006년에 좋은 생각을 아이들에게 전하고 문제를 잘 해결하는 법을 가르치는 '바이 키즈 포 키즈(By Kids for Kids)'라는 단체의 도움으로 이 책을 펴냈다. 자일러는 14살 때부터 기부활동을 시작했고 자라는 동안 나눔에 쓸 돈을 모으고, 자원봉사를 할 시간을 만들고, 물건을 기증하며, 자선행사를 여는 법을 배웠다. 그녀의 책은 세 가지 중요한 문제를 다룬다. 그것은 나눔의 이유, 도울 분야를 정하는 방법 그리고 돈, 시간 혹은 물건을 기부하는 방법이다. 이 책은 또한 자선단체의 목록과 사람, 동물, 환경에 대해 우리가 해야 할 일들을 담고 있다.

지난 크리스마스에 힐러리와 나는 자일러의 책을 각각 12살과 13살인 두 명의 조카에게 주었다. 그리고 우리가 주는 용돈의 25퍼센트를 자기들이 선택한 자선단체에 기부하고, 기부한 단체와 그 이유를 전화나

이메일로 설명하면 다음 달 용돈을 주겠다고 말했다. 아이들은 우리의 제안에 동의했고 진지하게 그 약속을 지켜 왔다. 지금까지 그들은 미국 심장협회, 카트리나 사태로 집을 잃은 애완동물들을 돌보는 뉴올리언즈 동물구조대(Animal Rescue New Orleans), 아랍과 이스라엘의 젊은이들 사이에 상호 존중과 이해를 촉진하는 '평화의 씨앗들(Seeds of Peace)'에 기부했다. 나는 조카들이 나눔을 평생 동안 이어 가기를 바라고, 여러분에게 자일러의 책과 함께 이런 방식의 교육을 아이들에게 실시해 보기를 권한다.

3

Giving

시간의 나눔

우리는 저마다 가진 돈의 액수는 다르지만 매일 같은 24시간을 살아간다. 어떤 사람들은 자유시간이 더 적긴 하지만 거의 모두가 나눔을 위한 시간을 만들 수 있다. 노숙자 보호소나 가족상담센터, 병원, 미국봉사단(AmeriCorps) 혹은 재해현장에서 자원봉사활동을 하고, 노인들을 위해 음식을 배달하거나 먹을거리를 대신 사 주고, 가난한 학생들을 위해 읽기와 수학을 무료로 가르쳐 주며, 불우한 학생들이 대학에 들어가고 성공적인 삶을 살도록 도와준 사람들이라면 누구나 말하듯이, 시간을 나누는 일은 때로 돈을 나누는 것보다 더 만족스럽고 가치 있다.

어떤 일에 시간을 나눌 것인가 하는 문제는 가능한 시간, 가지고 있는 지식 그리고 무엇보다 진정으로 중요하게 생각하는 분야가 무엇인가에 따라 결정된다. 소수의 고귀한 사람들은 남들을 위해 평생을 바친다. 그보다 좀 더 많은 사람들은 대개 젊은 시절이나 수년 간의 직장생활 후 혹은 은퇴기에 일이 년의 시간을 나누고, 그보다 더 많은 사람들은 1년에 몇 주씩 봉사활동에 시간을 할애한다. 그리고 수백만의 사람들은 한 주에 한 시간 정도 봉사활동을 한다. 가끔 큰 자연재해가 찾아온 후에는 훨씬 많은 사람들이 구호활동에 나서기도 한다. 미국의 경우 성인 인구의 약 55퍼센트인 8천 4백만 명이 해마다 봉사활동에 시간을 쓴다. 전체 자원봉사시간을 합치면 9백만의 정규근로자들이 일한 시간보다 많으며, 금액가치로는 2005년에 미국인들이 기부한 2천 6백억 달러에 버금가는 2천 390억 달러에 달한다. 이처럼 모두가 가능한 시간만 나누어도 수백만의 사람들을 도울 수 있다.

폴 파머(Paul Farmer) 박사는 세계에서 가장 위대한 전문봉사자 중의 한 명이다. 파머는 평범하지 않은 유년기를 보냈다. 부모들이 여섯 명의 자녀를 돌볼 만큼 돈을 벌지 못했기 때문에 폴은 플로리다의 트레일러 주차장에 세워 놓은 가족 버스에서 대부분의 어린 시절을 보냈고, 때로 보트와 텐트에서 지내기도 했다. 그러나 그의 부모는 물질적 가치보다 더 중요한 것을 그에게 주었다. 그들은 파머가 왕성한 호기심과 착한 마음씨를 가지도록 가르쳤다. 불우한 가정에서 자란 많은 사람들은 한시라도 빨리 가난에서 벗어나려고만 한다. 그러나 파머는 달랐다. 그는 가난은 물론 최소한 가난이 가져오는 불행들을 없애고 싶었다. 그래서 듀크대(Duke University)를 졸업하고 하버드 의대(Harvard Medical

School)에 들어가기 전에 가난한 사람들에게 좋은 의료서비스를 제공하는 데 평생을 바치겠다는 결심을 굳혔다.

1987년, 그는 동료의사인 김용(Kim Yong), 친구인 오펠리아 달(Ophelia Dahl), 보스턴의 사업가인 톰 화이트(Tom White)와 함께 '보건을 위한 파트너들' 이라는 단체를 설립했다. 톰 화이트는 부패하고 폭력적인 독재정권의 장기집권으로 서구에서 가장 가난한 나라가 된 아이티의 캉주(Cange)지역에 파머와 그의 아이티 동료가 장미 라장테병원(Zanmi Lasante Clinic)을 세울 때 1백만 달러를 지원해 준 사람이었다. 보건을 위한 파트너들을 설립한 후 몇 년 동안 파머는 해마다 4개월씩 브리검여성병원(Brigham and Women' s Hospital)에서 일하면서 생활비를 벌었다. 그리고 나머지 시간은 전부 장미 라장테병원에서 환자들을 돌보고 전체 개발도상국에 희망을 던져 줄 혁신적인 공중보건 모델을 만드는 데 썼다. 파머는 병원 옆에 온수시설도 없이 양철지붕과 콘크리트벽으로 만든 수수한 집에서 살았다. 그 집에서 다른 아이티 집들과 비교하여 그나마 호화시설이라고 부를 만한 것은 화장실뿐이었다.

장미 라장테병원이 관할하는 구역에 사는 인구는 모두 60만 명이나 되었다. 장미 라장테병원은 보건을 위한 파트너들이 교육시킨 공중보건인력들을 통해 작은 마을에 흩어져 사는 사람들에게 의료서비스를 제공했다. 수준 높은 의료서비스 때문에 다른 지역에서 찾아오는 사람들도 많았다. 장미 라장테병원은 연간 170만의 환자들을 돌보는 동시에 학교와 집, 상하수도를 건설했고, 관할구역에 있는 모든 아동들에게 예방접종을 했으며, 유아사망률과 영양실조 발병률을 현저하게 낮추었다.

파머의 활동은 그와 그의 동료들이 에이즈와 결핵 치료에 상당한 진전을 이루면서 전 세계에 알려졌다. 보건을 위한 파트너들은 직접 양성한 공중보건인력들의 힘을 빌어서 미국에서 결핵환자를 치료하는 데 드는 비용의 1퍼센트에 불과한 1인당 약 150달러에서 200달러의 비용으로 아이티 중부의 결핵을 퇴치했다. 1988년 이후로 장미 라장테병원의 관할구역에서 결핵으로 죽은 사람은 거의 없었다. 1990년대 말에는 HIV의 모자전염률을 미국과 같은 수준인 4퍼센트로 낮추었다.

수년 간 보건을 위한 파트너들은 글로벌펀드(Global Fund), 조지 소로스(George Soros), 게이츠재단, 개인 후원자들의 지원을 받아 에이즈, 결핵, 말라리아와 맞서 싸웠다. 후원자들이 지원한 돈은 보건을 위한 파트너들이 HIV/에이즈를 앓는 사람들의 간호와 치료에 역점을 두어 의료활동을 확대할 수 있도록 도움을 주었다. 보건을 위한 파트너들은 파머와 마찬가지로 공중보건활동에 평생을 바친 김용 박사의 주도 아래 러시아와 페루에서도 결핵 퇴치활동을 펼쳐서 큰 성과를 거두었다. 김용 박사는 이후 보건을 위한 파트너들을 떠나 세계보건기구(World Health Organization)에서 전 세계적인 에이즈 퇴치활동을 주도했다. 현재 그는 하버드 의대의 사회의학부와 브리검여성병원에서 일하고 있으며 다시 보건을 위한 파트너들의 일원이 되었다.

나는 2002년에 바르셀로나에서 열린 세계에이즈회의(World AIDS Conference)에서 처음 파머를 만났다. 2003년에는 우리 재단이 HIV/에이즈를 퇴치하기 위해 공중보건 인력에 대한 교육과 저렴한 치료약을 제공하는 문제를 아이티 정부와 협의할 때 그와 함께 일했다. 우리는 포

르토프랭스(Portau-Prince)에서 클린턴재단과 아이티 정부의 협력관계를 알리는 행사를 가졌다. 그는 통역을 맡은 사람이 내 말을 크리올어로 제대로 옮기지 못하자 정중하게 통역을 자청하여 나를 도와주었다.

그로부터 몇 년이 지난 후 아이라 매거자이너는 보건을 위한 파트너들의 공중보건활동 모델을 르완다에서도 실행하자고 파머를 설득했다. 1인당 소득이 하루에 1달러도 안되는 르완다의 공중보건시스템은 단 90일 만에 인구의 10퍼센트인 80만이 살해된 1994년의 대학살로 완전히 붕괴되어 있었다. 보건을 위한 파트너들은 르완다의 두 농촌지역에서 보건활동의 규모를 늘리기로 결정했다. 절대 어중간하게 일을 하지 않는 파머는 자신이 없어도 아이티의 병원이 원활하게 돌아갈 것이라는 확신이 들자 아이티인 아내 디디와 어린 딸 캐스린을 데리고 아예 르완다로 이주했다.

나는 2006년에 진척 상황을 살피기 위해 르완다로 갔다. 이미 보건을 위한 파트너들은 르윈콰부병원(Rwinkwavu Hospital)을 완전히 재건해 놓은 상태였다. 대학살 이후 줄곧 문을 닫았던 이 병원은 현재 전염병부서, 수술실, 엑스레이시설, 영양실조 아동을 위한 간호센터, 컴퓨터 진료기록 관리시스템, 인터넷회선 등을 갖추고 있다. 보건을 위한 파트너들은 르완다 정부와 협력하여 HIV의 모자전염을 막기 위한 치료활동과 에이즈 환자들에 대한 전국적 약품제공사업을 전개했다. 또한 농촌지역 보건활동을 통해 1,700명 이상의 환자들을 등록시켰고, 병원으로 올 수 없거나 병세가 크게 나쁘지 않은 사람들을 방문치료할 800명 이상의 공중보건인력을 양성했으며, 농촌지역에 '태양전력조명기금

(Solar Electric Light Fund)'이라는 또 다른 훌륭한 비정부단체가 제공한 태양광 발전시설을 갖춘 다섯 개의 병원을 추가로 열었다. 또한 르완다 보건부와 협력하여 30만 명의 환자를 돌볼 수 있는 병원을 보수하고 있으며, 높은 수준의 의료서비스로 농촌지역의 HIV, 결핵, 말라리아환자를 간호하고 치료할 공중보건 인력들을 교육할 센터를 열 계획이다. 이 외에도 에이즈를 앓는 아이들에게 아동용 약을 제공하고 공중보건에 필수적인 깨끗한 물을 공급하며 보건환경을 지속적으로 개선하기 위한 프로젝트를 추진할 것이다. 보건을 위한 파트너들의 활동이 아이티만큼 르완다에서도 성공을 거둔다면 아프리카와 전 세계의 모든 개발도상국에 적용하여 가난한 나라와 잘 사는 나라 사이에 존재하는 부조리한 보건수준의 격차를 줄일 모델을 얻게 될 것이다.

나는 파머에게 왜 어려운 유년기를 보내고도 1년에 두세 주만 봉사활동에 쓰고 나머지 시간은 그의 기술과 능력이 가져다 줄 보상을 즐기며 보내지 않는지 물었다. 그는 어린 시절에 여덟 명의 가족이 버스에서 살았지만 그의 부모님은 여전히 더 못 사는 사람을 생각하고 도와주려 애썼다고 말했다. 나중에 버스를 떠나 듀크대에 들어갔을 때 그는 자신을 포함한 미국의 젊은이들이 수입의 수준에 상관없이 많은 기회를 누리고 있다는 사실을 깨달았다. 반면 아이티에 가보니 그 곳 사람들은 차라리 어린 시절의 버스가 궁전처럼 여겨질 환경에서 살고 있었다. 그는 "더 나쁜 점은 그 사람들이 상황을 개선시킬 수 있다는 사실을 모른다는 것이었어요. 나는 그들에게 병원의 복도가 더러울 필요도, 여성들이 분만 중에 죽어 갈 필요도 없다는 걸 알려 주고 싶었어요. 아이티는 나의 위대한 스승이었어요. 그 곳에 간 뒤로 나는 다른 일에 대해서는 꿈도 꾸지 않았습니다."라고 말했다.

나는 한 사람의 선의와 무한한 에너지 그리고 올바른 일에 대한 열정이 얼마나 놀라운 영향력을 가지는지 보여 주기 위해 파머의 이야기를 길게 다루었다. 나는 그의 이야기를 처음 들었을 때 국제보건문제에 오랫동안 관심을 갖고 있었던 딸에게 그에 대해 아느냐고 물었다. 딸은 "세상에 아빠, 그 분은 성자예요. 우리 세대의 알베르트 슈바이처(Albert Schweitzer)같은 분이라구요."라고 대답했다. 폴 파머는 아직 50살이 채 되지 않았다. 나는 그가 노벨평화상을 받고, 더 중요하게는 다른 명민한 이타적 젊은이들이 자신의 발자취를 따라오도록 영감을 주는 모습을 보고 싶다.

■

게이츠만큼 많은 돈을 나누기 어렵듯이 폴 파머만큼 많은 시간을 나누기도 어렵다. 대부분의 사람들은 특정한 명분을 위해 평생을 바치고 싶어하지 않거나 그렇게 하지 못할 사정을 갖고 있다. 그러나 여전히 많은 사람들이 중요하게 생각하는 일에 돈뿐만 아니라 시간을 나누고 싶어 한다.

나는 심장수술에서 회복한 후 비슷하거나 더 심한 경우에 처한 사람들을 도와주고 싶었다. 그래서 2005년 5월에 우리 재단은 미국심장협회와 공동으로 '보다 건강한 세대를 위한 연대(Alliance for a Healthier Generation)'를 발족시켜 2010년까지 심각한 추세로 증가하는 아동비만율을 반전시키기로 했다. 아동비만은 각종 합병증과 함께 국제적인 문제가 되어 가고 있다. 중국과 인도가 이 문제를 해결하기 위해 나섰고, 아일랜드, 호주, 영국은 전국적인 비만퇴치 캠페인을 실시하고 있다. 이들 나라에 설립된 전국비만포럼(National Obesity Forum)은 언론을 통해 올바른 식생활과 학교급식의 질을 개선해야 하는 필요성을 홍보하고 있다. 현재 1,250만의 미국 아동들이 비만체중인 것에 더하여 1,300만이 과체중 상태이며, 점점 더 많은 아동들이 고혈압과 고지혈증 그리고 심장마비, 발작, 시력 상실, 조직괴사 등의 문제를 일으키는 제 2형 당뇨처럼 원래 어른들에게서만 발견되던 질병에 시달리고 있다. 아동비만율이 계속 증가한다면 지금의 아이들은 미국 역사상 최초로 부모세대보다 수명이 짧은 세대가 될 것이다.

나는 비만퇴치운동을 출범시키기 위하여 공화당 소속의 아칸소 주지사인 마이크 헉카비(Mike Huckabee)에게 함께 이 운동을 이끌어 달라고 부탁했다. 보다 건강한 세대를 위한 연대가 당파를 초월한 범국민적인 운동이 되기를 원했고, 헉카비 주지사가 아칸소주에서 훌륭한 아동보건 프로그램을 실시했을 뿐만 아니라, 그 자신이 50킬로그램 정도를 감량하여 당뇨병을 극복하고 49세의 나이로 마라톤을 처음 완주한 모범사례였기 때문이다. 헉카비가 퇴임한 후에는 역시 아동비만문제를 해결하는 데 적극적이었던 아놀드 슈와제네거(Arnold Schwarzenegger) 주지사가 공동대표가 되었다.

우리의 계획은 식품업계, 학교, 병원, 아이들 모두가 참여하여 전국적으로 아동비만율을 낮추고, 아이들이 건강한 생활습관을 갖도록 만드는 것이었다. 이는 멋진 아이디어이면서 동시에 거대하고 복잡한 도전이기도 했다. 미국심장협회는 미국 전역의 지역사회와 학교에 광범위한 지부를 두고 있고, 뛰어난 전문성을 가졌으며, 시간과 돈을 나눌 자원봉사자와 후원자들의 네트워크를 갖추고 있었지만 아무 대가 없이 협회의 운영을 총괄해 줄 사람이 필요했다.

그 일을 자원한 사람이 코넬대(Cornell University)와 예일 법대(Yale Law School)를 졸업한 로즈장학생 출신의 밥 해리슨(Bob Harrison)이었다. 밥은 22년 동안 월스트리트에서 투자은행가와 변호사로 일했다. 그는 골드만 삭스에서 파트너의 자리에 올라 국제 커뮤니케이션, 언론, 엔터테인먼트 그룹을 이끌었다. 그러다가 아직 젊은 나이인 2003년에 사회봉사활동에 전념하기 위해 회사를 그만둔 그는 2004년에 웨슬리 클라크(Wesley Clark) 장군과 존 케리(John Kerry) 상원의원의 대통령 선거운동에 참여했다. 다음 해 그는 우리 재단과 인연을 맺어서 아프리카와 아시아 지역의 상하수도 시설을 개선하는 문제를 연구하는 프로젝트팀을 이끌었다. 그러면서 여가시간에는 114년 전통의 사회봉사단체로서 노숙자와 폭력피해여성에게 쉼터를 제공하고 거동이 불편한 노인들을 돌보며 자체병원과 청소년 및 직장인 개발프로그램을 운영하는 뉴욕시 헨리가사회복지관(Henry Street Settlement)의 이사회 의장으로 봉사했다.

밥은 열정을 가지고 새로 맡은 일에 임했다. 그는 나의 할렘 사무소에 있는 작은 방에서 일하면서 설득력 있는 프레젠테이션을 만들었고, 다양한 통계와 차트를 작성했으며, 명확한 문제해결 전략을 수립했다.

그의 노력으로 우리 재단은 1년 반 만에 고칼로리 음료와 과자를 학교에서 팔지 않도록 음료 및 과자업계와 합의할 수 있었다. 그는 로버트 우드 존슨재단(Robert Wood Johnson Foundation)과 협력하여 급식의 질을 높이고, 운동시간을 늘리고, 교직원들의 근무환경을 개선하며, 학생들의 건강을 증진하는 학교를 홍보하는 '건강한 학교 프로그램(Healthy Schools Program)'을 시작했다. 이 프로그램은 이미 안정적인 궤도에 올라서 44개 주의 약 1천 개 학교에서, 특히 비만위험도가 높은 저소득층 학생들을 중점대상으로 75만 명 이상의 학생들이 혜택을 받았다. 우리의 목표는 향후 4년 동안 미국 전체 학교의 4분의 1에 해당하는 3만 개의 학교에 이 프로그램을 적용하는 것이다. 이외에도 밥은 학생들이 가장 많이 보는 니켈로데온(Nickelodeon) 채널과 파트너십을 맺고 '신나게 뛰어노는 건강도전대회(Let's Just Play-Go Healthy Challenge)'라는 캠페인을 실시했다. 방송과 인터넷을 통해 전개된 이 캠페인은 아이들이 자신과 학교 그리고 지역사회를 더 건강하게 만들도록 장려하는 시청자참여운동이었다. 니켈로데온은 이 프로그램을 홍보하기 위해 연간 2천 8백만 달러 가치의 방송시간을 제공했다. 시행 첫해인 2006년에 15만 명이 넘는 아이들이 건강도전대회에 참가하여 더 활동적이고 건강한 생활에 나섰다. 현재 이 프로그램은 레이첼 레이(Rachael Ray), NBA, 교육TV인 채널 원(Channel One)과 같은 새로운 협력기업들의 도움으로 더욱 발전해 가고 있다. 이처럼 밥은 골드만 삭스에서 일할 때처럼 많은 돈을 벌지는 못하지만 아이들에게 봉사하는 것으로 충분한 보상을 얻고 있다.

밥처럼 성공적인 경력을 쌓고 나서 봉사활동에 투신하는 사람들이 점점 늘어나고 있다. 꼰수엘로 벡-세규어(Consuelo Beck-Sague) 박사는 1961년에 쿠바에서 미국으로 건너 왔다. 그녀는 20년 동안 HIV, 결핵, 병원감염, 출산건강, 아동학대 분야의 전문가로 애틀란타에 있는 질병통제센터에서 일했다. 2002년에 바르셀로나에서 열렸던 국제에이즈회의에 참석한 그녀와 그녀의 남편은 은퇴 후에 에이즈환자들을 돌보는 일에 여생을 바치기로 결심했다. 그 다음 해에 남편과 함께 도미니카 공화국으로 이주한 벡-세규어 박사는 라 로마나(La Romana)에 연 그녀의 병원과 다른 지역의 병원을 통해 에이즈환자들에게 항바이러스 약품을 제공했다. 그녀의 노력 덕분에 지금은 수백 명의 환자들이 언제 덮칠지 모르는 죽음의 손아귀에서 벗어나 사랑하는 가족의 품으로 돌아갈 수 있게 되었다. 그녀는 내게 2005년 5월에 처음 치료를 받은 환자로, 영양보충과 함께 항바이러스 약품을 투여하기 시작했을 때 34킬로그램에 불과했던 후안(Huan)의 사진을 보냈다. 후안은 치료를 받은 지 4개월 만에 건강을 되찾아 60킬로그램 가까이 체중을 회복했으며 직장을 다니면서 병원에서 환자를 돌보는 자원봉사활동을 하고 있다.

2004년 말에 지미 존스(Jimmy Jones)와 자넷 존스(Janet Jones)가 에이즈환자들을 돕고 싶다며 할렘에 있는 나의 사무소로 찾아왔다. 두 사람은 모두 좋은 경력을 쌓았고 해마다 25명에서 30명 정도의 뉴저지주 소수계 학생들에게 대학장학금을 지원하는 프로그램을 포함하여 오랫동안 교회와 지역사회활동에 적극적으로 참여했다. 지미는 네브라스카대(University of Nebraska)를 졸업한 후 4년간 프로미식축구선수로 뛰었고, 몇 개의 회사에서 성공적인 경력을 쌓은 다음 리복 인터내셔널(Reebok International)의 선임 부사장 겸 인사책임자로 은퇴했다. 교육학 박사인 자넷은 교사, 학군 행정관, 인사 컨설턴트 등을 거쳤다.

두 사람은 나의 사무실을 방문한 지 얼마 되지 않아 우리 재단이 레소토(Lesotho)에서 실행하고 있는 에이즈 이니셔티브의 책임자가 되기로 했다. 레소토는 남아프리카 공화국에 둘러싸인 인구 180만의 작은 산악국가로서 네 명당 한 명이 HIV 감염자일 정도로 세계에서 HIV 감염률이 가장 높다. 지미 존스와 자넷 존스는 1년 동안 열 번에 걸쳐 2주 일정으로 레소토를 방문했고, 전국적 간호 및 치료활동 계획을 수립하기 위해 의료전문가와 비즈니스전문가로 구성된 팀을 꾸렸다. 그들은 보건인력의 부족과 콘돔사용을 꺼리는 문화, 감염자들에게 만연한 영양실조와 결핵 등 수많은 문제를 해결해야 했다.

두 사람이 이끄는 팀은 2005년 5월부터 5개년 계획을 실행에 옮겼다. 이 계획은 지금도 진행되고 있으며, 그 일환으로 레소토 정부는 12살 이상의 모든 국민을 대상으로 HIV/에이즈 검사를 실시하고 있다. 두 사람은 의료계획 수립만으로 만족하지 않았다. 그들은 아이들에게 HIV 확산방지 교육을 시키면서 우리 재단이 기부한 3만 5천 달러로 학교를 그만두어야 할 처지에 놓인 고등학생 수백 명의 학비를 대주기도 했다.

우리 재단이 레소토에서 펼친 에이즈 퇴치활동에는 부유하지도, 경제적으로 안정되지도 않은 지역주민들까지 참여했다. 그들은 자신들이 HIV 양성반응자라는 점을 오히려 긍정적으로 활용했다. 이들 '환자 전문가(Expert Patients)'들은 너무나 오지여서 걸어가거나 나귀를 타고 들어가야 하는 마을까지 일일이 방문했다. 그들은 에이즈환자라는 낙인이 찍힐까 봐 두려워하는 주민들을 설득하여 적절한 간호와 치료를 받고 다른 사람에게 옮기지 않도록 에이즈 검사를 받게 만들었다.

그 중에서 가장 유능한 자원봉사자는 23세 여성인 체팡 세타카(Tsepang Setaka)이다. 그녀는 예쁘고 똑똑했지만 HIV 양성반응자라서 사회적 고립과 불명예 속에 살아야 했다. 그러나 체팡은 강한 종교적 신념과 어린 나이를 무색케 하는 지혜로 훌륭한 선택을 했다. 여기에 2006년 10월에 우리 재단의 후원자들에게 그녀가 발표했던 내용을 그대로 소개한다.

"제 이름은 체팡 세타카입니다. 저는 23살이고 아프리카 레소토에서 일하는 환자 전문가입니다. 오늘밤 이 자리에서 저의 이야기를 나누고, 레소토의 클린턴재단에서 제가 하는 일에 대해 들려 드릴 수 있어서 무척 기쁩니다. 10월은 저에게 항상 좋지 않은 달이었습니다. 2001년 10월에 저는 친구와 함께 다니던 고등학교에서 집으로 돌아오다가 납치되었습니다. 저는 창문도 없는 작은 집에 제대로 먹지도 못하고 갇혀 있었습니다. 첫날, 저를 납치한 사람들은 자기들과 같이 자야 한다고 말했지만 우리는 거부했습니다. 그들은 말을 듣지 않으면 죽이겠다고 협박했습니다. 결국 저는 손이 묶인 채로 몇 번이고 강간을 당했습니다. 셋째 날, 납치범들 중 한 명이 집을 점검하러 왔다가 문을 열어두고 간 덕분에 우리는 탈출할 수 있었습니다. 그날 밤 우리는 어둠 속에서 담요도 없이 밖에서 잠을 자야 했습니다. 다음 날 우리는 동전을 찾아서 전화로 도움을 요청했습니다. 언니가 나를 데리러 와 주었고, 경찰에 납치사건을 신고했습니다. 그런데 경찰은 오히려 우리가 거짓말을 한다고 하면서 지금까지도 수사하기를 거부하고 있습니다. 집으로 돌아왔을 때 할머니의 친구이고 지금은 레소토에서 클린턴재단의 프로그램을 운영하는 라마틀라펭(Ramatlapeng) 박사님이 성병과 임신 여부 등을 검사했지만 HIV 감염 여부는 확인하지 않았습니다.

다음 해인 2002년 10월에 저는 학교수업을 마치고 집으로 돌아가기 위해 택시를 기다렸습니다. 그때 네 명의 남자아이들이 다가와서 같이 가자고 했지만 저는 거절했습니다. 그들은 강제로 저를 막대기로 때리면서 강제로 끌고 갔습니다. 그리고 강간하려 했지만 다행히 마을사람들이 달려와 도와주었습니다. 마을사람들이 데리고 간 병원에서 다시 라마틀라펭 박사님이 상처를 치료해 주었습니다. 박사님은 상처를 꿰매고 나서 이제 괜찮을 거라고 말했습니다.

2003년 10월에 저는 처음으로 HIV 검사를 받았습니다. 그때 저는 고등학교 졸업반이었기 때문에 혹시 양성반응을 보이면 공부를 계속하지 못할까 봐 무서웠습니다. 그래서 검사결과를 바로 받지 않고 학교를 졸업한 후에 확인하자고 생각했습니다. 몇 달이 지나 졸업시험을 마친 후 저는 병원에 가서 검사결과를 알게 되었습니다. 상담사는 혼자 찾아간 저에게 양성반응이 나왔다고 말했습니다. 2004년 8월 내내 기침이 심하게 나와서 병원에 갔더니 결핵 진단이 나왔습니다. 의사선생님은 결핵치료를 하면서 HIV 검사를 받았냐고 물었습니다. 제가 이미 저의 상태를 알고 있다는 걸 몰랐던 거지요. 그래서 저는 다시 검사를 받았고, 결과는 양성반응이었습니다.

의사선생님은 HIV 치료를 위해 카라봉(Karabong)병원으로 저를 보냈습니다. 카라봉은 '해답' 이라는 뜻입니다. 그 뜻대로 클린턴재단에 찾아오는 사람들은 자신들이 해답을 얻게 된다는 걸 알고 있습니다. 3월에 저의 CD4 수치는 122가 나왔습니다. 그 후로 클린턴재단에서 제공한 항바이러스약을 먹고 나서 지금은 292가 나옵니다. 전에는 몸이 아팠지만 항바이러스약을 먹고 난 다음부터는 훨씬 좋아졌습니다. 그 약이 저의 생명을 구해 준 것이지요.

이전에 저는 10월에 얽힌 나쁜 기억 때문에 해마다 10월이 어서 지나가기를 빌었습니다. 그러나 지금 저는 10월의 오늘밤을 아주 행복하게 보내고 있습니다.

올해 4월에 저는 카라봉병원의 다른 환자들을 돕는 자원봉사를 시작했습니다. 제가 일한 곳은 약국과 접수계였습니다. 저는 다른 사람들이 검사를 받고 항바이러스 약물치료를 받기 전에 지켜야 할 준수사항을 따르도록 도왔습니다. 그러다가 사람들이 HIV 검사를 받도록 촉구하는 전국 캠페인에 투입될 인력으로 선발되어 집집마다 돌아다니며 검사와 상담을 하는 법을 배웠습니다. 그 동안에도 병원에서 약 분배와 서류작업, 상담일을 계속했습니다.

지금 저는 환자 전문가로 카라봉병원에서 일하고 있습니다. 클린턴재단으로부터 매달 봉급도 받고 있습니다. 저는 약물치료를 끝내고 후속간호를 받는 환자들의 상태를 점검하는 일을 맡고 있습니다. 희망을 잃은 환자들을 책임지고 있는 것이지요. 저는 그들에게 저의 이야기를 들려 주면서 HIV에 걸려도 죽지 않고 다른 사람들처럼 살아갈 수 있다고 말합니다. 그들은 과거를 잊고 새로운 삶을 향해 나아가야 하니까요.

이제 사람들은 필요한 약과 간호를 받을 수 있고 버림받지 않을 것이라는 사실을 알기 때문에 자진하여 검사를 받으려고 합니다.

이번이 저의 첫 미국 방문이고 첫 해외여행이기도 합니다. 오랜 여정이었지만 저의 이야기를 들려 드리고 싶었기 때문에 이 자리에 서게 되어서 아주 행복합니다. 저는 이제 미래의 희망을 찾으려 합니다."

체팡이 나눈 시간은 그녀가 하는 일뿐만 아니라 불운에 지지 않고 다른 사람들이 일어서도록 돕는 그녀의 사례가 지닌 힘 때문에 더할 수 없이 큰 가치를 지닌다. 현재 우리 재단에는 전 세계에서 HIV/에이즈에 맞서 싸우는 650명의 사람들이 있다. 미국과 유럽 그리고 현지 출신인 그들은 모두 적은 보수를 받는다. 심지어 그 중 백 명이 넘는 사람들은 교통비와 숙박비만 받으며 무보수로 일한다. 그러나 그들이 나눈 시간은 수많은 생명을 구하는 일에 기여했다.

국경 없는 의사회나 평화봉사단(Peace Corps)처럼 일정 기간 동안 봉사활동에 전념할 수 있는 잘 조직된 단체들이 많이 있다. 나는 젊은이들에게 최소한의 보수와 대학등록금 일부를 지원하면서 일이 년 동안 영어교육부터 환경보호, 비상구호 등의 봉사활동을 할 기회를 주는 미국봉사단(AmeriCorps)을 특별히 자랑스럽게 생각한다. 1994년에 위대한 사회사업가인 고 엘리 시걸(Eli Segal)의 주도 하에 설립된 이후, 50만 명 이상의 사람들이 미국봉사단의 활동에 참여했다. 나는 퇴임한 후

보스턴에 기반을 둔 미국봉사단의 최대 프로그램인 시티 이어(City Year)가 리틀록에 있는 우리 재단 건물에 지부를 설립하도록 도와주었다. 뒤이어 설립된 시티 이어의 남아프리카 지부에서는 약 200명의 흑인과 백인 자원봉사자들이 현재의 문제를 해결하면서 공동의 미래를 건설하고 있다. 또한 부시-클린턴 카트리나 기금은 뉴올리언즈에도 시티 이어 지부를 설립하여 젊은이들이 도시 재건에 참여하도록 했다.

나는 전문봉사자들을 양성해야 할 필요성을 강하게 느끼고 아칸소대(University of Arkansas)와 협의하여 사회봉사전문대학원을 설립했다. 내 이름을 딴 도서관 옆에 있는 이 대학원은 미국 내에서 유일하게 사회봉사 박사학위를 수여한다. 나는 여기서 배출된 인재들이 비정부단체와 정부 혹은 기업에서 사회봉사전문가로서 경력을 쌓아 나가기를 바란다. 사회봉사대학원의 학생들은 모두 학과 공부 이외에 미시시피 삼각주 인근 도시의 지역 봉사활동에 참가하거나 볼리비아, 수단, 베트남 등지에서 활동하는 국제봉사단체에서 인턴과정을 거친다. 기부활동에 적극적인 킨코스(Kinko's)의 설립자 폴 오팔라(Paul Orfalea)와 그의 아내 나탈리(Natalie)는 남캘리포니아대학(University of Southern California)에 장학금을 제공하여 경영, 법학, 공공정책을 전공한 졸업생들이 1년 동안 우리 재단에서 일하면서 장기적인 사회봉사활동을 고려하도록 한다.

■

자원봉사에 뜻이 있는 대부분의 사람들은 여유시간이 그렇게 많지 않다. 로스엔젤레스 환경보호단(Los Angeles Conservation Corps)은 지난 20년 동안 방학기간 혹은 방과 후에 학생들을 지역봉사활동이나 재난 구호작업에 참여시켜 왔다. 성인회원 중에서 1주일에 한두 시간을 할애할 수 있는 사람은 상담활동을 통해 학생회원들에게 형이나 누나가 되어 줄 수 있다. 또한 많은 도시와 지역에는 도움의 손길이 필요한 공원과 놀이터 그리고 자연보호활동이 있다.

대중들이 이용하는 거의 모든 시설은 상당수 자원봉사자들의 힘을 빌어 운영된다. 여유시간이 많은 미국의 많은 노인들은 이러한 자원봉사활동에서 보람을 찾는다. 나는 병원을 찾을 때마다 매점을 운영하고 방문객을 도우며 환자를 격려하는 노인자원봉사자들을 본다. 대형 박물관과 미술관 외 대부분의 공공시설은 자원봉사자들 덕분에 적은 예산으로도 운영할 수 있다. 심지어 백악관도 수백 명의 자원봉사자들이 없다면 편지에 답신을 보내는 등의 중요한 일들을 하지 못할 것이다. 클린턴 도서관도 500명이 넘는 자원봉사자들이 없다면 제대로 운영되지 않을 것이다. 그들의 나이는 17살에서 90살까지 다양하지만 평균 나이는 64세로서 대부분 은퇴한 사람들이다. 그들은 방문객들을 맞이하고 시설을 소개하며 방문객에게 문제나 의문점이 있으면 무엇이든 돕는다.

노인, 실업자, 심신장애자, 노숙자, 마약 및 알콜중독자, 전과자를 돕는 단체는 언제나 자원봉사자들을 기다린다. 그 중에서 특별히 인상적인 두 종교관련 단체를 소개하도록 하겠다. 그 두 단체는 1989년에 메리 스컬리언(Mary Scullion)과 조안 도슨 맥캐넌(Joan Dawson McConnon) 수녀가 필라델피아에서 설립한 '프로젝트 홈(Project

H.O.M.E)' 과 뉴저지 버겐 카운티의 '노숙자를 위한 종교연대(Inter-Religious Fellowship for the Homeless)'이다. 프로젝트 홈은 노숙자들을 위한 겨울철 임시구호소로 출발하여 노숙자 및 빈곤문제에 대한 광범위한 활동을 전개하는 단체로 성장했다. 이 단체는 지금까지 400 채가 넘는 집과 노숙자를 고용하는 세 개의 사업체 외에 교육센터와 기술연구소를 세웠으며, 공터녹화사업을 통해 도시환경을 개선하는 활동도 병행하고 있다. 나는 최근에 처음 집을 갖게 된 사람들을 위해 15개의 낡은 건물을 수리하는 비용을 댄 존 본 조비(Jon Bon Jovi)와 함께 필라델피아 북부에 있는 프로젝트 홈을 방문했다. 컴캐스트(Comcast)는 이 단체의 기술연구소 설립비용을 후원했다. GM의 새턴(Saturn)사업부는 공과금이 많이 나오지 않도록 개축될 건물에 에너지 효율이 높은 청정에너지 시스템을 설치해 주기로 했다. 물론 돈이 중요하긴 하지만 프로젝트 홈의 활동을 성공으로 이끄는 원동력은 삶을 바꾸고 싶어하는 사람들을 위한 실질적인 도움이다. 거기에는 사람의 힘이 필요하다.

노숙자를 위한 종교연대는 약 20년 전에 버겐 카운티의 개신교, 천주교, 유대교 지도자들이 모여서 결성했다. 버겐 카운티는 미국에서 가장 부유한 지역에 속하지만 적지 않은 노숙자인구가 있다. 그 중에는 자녀가 있는 가족과 직장을 가진 사람도 있다. 종교연대는 다른 구호프로그램의 도움을 받지 못한 노숙자 가족들이 임시로 머물 수 있는 비상가족쉼터, 그들이 다시 독립할 수 있도록 돕는 전환프로그램, 60개 이상의 교단이 지원하는 공동쉼터프로그램, 150명이 넘는 노숙자들에게 저녁식사를 제공하는 무료급식활동, 구직기회와 경제적 능력을 향상시켜 주는 교육비 지원사업, 노숙자 가족의 자녀 30명을 대상으로 한 2주간의 여름캠프 등 여러 가지 프로그램을 운영한다.

종교연대는 이 모든 활동을 위해 기금을 모으지만 급여를 지불하는 정식직원은 다섯 명뿐이다. 나머지는 1년에 한 번 나와서 무료급식을 돕는 사람부터 정기적으로 봉사활동을 하는 사람까지 4천명이 넘는 자원봉사자들의 힘을 빌린다. 그 중에는 37명의 손자, 손녀가 있지만 자원봉사조직 업무를 보면서 20년 동안 쉼터에 머무는 가족들을 친자식들처럼 돌봐 온 할머니도 있다. 종교연대의 자원봉사자들은 종교단체나 로타리 클럽(Rotary Club), 로마 가톨릭 우애공제회(Knights of Columbus)와 같은 사회단체 그리고 기업체에서 참여한 사람들이다. 고등학생들도 가족쉼터의 아이들과 놀아 주거나 과외교사로 봉사하고 여름캠프를 위한 기금을 모금한다. 각 교단은 1주일에 한 번씩 가족쉼터의 운영을 맡아서 식사를 제공하고 밤새 당직근무를 설 두 명의 자원봉사자를 배치한다.

당직근무자들은 가족쉼터에서 특별한 경험을 하기도 한다. 교사인 한 자원봉사자는 뉴욕병원에서 간호사로 일하면서 혼자 네 명의 십대 딸을 키우는 엄마를 알게 되었다. 그녀는 병원측에서 초과근무를 없애는 바람에 한 달에 1,500달러인 집세를 내지 못하여 노숙자가 되었다. 어느 날 밤 새벽 한 시에 학생들의 작문을 수정하면서 당직근무를 서던 교사 자원봉사자는 그 시간까지 우등생인 간호사의 딸이 옆에서 숙제를 하는 모습을 보고 가슴이 뭉클해지는 것을 느꼈다.

그 간호사처럼 빠듯한 살림 때문에 집세가 오르거나 건강에 문제가 생기면 바로 노숙자로 전락할 위기에 처한 가족들이 너무나 많다. 그런 점에서 종교연대의 노숙자지원활동은 전국의 종교단체들이 본받아야 할 모범이다.

한 번에 몇 시간이나 하루 정도 시간을 낼 수 있는 사람에게 '소원 들어주기 재단(Make-A-Wish Foundation)' 만큼 참여하기 적합한 봉사단체는 없다. 1980년 이후로 소원 들어주기 재단은 2만 5천명 이상의 자원봉사자들 덕분에 전 세계에서 생명을 위협하는 병에 걸린 14만 4천명 이상의 어린이들이 말한 소원을 이루어 줄 수 있었다. 첫 수혜자였던 어린이는 백혈병에 걸린 7살난 소년으로 경찰관이 되는 것이 꿈이었다. 그래서 미국 세관 경찰과 애리조나 경찰당국은 그 소년을 경찰 헬리콥터에 태워 주고 명예 순찰관 임명장을 주었으며 정식 유니폼도 만들어 주었다. 소년은 소원을 이룬 얼마 후 세상을 떠났다.

백혈병 환자로서 소방관이 되기를 원했던 두 번째 어린이 역시 그 꿈을 이루었다. 설립 후 얼마되지 않아 소원 들어주기 재단은 디즈니랜드와 스포츠경기 관람, 유명인과의 만남 등 온갖 종류의 소원을 들어주게 되었다. 나는 대통령으로 재직할 당시에 백악관이나 방문한 지역에서 이 재단이 데려 온 47명의 아이들을 만났다. 그 아이들은 내가 그들에게 준 것보다 더 많은 것을 나에게 주었다.

세인트루이스에서 온 11살의 프레드 생어(Fred Sanger)는 심장병 때문에 거의 집안에만 머물러야 했다. 그래서 뉴스를 많이 본 덕분에 시사에 밝았다. 소원 들어주기 재단의 도움으로 부모와 함께 나를 찾아온 프레드는 놀랄 정도로 나의 일에 대해 많이 알고 있었다. 프레드와는 그 후로도 얼마간 연락을 주고받았다. 퇴임 후에도 나는 소원 들어주기 재단이 소개한 세 명의 아이들을 만났다. 그 중 한 명인 18살의 놀란 히스(Nolan Heath)는 2006년에 가족들과 함께 할렘에 있는 나의 사무실로 찾아왔다. 놀란은 1년 전에 수술을 네 차례나 받았는데도 불구하고 노스캐롤라이나 윌밍턴대학(University of North Carolina Wilmington)에 입학할 정도로 성실한 학생이었다. 내가 학기 시작 첫주밖에 시간을 낼 수 없었기 때문에 놀란은 모든 담당교수들에게 열심히 공부해서 진도를 따라잡겠다고 약속하여 결강을 허락받았다. 만남을 갖고 나서 나는 놀란이 그 약속을 지키고도 남을 것이라고 확신했다. 아이들에게 진정한 도움을 주면서 보람을 얻고 싶다면 여러분도 소원 들어주기 재단에 참여할 것을 권한다.

놀랄 만큼 많고 다양한 사람들이 카트리나 사태 당시 복구작업을 돕기 위해 멕시코만 연안지역에 모여들었다. 나는 피해지역을 처음 방문했을 때 딸이 고등학교 시절에 가장 친하게 지내던 친구와 마주쳤다. 지금은 건축가가 된 그는 다른 두 친구와 함께 일손을 놓고 3주 간의 봉사활동을 위해 미시시피의 빌럭시(biloxi)까지 달려온 참이었다. 또 몬태나주의 건축업자인 러셀 게래츠(Russell Gerraerts)는 2주만 봉사활동을 하고 나중에 직원들을 데리고 와서 복구사업으로 돈을 벌려고 했으나 현지 사정이 너무 나쁜 것을 보고 계속 봉사활동을 하기로 마음을 바꾸었다.

미시시피 펄링턴(Pearlington)에서는 연방정부의 재건기금이 전혀 지원되지 않고, 보험회사의 보상금 지급이 지체되며, 카트리나가 닥친 지 1년 반이 지난 시점에도 대부분의 사람들이 연방재난관리청(FEMA)에서 지원한 트레일러에서 살아가는 가운데, 사랑의 집짓기, 매사추세츠의 천주교 단체, 일리노이의 감리교 단체, 펜실베니아의 아미쉬(Amish) 단체와 남부지역의 종교단체에서 참가한 자원봉사자들이 재건활동을 펼치고 있다.

뉴올리언즈의 브로드무어(Broadmoor) 지역주민들은 2006년 초에 4개월 안으로 주민의 절반이 돌아오지 않으면 남은 집들을 다 허물고 공원으로 만들겠다는 말을 들었다. 그러나 1년 후 여러 기업과 대학 그리고 비정부단체가 도와준 덕분에 주민들은 2,900채의 파손된 주택 중에서 3분의 2를 재건할 수 있었다. 그 결과 주택가격이 낮아지면서 2007년 2월 말에는 55퍼센트의 주민들이 돌아왔고, 새로운 주민들도 들어와서 지역 분위기를 되살렸다.

그 무렵 카트리나에 의해 사실상 초토화된 로우어 나인스 워드(Lower Ninth Ward)에서 자원봉사자들이 처음 지은 집들이 주민들에게 양도되었다. 강풍에 견딜 수 있는 설계로 지면에서 약 1.5미터 높이에 지어진 이 목재가옥의 가격은 12만 5천 달러에 불과했다. 이 프로젝트를 주도한 에이콘(ACORN: Association of Community Organizations for Reform Now/ 즉각적인 개선을 위한 지역단체연합)은 미국 전역의 100개 지역에서 20만 명 이상의 회원들이 참여하여 저소득층을 돕는 단체이다. 에이콘이 지은 주택을 사는 사람들은 캘리포니아은행의 후원으로 융자를 받을 수 있었으며, 루이지애나의 로드 홈(Road Home) 프로젝트에서 나온 기금으로 주택구입자금과 이전의 부채를 갚을 수 있었다. 주택설계는 루이지애나주립대학(Louisiana State University) 건축학과에서 맡았고, 대학생, 지역교회 교인, 약속의 집(Covenant House) 회원, 소설가 리처드 포드(Richard Ford) 등이 자원봉사에 참여했다. 리처드는 최근 뉴올리언즈에서 열린 주택양도 축하행사에 참석했다. 그는 축하연설에서 이웃들이 서로 힘을 모아 집을 짓던 초기 미국의 모습에 빗대어 "소중하고 희망찬 집들이 올라간다."고 말했다. 뉴올리언즈를 되살리기 위해 지금도 노력하고 있는 많은 사람들을 포함하여 복구작업에 참가한 모든 시민들은 위대한 옛 전통도 함께 되살려 낸 것이다.

부를 나누는 경우와 마찬가지로 시간을 나누는 인상적인 일부 사례는 젊은이들에게서 나온다. 1993년에 오백 년만의 최대 홍수가 미국 중심부를 강타하여 미시시피강이 범람하는 바람에 인근의 도시와 농지가 물에 잠겼다. 나는 피해 상황을 점검하고 시민들을 격려하기 위해 아이오와주의 디모인(Des Moines)으로 내려갔다. 그 곳에서 나는 피해를 최소화하고 수재민들을 돕기 위해 일하는 비상대책팀과 수해 현장에서 모래주머니를 쌓고 음식과 구호물품을 나르던 자원봉사자들을 만났다. 재난 상황에서 만난 사람들은 언제나 그렇듯 그들은 열정적이었고 헌신적이었다. 그 중에서도 브라이앤 슈완테스(Brianne Schwantes)는 유난히 두드러졌다.

위스콘신주의 케노샤(Kenosha)에서 태어난 브라이앤은 적십자 자원봉사센터에서 일하기 위해 가족과 함께 아이오와로 와서 음식과 구호물품을 나르는 일을 도왔다. 겨우 13살인 그녀는 나이에 비해 작은 몸집을 갖고 있었고, 골형성부전증(Osteogenesis Imperfecta)이라는 희귀한 관절질환 때문에 아주 조금만 무리해도 쉽게 골절되는 위험을 감수해야 했다. 의사들은 13개의 뼈가 부러진 채로 태어난 그녀가 그 날을 넘기지 못할 것이라고 부모들에게 말했다. 그러나 그녀는 살아남았고 온몸에 작은 깁스와 부목을 하고 집으로 갔다.

그녀의 부모는 나쁜 일이 일어날 수도 있다는 사실을 받아들이고 브라이앤을 감싸안고 키우는 대신에 최대한 조심하면서 행복하고 건강한 삶을 살게 하기로 결심했다. 그래서 심하게 다치더라도 서로를 원망하지 않기로 약속하고 위험을 감수하며 평범한 아이로 그녀를 키웠다. 브라이앤은 자라는 동안 거의 여섯 달에 한 번씩 다리뼈를 다쳤다. 발가락뼈와 손가락뼈, 갈비뼈는 그보다 더 자주 부러졌다. 나와 만날 무렵 브라이앤은 수없이 많은 수술을 받은 상태였다. 그러나 그녀는 밝은 표정을 잃지 않았고 목소리도 당찼다. 그녀는 국립보건원(National Institutues of Health)의 예산 증액을 위해 의회에서 증언을 했고 희귀병을 앓는 아동들을 위한 분기별 소식지로서 전 세계에 5천 명이 넘는 구독자를 둔 <리틀 본즈(Little Bones)>를 창간하기도 했다.

브라이앤은 홍수사태가 끝난 후에도 봉사활동을 멈추지 않았다. 15살 때는 프란치스꼬회(Franciscan missionaries)와 협력하여 남아프리카의 고아들을 위해 2만 5천 달러가 넘는 기금을 모았다. 18살 때는 HIV와 다른 심각한 질환을 앓는 아이들을 위한 여름캠프인 미국아동봉사단캠프(CampAmeriKids)에서 상담교사로 일했다. 20살 때는 워싱턴 DC에 있는 아메리칸대학(American University)에서 최초로 여자하키부를 공동으로 창설하고 이끌었다. 나는 1999년에 그녀의 대학친구들과 함께 그녀를 다시 만났다. 부모의 바람대로 성장한 그녀의 모습을 보니 무척 기뻤다. 그녀는 모든 위험을 무릅쓰고 사회봉사에 깊은 열의를 가진 건강하고 행복한 숙녀가 되어 있었다.

브라이앤은 대학시절에도 '미국의 마음 재단(Heart of America Foundation)에서 활동하면서 5천 명이 넘는 중고교생들에게 자원봉사의 중요성에 대해 연설했다. 그녀의 봉사활동은 대학을 졸업하고 위스콘신으로 돌아가서도 계속되었다. 23살 때는 위스콘신 벚꽃여왕대회(그녀는 2003년의 벚꽃여왕이었다)에 참가한 여성들을 조직하여 책을 기증하고 지역초등학교에서 읽어 주는 행사를 가졌다. 24살 때는 남부 밀워키에서 도서기증운동을 벌여서 7천권이 넘는 책을 가난한 농촌지역의 학생들에게 전달했다. 25살 때는 워싱턴 DC 연례벚꽃축제와 연계하여 1주일 동안 다양한 봉사활동을 벌였다. 브라이앤처럼 항상 큰 위험을 감수하고 봉사활동을 하는 사람은 거의 없다. 그럼에도 불구하고 봉사활동은 그녀를 행복하게 한다.

맥켄지 슈타이너는 여섯 살 때 친구들과 함께 캘리포니아에서 두 번째 해변청소활동을 벌였다. 학교행사로 첫 번째 해변청소를 했지만 그 후에도 여전히 해변에 쓰레기들이 있었기 때문이다. 해변의 쓰레기를 보고 가만있을 수 없었던 그녀는 친구들과 함께 두 번째 청소활동을 하기로 했다. 그녀와 약 스무 명의 친구들이 쓰레기를 담을 수 있도록 장

갑과 비닐봉지를 준비했다. 그녀는 내게 앞으로 몇 년 간 생일날마다 청소활동을 할 것이라고 말했고, 한 달에 한 번씩 청소하는 문제에 대해 엄마와 상의하고 있다. 내가 왜 청소활동을 벌이는지 묻자 그녀는 이렇게 대답했다. "가끔 사람들이 해변에 쓰레기를 버리는 바람에 동물들이 죽어요...(중략) 해변에 수영하러 오는 사람과 동물들을 돕는 일이 좋아요."

맥켄지 슈타이너처럼 어린 아이가 봉사활동을 조직할 수 있고, 브라이앤 슈완테스같은 사람이 그토록 많은 봉사활동을 할 수 있다면 틀림없이 우리들 모두가 무언가를 나눌 수 있을 것이다.

자원봉사를 하고 싶다면 여러분을 기쁘게 맞이할 단체와 프로젝트는 얼마든지 있다. 많은 지역신문에는 봉사활동을 하고 싶은데 딱히 활동할 곳이 없는 사람들을 찾는 광고들이 실린다. 아니면 인터넷에서 자원봉사자를 찾는 단체를 검색할 수도 있다. 몇 번의 검색만 하면 지역별로 참여할 수 있는 단체를 쉽게 찾을 것이다. 어떤 일이든 봉사활동을 하면 배움과 즐거움, 보람을 얻을 수 있다. 모든 사람이 봉사활동에 나선다면 세상을 바꿀 수 있다는 점을 기억하자.

4

Giving

물건의 나눔

부유한 나라에 사는 대부분의 개인과 가족 그리고 기업은 국내와 해외에서 필요한 사람에게 쉽게 줄 수 있는 물건을 갖고 있다. 문제는 실제로 도움이 되는 물건이 무엇인지 알아내서 필요한 곳까지 보내거나 믿을 만한 사람에게 맡기는 일이다. 다행히 그러한 일을 대신 해 주는 좋은 단체들이 있다. 이들 단체는 대개 일상적인 물건이 다른 사람의 삶에 큰 변화를 일으킬 수 있다는 사실을 알게 된 사람들이 설립한 것이다.

'닥 투 닥(Doc to Dock)' 은 브루스 카라쉬(Bruce Charash) 박사가 미국에서 의료용품과 장비, 약품을 모아서 아프리카와 중동의 공중보건 단체에 전달하기 위해 설립한 단체이다. 매일 미국의 병의원에서 7천 톤 이상의 사용 가능한 의료용품이 버려진다. '닥 투 닥' 은 이 의료용품들을 가능한 많이 모으고, 제작사로부터 협찬을 받고, 주요의료행사에서 의사와 간호사들로부터 의료용품과 장비를 기증받으며, 후원받는 병의 원에서 제대로 사용되고 있는지 확인하는 활동을 한다. 예를 들어 닥 투 닥은 심장병학회에 참가하는 의사들에게 남는 청진기를, 정형외과 학회에 참가하는 의사들에게 남는 플라스틱틀을 가져오도록 요청한다. 병원들은 여러 개가 한데 묶인 제품을 많이 받는데, 규칙상 낱개로 포장되었다 하더라도 전체 포장을 개봉한 이후에는 남는 제품을 쓰지 못하는 경우가 있다. 이러한 물품들도 '닥 투 닥' 을 거치면 요긴하게 쓰인다. '닥 투 닥' 은 아프리카와 중동의 병원들이 재고를 파악하고 정확하게 필요한 물품을 주문할 수 있도록 인터넷 사이트를 만들 예정이다. 애틀란타에 있는 메드쉐어 인터내셔널(MedShare International)이 품목별 목록을 정리하여 인터넷 '창고' 에서 쉽게 주문할 수 있게 하는 작업을 맡고 있다. 해외지원 의료물품은 화물컨테이너에 실려 보내지는데 한 번에 보통 40만 달러어치 정도가 선적된다.

카라쉬 박사는 2005년에 처음 열린 클린턴 글로벌 이니셔티브에 참가하면서 '닥 투 닥' 을 만들 생각을 하게 되었고, 그로부터 1년 후 첫 번째 선적분이 가나로 떠났다. 지금까지 해마다 5백만 달러어치의 물품을 모은 닥 투 닥은 15개 병원 연합체인 노스 쇼어-롱 아일랜드 유태계 의료시스템(North Shore-Long Island Jewish Health System)을 통해 2천 5백만 달러어치의 물품을 추가로 기증받을 예정이다. 향후 몇 년 간 리비아로 20개에서 30개의 컨테이너를 추가로 보낼 계획도 진행 중이다. 여기에 드는 비용은 40만 달러어치의 물품이 실린 컨테이너 당 2만 달러로서 20대 1의 높은 효율을 보이고 있다.

몇 년 전, 각각 공중보건행정과 교육에 종사하다가 은퇴한 쉐리 샐츠버그(Sheri Saltzberg)와 마크 그래쇼(Mark Grashow) 부부는 결혼식에 참석하기 위해 거주하던 뉴욕에서 잠비아로 갔다. 짐바브웨로 가서 자신과 가까운 가족의 결혼식에 들렀다가 빅토리아 폭포를 보고 오라는 아들의 권유에 따른 것이었다. 그들은 짐바브웨에 있는 동안 몇 군데 학교를 둘러보다가 교과서도, 도서관의 책도, 과학실험기구도, 기본 학용품도, 종종 학교급식도 없이 공부하는 아이들의 모습에 충격을 받았다.

그들은 뉴욕으로 돌아와서 직접 '미국-아프리카 아동연대(U.S.-Africa Children' s Fellowship)' 라는 비정부단체를 세우고, 1980년부터 개별 지역단위로 교육과 경제 상황을 개선하기 위해 활동해 온 '진보를 위한 짐바브웨농촌단체연합(Zimbabwe Organization of Rural Association for Progress)' 과 협력관계를 맺었다.

그 후 2년 동안 두 부부는 미국의 35개 학교가 짐바브웨의 35개 학교와 자매결연을 맺도록 주선하고, 네 개의 컨테이너에 15만 권 이상의 책과 학용품, 장난감, 게임, 운동기구, 자전거, 옷, 재봉틀, 농기구 등을 실어 보냈다. 또 현물로 줄 수 없는 교복과 현지어 책, 교육부자재 및 장학금을 대기 위해 별도로 기금을 모았다.

두 부부는 미국의 학생들에게 자매결연을 맺은 짐바브웨의 학생들이 어떻게 살아가고 있는지 알려 주려고 노력했다. 그들의 이야기를 들은 미국의 아이들은, 10킬로미터쯤 떨어진 학교까지 걸어가기 위해 새벽 다섯 시에 일어나고, 자주 끼니를 굶으며, 에이즈로 부모를 잃기도 하는 짐바브웨 아이들의 삶에 대해 알게 되었다. 또한 많은 아이들이 학비, 교복 혹은 공책이나 연필이 없어서 아예 학교에 가지 못하고, 가족을 부양하기 위해 일하거나 집에서 아픈 부모나 동생들을 돌보아야 하며, 신발이 없어서 겨울에는 제대로 걸어다니지도 못한다는 사실을 알게 되었다. 그 이야기에 자극받은 미국 아이들은 직접 행동에 나서서 물건을 기부하고 짐바브웨 학생들에게 편지를 썼다.

두 부부는 매번 선적분이 도착할 때마다 짐바브웨로 날아가 각 학교로 배분하는 일을 도왔다. 마크는 기부활동의 결과에 대해 이렇게 말한다. "우리가 기부한 물품은 상상했던 것보다 훨씬 더 큰 효과를 가져 왔습니다. 이 곳 학생들은 처음으로 집에 가져가서 읽을 책을 가지게 되었어요. 이전에는 7학년생들 중에서 읽기 시험에 합격하는 비율이 5퍼센트에 불과했지만 지금은 60퍼센트나 됩니다. 또 3년 전에는 학군별로 한 명 정도만 대학입학시험에 합격했는데 올해는 38명이나 합격했어요. 뿐만 아니라 교과과정에 그림 그리기와 재봉 수업도 새로 생겼어요. 남자아이들은 축구공이 충분하니까 원하는 만큼 축구를 할 수 있게 되었지요. 또 장난감이 생기니까 여러 유치원의 출석률도 세 배나 높아졌습니다. 올 9월에는 자매결연학교를 35개에서 50개로 늘릴 예정입니다." 두 부부의 기부활동은 너무나 큰 성공을 거두어서 현재 자매결연을 바라며 대기하는 학교의 수만 해도 300개나 된다.

그들은 왜 이 일을 시작했을까? 마크는 "나는 우리 모두가 공평한 인생을 살도록 노력할 의무가 있다고 믿습니다. 책이 없는 학교, 물이 없는 마을, 의료혜택을 받지 못하는 사람들은 남의 문제가 아니예요. 우리 모두는 세상 어딘가를 더 좋은 곳으로 만들 능력을 갖고 있습니다. 단지 그 일을 할 의지를 가질지 결정만 하면 됩니다." 라고 대답한다.

존 우드(John Wood)는 1998년에 네팔 트레킹을 다녀온 후 그런 결정을 내렸다. 마이크로소프트사의 성실한 임원으로 크게 성공한 우드는 숨가쁜 삶으로부터 잠시 벗어나기 위해 네팔을 찾았다가 남은 인생을 바칠 뜨거운 열정을 갖게 되었다. 21일로 예정된 트레킹 여행의 첫날, 우드는 우연히 네팔의 교육공무원을 만나서 아이들이 공부하고 싶어 해도 책이 없다는 말을 들었다. 그 공무원은 우드를 학교로 데리고 가서 책이 너무 적어서 상할까 봐 아예 책장을 잠궈 놓은 도서관을 보여 주었다. 교장은 우드에게 "제발, 나중에 책을 좀 가지고 와 주세요." 라고 말했다.

우드는 미국으로 돌아와 직장을 그만두고 개발도상국에 사는 1천만 명의 어린이들에게 교육의 기회를 제공하겠다는 목표 하에 '룸 투 리드(Room to Read)' 를 세웠다. 그는 2000년부터 네팔의 농촌지역사람들과 힘을 합쳐서 학교를 짓고 영어와 현지어 책, 포스터, 게임, 가구, 나무바닥이 있는 도서관을 만들기 시작했다. 그로부터 6년 만에 룸 투 리드는 287개의 학교를 짓고, 3,600개 이상의 도서관을 만들고, 각각 150만 권에 달하는 영어책과 144 종류의 현지어 책을 기증하거나 출판했다. 또한 117개의 컴퓨터실 및 어학실습실을 만들고 2,300명의 여학생이 학교에 다닐 수 있도록 장학금을 수여했다. 그동안 룸 투 리드는 예닐곱 개의 다른 아시아 국가로 활동 영역을 넓혔고, 2006년에는 남아프리카에서도 활동을 시작했으며, 2010년 경에는 남미와 더 많은 아프리카 국가로 진출할 예정이다.

존 우드는 『세상을 바꾸기 위해 마이크로소프트를 떠나다: 세상의 아이들에게 교육의 기회를 주기 위한 기업인의 여정(Leaving Microsoft to Change the World: an entrepreneur's odyssey to educate the world's children)』이라는 책에서 자신의 이야기를 들려 준다. 이삼백 명의 사람들이 존 우드와 마크, 쉐리 부부의 뒤를 따르고, 수천 명의 사람들이 그저 휴가 동안이라도 세상의 모든 아이들이 책과 교육용품이 있는 학교에 다닐 수 있도록 노력한다면 어떤 일이 생길지 상상해 보라. 누구나 그런 일을 할 수 있다.

또 다른 독특한 세계적 기부단체는 '세계자전거원조단(World Bicycle Relief)'이다. 이 단체는 쓰나미 사태 때 대형 기독교단체인 '월드 비전(World Vision)'과 함께 150만 달러를 모아서 스리랑카 사람들에게 2만 4천 대가 넘는 자전거를 주었다. 스리랑카에서 자전거는 온갖 용도로 쓰인다. 임시수용소에서 살지만 선생님이 되겠다는 꿈을 버리지 않은 학생은 자전거가 있으면 더 이상 버스를 두 번씩 갈아타면서 학교에 다닐 필요가 없기 때문에 공부할 시간을 더 만들 수 있다. 목수는 자전거 덕분에 일터로 오가는 시간을 줄일 수 있다. 생선장수와 그물 만드는 사람은 자전거로 아이들을 학교에 태워다 주고 장사에도 쓴다. 산파의 자전거는 하루에 두 배의 가정을 방문할 수 있게 해 준다. 자전거는 또한 다른 방식으로 스리랑카의 빈곤을 물리치는 데 도움을 준다. 세계자전거원조단에서 기부하는 모든 자전거는 확실한 품질 기준에 따라 전량 현지에서 생산되기 때문이다. 현재 이 단체는 공중보건 인력과 생계활동에 쓸 사람들에게 자전거를 주는 시범사업을 시작으로 여섯 개의 아프리카 국가에 2만 6천 대의 자전거를 제공하는 차기 대형 프로젝트를 준비하고 있다. 이 프로젝트에서도 현지 생산, 조립, 유통업체를 최대한 이용하게 된다.

2004년에 프록터 앤 갬블(Procter & Gamble)은 오염된 물 때문에 매일 6천명의 아이들이 죽어가는 개발도상국의 빈곤지역에 값싸고 안전한 식수를 제공하는 사업을 펼치겠다고 발표했다. 이를 위해 작은 크기에도 10리터의 물을 정수할 수 있는 퓨어(PUR) 정수기를 개발했다. 프록터 앤 갬블은 세이브 더 칠드런(Save the Children), 유니세프(UNICEF), 미정부 해외지원 프로그램(U.S. government foreign assistance program) 외 많은 파트너들과 함께 5억 리터의 물을 정수할 수 있는 5천만 개의 퓨어정수기를 무상으로 제공해 왔다. 이 회사는 앞으로도 1백만 명의 아프리카 아이들이 학교와 고아원 그리고 집에서 안전한 물을 마실 수 있도록 3천 5백만 리터의 물을 추가로 정수할 수 있는 물량을 제공하기로 약속했다.

■

카트리나가 뉴올리언즈를 파괴했을 때 수천 명의 음악가들이 악기를 잃었다. 그들 대부분에게 악기는 생계수단이나 마찬가지였다. 깁슨 기타(Gibson Guitar Corporation)는 U2의 기타리스트인 디 엣지(The Edge), 뮤지케어즈(MusiCares), 콘-셀머(Conn-Selmer), VH1, MTV 외 다른 단체와 협력하여 뉴올리언즈의 음악가들에게 악기를 제공하는 '뮤직 라이징(Music Rising)'을 설립했다. 깁슨은 카트리나 피해지역에서 나온 목재를 이용하여 엣지의 그림이 들어간 뮤직 라이징 기타를 만들었다. 이 기타의 판매수익금은 멕시코만 연안에서 활동하는 2,200명의 음악가들에게 악기를 사주는 데 사용되었다. 뮤직 라이징은 또한 교회와 학교에서 음악활동을 재개하도록 후원하여 2만 명의 관련 종사자들에게 도움을 주었다.

미국의 악기부족 문제는 카트리나 피해지역에만 국한되지 않는다. 지난 7년 동안 많은 학교들이 기록적으로 늘어난 신청자들, 재산세 증가에 대한 저항, 읽기와 수학과목의 중요도 증가에 따른 예산압박 때문에 악기교육 프로그램을 없애거나 크게 줄였다. 아이러니하게도 악기교육의 축소는 다른 과목의 성적에 악영향을 미쳤다. 일련의 연구결과에 따르면 악기교육이 읽기와 수학의 학업성취도를 개선하고, 자부심과 협동심을 길러 주며, 고등학교의 출석률과 졸업률 그리고 대학진학률을 높여 주는 것으로 나타났다. 따로 악기를 사거나 학원비를 댈 여유가 없는 가정의 아이들에게 악기를 배울 수 있는 기회를 제공하는 곳은 학교뿐이다.

'VH1 음악지키기 재단(VH1 Save the Music Foundation)'은 미국의 아이들이 가정형편에 구애받지 않고 다시 음악을 접할 수 있도록 노력하고 있다. 이 재단은 유명한 음악방송국인 VH1과 그 협력사의 후원을 받아서 음악교사를 채용하고 필요한 물품과 유지비용을 제공하며 정규과목에 음악시간을 편성하겠다고 약속한 학군의 학교에! 새 악기를 기부한다. 지난 10년 간 이 재단은 8개 도시의 1천 개가 넘는 학교에 3천만 달러어치의 악기를 기부하여 70만 명의 학생들이 악기를 연주하는 즐거움을 얻을 수 있게 했다. 기부하는 악기는 해당 지역에서 할인된 가격으로 구매한 것들이었다.

나는 친구이자 당시 VH1의 회장이었던 존 사이키스의 부탁으로 두 번째 임기 중에 음악지키기 재단의 활동에 참여하여 색소폰을 기증하고 홍보를 위해 관련행사에 참석했다. 이 재단은 새 악기만을 기부하지만 대부분의 금관악기는 사용한 것이라도 연주에 지장이 없는 상태로 만들 수 있다. 나는 1915년산 소프라노 색소폰, 1935년산 셀머(Selmer) 테너 색소폰, 1955년산 버펫(Buffet) 알토 색소폰과 1861년에 아돌프 삭스(Adolph Sax)가 손수 제작한 테너 색소폰을 갖고 있다. 이 악기들은 나의 실력이 부족할 뿐이지 연주하는 데 전혀 손색이 없다. 그러니 전혀 연주하지 않는 오래된 금관악기가 있다면 잘 작동하는지 살펴본 다음 필요한 학교에 기증할 것을 고려해 보자. 그 악기가 한 아이의 인생을 바꿀 수도 있다.

기타를 만들거나 거기에 그림을 그릴 수 없다고 해도 누구나 다른 사람들에게 필요한 물건이 있기 마련이다. 더 이상 입지 않는 옷은 굿윌(Goodwill)이나 구세군 혹은 지역노숙자쉼터에서 요긴하게 쓰일 수 있다. 이들 단체는 새 치솔과 치약, 빗, 샴푸도 필요하다. 날씨가 추울 때는 코트, 스웨터, 땀복이 어려운 사람들에게 큰 선물이 된다. 안 입는 정장으로 남을 돕고 싶다면 가난한 사람들이 경제적으로 자립할 수 있도록 지원하는 '드레스 포 석세스(Dress for Success)'나 '커리어 기어(Career Gear)'에 기증할 수 있다.

미국, 캐나다, 영국, 뉴질랜드에서 해마다 4만 명 이상의 여성들에게 도움을 주는 드레스 포 석세스는 2007년에 설립 10주년을 맞는다. 드레스 포 석세스는 노숙자쉼터나 가정폭력피해여성쉼터, 이민자 지원기관, 교육기관, 직업교육단체에서 소개받은 여성들에게 직업별로 면접에 필요한 정장과 액세서리를 주고 합격하면 맞춰 입을 수 있는 추가 정장을 제공한다. 또한 취업한 여성들의 직업유지 및 경력개발도 지원하고 있다. 따라서 이 단체에 옷을 기부하면 한 여성이 자립하거나 성공을 거두는 데 도움을 줄 수 있다.

커리어 기어는 저소득층 남성노동자와 자립하고 싶어하는 정부지원 대상자들을 돕는다. 운영하는 방식은 드레스 포 석세스와 유사하다. 지원 대상자가 면접을 볼 때 정장 한 벌을 주고, 합격하면 추가로 한 벌을 제공하며, 직업을 유지할 수 있도록 지원한다. 또한 과거 수혜자를 대상으로 수입관리, 주택구입, 영양관리, 시간 및 스트레스 관리, 경력 관리를 돕는 프로그램도 운영한다. 커리어 기어는 새 정장과 입었던 정장, 와이셔츠, 넥타이, 새 구두를 기부받는데 모두 면접시에 입기 적당한 옷이어야 한다. 특히 대형 사이즈의 옷들이 많이 필요하다고 한다.

기부를 할 수 있는 또 다른 좋은 기회는 부모가 필요한 장비나 옷을 사줄 수 없는 아이들이 스포츠를 즐길 수 있도록 지원하는 프로그램이다. 나는 골프애호가이기 때문에 다양한 계층의 어린이들에게 골프를 가르치는 '퍼스트 티(First Tee)'를 특히 좋아한다. 퍼스트 티는 큰 규모로 성장하여 골프채 제작사들이 대부분의 물품을 후원하지만 여전히 개인들이 기부하는 골프채와 골프공도 유용하게 쓴다. 이밖에 많은 퍼블릭 골프장도 자체적으로 골프채가 필요한 아이들을 돕는 프로그램을 운영하고 있다. 그런 곳에 골프채를 기부한다면 곧 여러분보다 골프를 잘 치게 될 아이들을 도울 수 있다.

나는 오랫동안 골프장비와 의류를 지원하는 단체를 후원해 왔다. 1년에 대여섯 번 정도밖에 사용하지 않는 골프채와 입지 않는 옷이 있는지 살펴보고 특별한 정서적 의미가 없는 것들은 요긴하게 쓰일 수 있는 곳으로 보낸다. 물론 나는 복받은 인생을 살았던 덕분에 넘치도록 많은 옷과 골프채를 가졌지만 다른 대부분의 사람들도 살다 보면 다른 사람에게 더 소중하게 쓰일 물건들을 갖기 마련이다.

모든 연령대와 재산이 많고 적음에 상관없이 참여할 수 있어서 내가 아주 좋아하는 기부프로그램은 '사마리아인의 지갑(Samaritan's Purse)'에서 운영하는 크리스마스 어린이 사업(Operation Christmas Child)이다. 사마리아인의 지갑은 가난하고 병들고 고통받는 사람들을 도움으로써 선한 사마리아인을 본받는다는 취지 아래 프랭클린 그래험(Franklin Graham) 목사가 이끄는 기독교 계열 비정부단체로서 전 세계에서 구호사업, 지역개발사업, 교육사업, 직업교육사업, 의료사업을 전개한다. 크리스마스 어린이 사업은 루마니아 어린이들에게 선물을 주기 위해 1990년에 영국에서 처음 시작되었다. 1993년에 사마리아인의 지갑은 이 사업을 채택하여 인형, 위생용품, 학용품 등 작은 상자 안에 들어갈 수 있는 선물들을 기부받았다. 사업 첫해에 모아진 2만 8천 개의 상자에 든 선물들은 보스니아 어린이들에게 전달되었다. 몇 년 후 나는 보스니아로 가서 이 작은 선물상자들이 얼마나 큰 기쁨과 감사를 불러일으키는지 직접 보았다. 지난 14년 간 사마리아인의 지갑은 125개 국가의 소년, 소녀들에게 5천만 개가 넘는 선물상자를 전달했다. 2006년 한 해만 해도 약 8백만 개의 선물상자가 95개 국가로 보내졌다. 그 결과 수많은 평범한 사람들의 선물이 잊혀질 수도 있었던 아이들의 삶에 큰 기쁨을 안겨 주었다. 이처럼 기독교 단체인 사마리아인의 지갑은 다른 모든 종교에서 본받고 싶을 만큼 훌륭한 어린이 봉사활동의 모델을 보여 주었다.

내가 아는 가장 독특한 기부단체는 병으로 머리카락을 잃은 가난한 18세 이하의 아이들에게 가발을 제공하는 '사랑의 머리결(Locks of Love)' 이다. 이 단체가 돕는 대부분의 아이들은 아직 원인과 치료법이 발견되지 않은 원형탈모증 환자들이다. 사랑의 머리결 운동은 20대 때 간염예방주사를 맞은 이후로 원형탈모증에 걸린 심장질환 전문 간호사인 마돈나 코프먼(Madonna Coffman)이 시작했다. 은퇴한 그녀는 약물치료 덕분에 다시 머리카락을 얻었지만 15년 후 그녀의 4살짜리 딸이 같은 병에 걸려서 머리카락을 모두 잃고 말았다. 그녀의 딸도 결국엔 회복했지만 그 일을 계기로 마돈나는 사랑의 머리결 운동에 매진하게 되었다. 처음에는 기부받은 가발을 차고 가득 모아 놓고 활동을 시작했다. 그러다가 얼마 지나지 않아 살고 있는 플로리다 팜 비치에 있는 병원에서 사무실을 지원받았고 좋은 품질의 가발을 제조하는 회사도 찾아냈다.

사랑의 머리결은 해마다 미국과 캐나다의 어린이들에게 200개 이상의 가발을 제공한다. 머리카락은 미국 전역에서 수천 명의 사람들로부터 기부받는데 대개 학교의 연례행사로 머리카락을 기부하는 아이들이다. 뉴욕에 있는 우리집 근처의 학교에 다니는 학생들도 이 행사에 참가하고 있다. 아이들은 머리카락을 더 길게 기를 수 있어서 이 행사에 참가하는 것을 좋아한다. 사랑의 머리결이 기부받는 머리카락의 최소 길이는 약 25센티미터이다. 여러분도 그만한 길이로 머리를 기를 수 있다면 마땅히 도와야 할 어린이들에게 큰 선물을 줄 수 있다.

모든 공동체에서 본받을 수 있는 또 다른 기부프로젝트는 백팩클럽(Backpack Club)이다. 식량배급표와 학교급식지원, 여성과 아동을 위한 영양지원 등 저소득층의 결식을 방지하는 정부프로그램들이 있지만 여전히 아이가 있는 많은 가족들이 식비와 생활비를 마련하지 못하고 있다. 2004년에 미국 농무성은 미국 가정의 약 12퍼센트인 1,350만 명이 연중 특정시기에 스스로 식비를 조달할 능력을 상실할 수 있으며, 그들 중 3분의 1 정도는 적어도 가족 중 한 명이 때로 끼니를 굶는다고 발표했다. 또한 굶는 사람의 12퍼센트만이 노숙자들이고, 93퍼센트는 미국시민들이고, 거의 절반 정도가 농촌이나 교외지역에서 살고 있으며, 3분의 1 이상이 적어도 가족 중에 한 명은 직업을 가지고 종종 야간근무와 주말근무까지 한다. 2007년까지 미국은 10년 동안 최저임금을 인상하지 않았다. 굶는 사람들 중 다수는 월세와 공과금, 차량유지비, 식비를 댈 충분한 돈이 없다. 특히 갑자기 가족 중에 아픈 사람이 생기면 상황이 더욱 나빠진다.

미국에는 음식을 모아서 학교에서 주로 끼니를 해결하는 아이들을 둔 어려운 가정에 전달하는 수백 개의 지역 푸드뱅크가 있다. 1995년에 '아칸소 라이스 디포(Arkansas Rice Depot)'는 리틀록의 마틴 루터 킹 초등학교에 다니는 일부 아이들이 가난하다고 놀림받는 것이 싫어서 배가 고픈데도 음식을 받으려 하지 않는다는 사실을 알게 되었다. 이 문제를 해결하기 위하여 아칸소 라이스 디포는 음식을 책이나 학용품과 함께 백팩에 넣어 주었다.

그렇게 백팩클럽 운동이 시작되었다. 현재 미국에는 최소한 70개의 푸드뱅크가 매주 한 끼당 2달러에서 3달러의 비용에 3킬로그램에서 5킬로그램 사이의 음식을 담은 수만 개의 백팩을 배급한다. 푸드뱅크는 해당지역에서 백팩과 아이들에게 맞는 음식을 구매하는 데 드는 비용을 모금한다. 여러분이 사는 지역에 푸드뱅크가 있다면 1주일에 2, 3달러로 한 가족을 돕거나 직접 참여하여 더 많은 기여를 할 수 있다. 푸드뱅크가 없더라도 이웃들에게 그 필요성과 상대적으로 낮은 비용을 알린다면 백팩클럽을 시작하는 데 필요한 후원을 충분히 얻을 수 있을 것이다. 결식가족 문제는 정부에서 복지프로그램으로 해결해야 하지만 아직 제대로 이루어지지 않고 있다. 이 부분을 시민들의 힘으로 메워서 백팩을 받은 아이의 가족들이 주말 동안 먹을 음식을 제공한다면 큰 보람을 느낄 수 있을 것이다.

■

자신이 가지고 있지 않은 유용한 물건을 기부하고 싶거나, 가치 있는 물건이지만 기부할 쓰임새가 있는지 확신할 수 없다면 어떻게 해야 할까? 인터넷으로 2006년에 열린 클린턴 글로벌 이니셔티브를 지켜 본 미국인 레이나 니미(Laina Niemi)는 첫 번째 물음에 대해 좋은 해답을 찾아냈다. 그녀는 개발도상국에서 아이들의 목숨을 앗아가는 설사병을 줄이기 위하여 개당 6센트인 수분보충제를 사서 유니세프에 기부하기로 했다.

'이베이 기빙 웍스(eBay Giving Works)'는 기부품목으로 맞지 않아도 가치 있는 물건을 기부하고 싶은 사람들에게 독특한 해결책을 제공해 왔다. 이 프로그램을 통해 판매자는 이베이에서 물건을 판 다음 최종 판매가격의 일부 내지는 전부를 원하는 비영리단체에 기부할 수 있다. 이베이는 판매대금을 수금하여 해당 단체에 전달하고 판매자로부터 세금공제에 필요한 영수증을 발행한다. 혹은 이베이에서 기금을 모금하는 1만 개 이상의 비정부단체에 현물을 기부하여 그들이 직접 판매하게 할 수도 있다. 두 가지 방식 모두 가치 있는 물건을 좋은 일에 유용하게 쓰도록 도와준다.

포인츠 오브 라이트 재단(Points of Light Foundation)은 5천 개 이상의 기부현물을 팔아서 60만 달러가 넘는 기금을 조성했다. '전립선암 재단(Prostate Cancer Foundation)'은 350개의 기부현물을 팔아서 20만 달러의 기금을 조성했다. 워싱턴 DC 적십자(Red Cross)는 지난 3년간 3,500개의 기부현물을 팔아서 거의 70만 달러를 조성했다. 하우스 이

어재단(House Ear Institute)은 244개의 기부현물을 팔아서 청력건강연구에 쓸 5만 9천 달러를 모았다. 로라 아이버슨 갤러리(Laura Iverson Gallery)는 유화작품을 이베이에서 판매하여 다양한 자선활동에 쓸 기금을 모은다. 이러한 종류의 기부는 앞으로 더욱 늘어날 것이다. 이베이 시장에는 수백만 명의 판매자와 구매자가 모인다. 그 중에서 일부라도 이베이 기빙 웍스에 참여한다면 수천 개의 훌륭한 단체들이 목적을 이루는 데 필요한 역량을 현저하게 높일 수 있을 것이다.

물건의 나눔에 대해 끝으로 한 가지만 더 언급하고자 한다. 누구나 쓰나미나 카트리나와 같은 자연재해의 희생자에게 유용한 물건을 주고 싶어 하지만 사태 발생 직후에 시기적절하게 전달하는 일은 쉽지 않다. 현지에서 옷이나 세면용품, 침구, 음식, 장난감 같은 물건들이 급하게 필요하다고 해도 운송과 배급과정에서 병목현상이 발생하기 때문이다. 이 문제를 피하려면 각 단체들이 신중하게 기부방법을 결정해야 한다. 한 예를 들어보도록 하겠다. 힐러리와 나는 쓰나미 사태 직후에 퀸즈에 있는 뉴욕 비하라불교사원(New York Buddist Vihara Temple)을 방문하여 스리랑카로 보낼 구호품 수집활동을 격려했다. 인근 주민들이 종교에 상관없이 열성적으로 호응한 덕분에 비하라사원은 구호물이 담긴 박스를 화물차 가득히 실을 수 있었다. 당연히 화물차로 스리랑카까지 갈 수는 없었기 때문에 사원측은 힐러리에게 물품을 실을 화물 컨테이너를 찾아 달라고 요청했다. 그녀의 도움으로 얼마 후 컨테이너에 실린 구호물품은 스리랑카 측에 잘 전달되어 필요한 사람들에게 배급되었다. 그런데 비슷한 물량을 보내려던 다른 단체들은 콜롬보공항에서 화물이 정체되는 바람에 내용물이 손상되거나 제때에 전달할 수 없었다. 그렇다고 비상사태시에 기부를 하지 말아야 한다는 뜻은 아니다. 다만 제때에 구호품이 목적지에 도달한다는 확신이 없다면 값싼 물건이라도 대규모 물량을 다루어 본 경험이 있는 대형 자선단체나 구호단체에 전달하는 편이 낫다.

5

Giving

기술의 나눔

다른 사람에게 줄 수 있는 최고의 선물 중 하나는 유용한 기술이다. 누구나 다른 사람들보다 특별히 잘 하는 일이 있기 마련이다. 그러한 지식과 기술을 나누는 일은 다른 사람들에게 큰 도움이 된다.

아마도 미국에서 기술을 나누는 가장 보편적인 자원봉사자들은 영어교사들일 것이다. 매주 수천 명의 미국인들이 영어를 배우고 싶어하는 어린이들과 이민자들을 가르친다. 나는 대통령으로 일할 당시 '아메리카 리즈(America Reads)'라는 프로그램으로 대학들과 협력관계를 맺어서 영어교사들의 수를 비약적으로 늘렸다. 이 프로그램에 참가한 대학의 학생들은 지역학교에서 아이들을 가르치는 과외활동을 통해 연방근로장학금을 받을 수 있었다.

자원교사활동은 거의 모든 지역에 사는 자원봉사자들에게 좋은 나눔의 방법이지만 다른 종류의 봉사활동과 마찬가지로 항상 쉬운 것만은 아니다. 영어에 능통한 사람이라도 때로는 학생들을 가르치고 발전 정도를 점검하는 데 필요한 지식을 모두 갖고 있지는 않다. 2001년에 게리 코스먼(Gary Kosman)은 자원교사들이 가능한 한 비용과 시간이 가장 적게 드는 방식으로 학생들의 학업성취도를 높이고 평가하며 성적표를 만들 수 있도록 돕기 위하여 '아메리카 런즈(America Learns)'라는 단체를 설립했다. 코스먼은 자신이 영어교사로 자원봉사를 하는 과정에서 아메리카 런즈를 세워야겠다는 생각을 하게 되었다. 몇 년 전 술어가 무엇인지 묻는 학생을 제대로 도와주지 못한 적이 있기 때문이다. 술어의 개념을 잊어버린 그는 급히 사전을 뒤적였으나 적절한 답을 찾지 못했다. 이처럼 영어교사를 하고 싶지만 기본 문법을 잊어버렸다면 아메리카 런즈에서 도움을 구할 수 있다. 아메리카 런즈와 아메리카 리즈 그리고 다른 모든 교육단체들은, 영어를 할 수 있고 1주일에 한두 시간을 자원봉사에 할애할 수 있는 모든 사람들이 자신의 지식을 나누어서 진정으로 다른 사람에게 도움을 줄 수 있다는 자신감을 심어 준다.

약 20년 전에 내가 알게 된 다른 지식 나눔 프로그램은 두뇌와 정서 그리고 가치관이 빠르게 발달하는 취학 전 아동들을 돕는다. 특히 이 시기의 자녀들을 둔 부모는 아이에게 가장 중요한 선생님이다. 부모라면 누구나 자녀에게 좋은 선생님이 되고 싶어하지만 여러 가지 이유로 필요한 기술을 갖추지 못한 경우가 많다. 그런 부모들을 돕기 위해 히피

(HIPPY)가 설립되었다.

'취학 전 아동을 둔 부모를 위한 가정교육(Home Instruction for Parents of Preschool Youngsters)'의 줄임말인 히피는 1969년에 이스라엘에서 아비마 롬바드(Avima Lombard) 박사가 이민자의 자녀들이 학교생활에 잘 적응하도록 돕기 위해 개발한 프로그램이다. 이 프로그램은 부모들에게 자녀의 첫 교사로서 올바른 가정교육을 시키는 데 필요한 방법론과 기술 그리고 자신감을 제공한다. 대개 히피 교육장에서는 한 명의 진행자와 12명에서 18명의 방문교육 요원들이 최대 180명의 부모와 자녀들을 가르친다. 이 프로그램은 모든 부모들에게 개방되어 있지만 특히 가난하고 학력수준이 낮으며 주위에 도와줄 사람이 많지 않은 가족들에게 맞도록 구성되어 있다.

1986년에 힐러리는 히피 프로그램을 아칸소에 도입하기 위하여 롬바드 박사에게 도움을 요청했다. 그녀는 『집밖에서 더 잘 크는 아이들(It takes a village)』에서 히피 프로그램의 우수성에 대해 이렇게 적고 있다.

'히피 프로그램의 방문교육 요원은 1주일에 한 번씩 가정을 방문하여 부모, 특히 엄마와 함께 역할극을 하면서 아이의 지각개발에 도움이 되는 교육방식을 보여 준다. 이 프로그램은 어떤 개념을 설명하기 위하여 전문교재 말고도 일반 가정용품을 함께 활용한다. 예를 들어 숟가락과 포크를 이용하여 생김새와 날카로움의 차이를 설명하고, TV의 볼륨을 조절하여 소리의 높낮이를 가르친다. 전문교재는 글을 잘 읽지 못하는 부모들까지 고려하여 단계별로 하루에 15분씩 아이들을 가르칠 수 있도록 쉽게 제작되었다. 통상 교육시작 연령은 네 살이며, 대부분의 아이들은 2년 동안 배우게 된다. 어떤 프로그램은 3년짜리도 있어서 세 살 때부터 교육을 시작할 수도 있다.

우리가 히피 프로그램을 아칸소의 농촌지역과 빈민가에 도입했을 때 많은 교육자들과 일반인들은 고등학교를 나오지 않은 부모들이 집에서 아이들을 가르칠 수 있다는 사실을 믿으려 하지 않았다. 부모들 대다수도 자신들의 능력에 의문을 표시했다. 내가 방문한 어느 가정의 엄마는 아이를 먹이고 재워야 한다는 건 알지만 첫 번째 선생님이 되어야 하는 줄은 몰랐다고 말했다.

이 프로그램은 아이들이 일찍부터 올바른 교육을 받을 수 있도록 할 뿐만 아니라 부모들에게도 자신감을 심어 준다. 그들 중 많은 이들이 아이들을 위한 교육 내용을 배우다가 스스로 배움에 흥미를 느끼고 학교로 돌아가 고교졸업 자격을 얻거나 대학까지 진학하기도 했다. 엄마의 교육수준이 자녀의 학습능력에 결정적 영향을 미친다는 연구결과를 고려하면 이는 매우 중요한 진전이다. 엄마가 많이 알수록 아이의 교육에 더 깊이 관여하게 되기 때문이다.'

1988년에 뉴욕에 본부를 둔 비정부단체로 히피USA가 설립되었다. 지금은 약 146개의 히피 프로그램이 25개 주와 워싱턴 DC에서 실행되어 만 6천 명 이상의 아동과 부모들에게 도움을 주고 있다. 또한 호주, 뉴질랜드, 캐나다, 독일, 남아프리카에도 이 프로그램이 도입되었다. 나는 가난하고 교육을 많이 받지 못한 부모나 외부모 가정이 많은 모든 지역에 히피 프로그램이 실행되기를 바란다. 한 번이라도 히피 프로그램의 졸업식에 참석하여 자긍심과 자신감을 얻은 부모와 아이들의 모습을 본다면 누구나 나와 같은 바람을 갖게 될 것이다. 취학연령의 자녀가 없는 사람이라도 자신이 사는 지역에 히피 프로그램을 소개하고 방문교육 요원으로 자원봉사를 하거나 기부 등의 방법으로 후원할 수 있다.

■

많은 유명 운동선수들이 교육 및 장학 프로그램을 통해 학생들을 돕는 재단을 갖고 있다. 그 중에서 학습능력개발에 있어서 내가 본 가장 혁신적인 사례는 안드레 애거시 대입준비아카데미(Andre Agassi College Preparatory Academy)와 타이거 우즈 학습센터(Tiger Woods Learning Center)이다.

애거시 아카데미는 라스베가스에서 학습부진 학생들이 가장 많은 지역에 세워진 공립협약학교이다. 공공교육기관의 일종인 협약학교는 해당학군의 기준에 맞지 않을 수도 있는 혁신적인 교육방법을 자유롭게 실험할 수 있다. 미국에는 교사, 학부모, 기업가, 퇴역군인 등 다양한 사람들이 만든 수천 개의 협약학교가 있다. 이들이 속한 학군은 학생들의 학업성취도에 따라 협약을 연장할지 혹은 취소할지 결정한다. 이 기준에 따르면 애거시가 세운 학교는 아주 오랫동안 유지될 것이다.

애거시 아카데미에 다니는 학생의 98퍼센트는 소수인종이며 대개 저소득층 가정 출신이다. 또한 원래 학년보다 1년에서 2년 정도 뒤처진 경우가 많다. 교육부 평가에 따르면 라스베가스가 속한 클라크 카운티에 있는 절반 이상의 학교가 학생들을 제때에 다음 학년으로 진학시키는 데 실패하고 있다. 이에 반해 애거시 아카데미는 설립 이후 한 해도 거르지 않고 학년 상향 기준을 만족시키고 있다. 2005년에는 애거시 아카데미의 중학교가 카운티에서 유일하게 모범학교로 지정되었다. 뿐만 아니라 최근의 시험성적을 보면 여러 과목에서 일부 학년의 학생들이 4개월도 안되는 기간에 1년 동안의 학습목표를 모두 달성하기도 했다.

어떻게 이런 일들이 가능했을까? 애거시 아카데미의 학급별 정원은 유치원은 19명, 1학년은 21명, 나머지 학년은 25명으로 제한되어 있다. 그리고 일반 공립학교보다 하루에 두 시간, 1년에 10일을 더 가르치고, 학생들은 과제를 하기 위해 다른 학생들보다 3분의 1의 시간을 더 들인다. 수업시간이 긴 데도 불구하고 85퍼센트의 학생들은 자발적으로 남아서 한두 시간 더 보충수업을 받거나 과외활동을 한다. 교사와 학부모, 학생은 각자의 역할을 충실히 수행한다는 서약을 하고, 학생들은 학교의 특별한 규칙을 반영한 '존중의 학칙(Code of Respect)'을 복창한다. 교사와 교장은 종신재직권 없이 연간 계약을 하는 대신 학습목표를 충족시키면 보너스를 받는다. 학교 시설을 보면 예닐곱 개의 현대적 컴퓨터실이 있고, 교실마다 두 대의 컴퓨터와 터치스크린으로 작동하는 스마트(SMART) 칠판이 있으며, 고등학생들이 교내 어디서나 자유롭게 쓸 수 있는 노트북이 있다. 학부모들도 수업이 끝난 후에는 학교에 있는 컴퓨터를 사용할 수 있다. 고등학교 측은 지역 기업과 연계한 현장실습 프로그램과 졸업 시에 대학 1년치의 학점을 인정받을 수 있는 대학 학점

프로그램을 개발하고 있다.

이러한 모범사례들은 매우 긍정적인 결과를 만들어 내고 있다. 그 중에는 애거시의 든든한 후원이 필요한 것도 있지만 거의 부모와 교사 그리고 유능하고 헌신적인 교장의 의지만 있으면 대부분의 협약학교에서도 채용할 수 있는 것들이다. 프레드릭 더글라스 아카데미(Frederick Douglass Academy)는 나의 할렘 사무소에서 아주 가까운 공립학교이다. 이 학교 학생의 93퍼센트는 흑인과 남미계이고, 졸업률은 93퍼센트이며, 주단위 시험성적은 평균을 상회하고, 대학진학률은 시평균보다 20퍼센트가 높은 87퍼센트이다. 모든 학교가 이런 결과를 만들어 낼 수 있다.

나는 애거시 아카데미를 방문하여 안드레와 몇 차례에 걸쳐 교육에 대한 그의 열정을 화제로 이야기를 나누었다. 테니스와 비교하여 교육사업이 어떤 의미를 지니는지 묻자 그는 이렇게 대답했다. "테니스는 제게 발판과 같아요. 이 일을 할 수 있는 기회를 거기서 얻었지요. 저는 항상 아이들의 삶을 바꾸는 일을 하고 싶었어요. 승리의 쾌감도 우리 학교아이들이 앞으로 할 일에 대한 기대감과는 비교할 수 없어요."

타이거 우즈 학습센터는 약 5만 7천 평방미터의 크기로 캘리포니아 애너하임에 자리잡고 있다. 물론 아름다운 골프코스와 연습장을 갖추고 있지만 핵심적인 활동은 3천 2백 평방미터가 넘는 교육시설 안에서 이루어진다. 이 학교의 학생들은 방과 후나 주말에 법의학, 공학, 천문학, 영화제작, 주택설계 등 정규수업을 넘어선 특별과외활동을 할 수 있다. 나는 2006년 2월에 학교시설을 둘러보다가 의학문제를 풀고, 직접 조립한 로봇을 조종하며, 우주선 모형을 제작하고 있는 학생들을 보았다. 우즈센터의 사명은 학생들에게 폭넓은 세계관과 자신의 소질에 대한 인식 그리고 장기적인 성공을 위한 도구를 제공하는 것이다. 내가 만난 학생들은 자신들이 하는 일을 확실하게 이해하고 있었으며 간결하고 명확하게 진행 중인 실험에 대해 설명할 수 있었다.

타이거 우즈는 대부분의 아이들이 세계 최고의 골퍼로 성장할 수는 없지만 모두가 큰 꿈을 갖고 있다는 사실을 잘 알고 그들에게 그 꿈을 이룰 기회를 주고 있다. 우즈센터는 잘 훈련된 교사들과 헌신적인 자원교사들에 의해 운영된다. 남부 캘리포니아에 살면서 우즈센터에서 가르치는 분야에 경험이 있는 사람이라면 자원교사로 봉사할 수 있다. 다른 곳에 사는 사람도 같은 뜻을 가진 사람들과 함께 한 명 혹은 그 이상의 후원자를 찾아서 비슷한 교육단체를 만들면 자원봉사자와 학생들에게 같은 기회를 줄 수 있다. 이러한 활동은 학생들에게 새로운 세계를 열어 주고 미국의 미래를 밝게 한다.

현재 미국은 수학, 과학, 첨단기술 학과로 들어가는 학생들이 부족한 실정이다. 여학생이나 흑인 혹은 남미계 남학생이 백인과 아시아계 남학생만큼 이들 학과에 들어간다면 학생부족문제는 훨씬 개선될 것이다. 우즈센터는 실제로 이 문제를 해결할 수 있다는 점을 증명했다. 여학생과 남학생, 흑인, 남미계, 백인, 동아시아와 남아시아, 중동 등 우즈센터 학생들의 다양한 구성이 그 증거이다.

엔지니어와 기술자 부족 문제를 해결하기 위해 시민들이 주도하는 또 다른 노력도 언급할 가치가 있다. 2007년에 전국 아카데미재단(National Academy Foundation, NAF)은 미국 전역의 도시지역 학군에 110개의 공학 아카데미를 설립하여 해마다 공학 및 공업기술 분야의 대학에 진학하거나 그 분야에서 경력을 쌓을 8천 800명의 고등학교 졸업생을 배출하기로 했다. 4년에 걸쳐 진행될 이 프로젝트는 특히 여학생과 소수계 학생들의 진학률을 높일 수 있도록 수학과 과학, 기술 관련 과목의 교육을 강화할 예정이다.

향후 10년 동안 전반적인 공학계열 인력에 대한 수요는 13퍼센트, 공학기술자에 대한 수요는 거의 12퍼센트 증가할 것으로 예상된다. 2005년의 조사결과에 따르면 여성이 전체 근로인구의 거의 절반을 차지하지만 엔지니어들 중에서 여성의 비율은 10퍼센트에 불과하다. 또한 흑인은 전체 근로인구의 10.8 퍼센트를 차지하지만 엔지니어들 중에서 흑인의 비율은 겨우 3퍼센트이며, 남미계의 경우에는 각각 13퍼센트와 4퍼센트이다.

이 문제를 조금이라도 개선할 수 있는 비정부단체가 있다면 바로 전국 아카데미재단이 그러한 단체이다. 1980년에 시티그룹(Citigroup)의 명예회장인 샌디 웨일(Sandy Weill)이 설립한 전국 아카데미재단은 지역의 비즈니스 리더들과 협력관계를 맺어서 도시지역의 대형 고등학교에 분야별 소규모 학습집단을 만든다. 거기에는 금융, 정보기술, 접객 및 관광 등의 분야가 포함되며, 각 분야의 학생들은 관련 학과에 진학하는 데 필요한 공부를 하거나 현직에 종사하는 사람들의 도움을 받아서 현장실습을 할 수 있다. 전국 아카데미재단은 학생 1인당 연간 260달러의 비용으로 529개의 아카데미를 운영하면서 70퍼센트가 소수계인 5만 명 이상의 학생들을 가르친다. 아카데미에 다니는 학생들의 졸업률은 전체 소속 고등학교의 평균보다 23퍼센트가 더 높은 90퍼센트이며, 대학진학률도 80퍼센트가 넘는다. 또한 전국 평균인 32퍼센트보다 높은 52퍼센트가 4년 만에 학사과정을 수료하고 대학 입학 후 보충교육을 받는 비율이 다른 학생들보다 60퍼센트나 적다.

전국 아카데미재단은 2천 개의 기업과 수천 명의 자원교사들이 적극적으로 참여한 덕분에 성공적으로 운영되고 있다. 여러분이나 여러분의 회사가 이 재단의 활동에 참여한다면 가치 있는 기여를 할 수 있을 것이다. 전국 아카데미재단의 활동은 확실한 효과를 얻고 있다. 그들이 더 많은 학생을 도와줄 수 있다면 좋을 것이다.

■

학생뿐만 아니라 성인들도 경제활동에 필요한 기술과 함께 기본적인 경제원리를 알아야 한다. 희망사업단(Operation HOPE)은 경제활동에서 소외되고 관련지식이 부족한 사람들에게 필요한 기술을 가르치는 단체이다. LA폭동 직후인 1992년 5월에 존 호프 브라이언트(John Hope Briant)가 설립한 이 단체는 미국에서 '경제적권리운동(silver rights movement)'을 펼친다는 야심찬 목표를 세웠다. 경제적권리운동이란 저소득층 아동들에게 금융지식을 가르치고, 빈민가 주민들에게 저축과 투자를 장려하고, 돈 관리, 신용 관리, 주택구입자금대출, 사업자금대출, 자영업 운영과 관련된 지식을 제공하고, 주택구입 및 소자본 창업을 늘리며, 자체 인터넷 카페에서 컴퓨터 사용법을 교육하는 활동을 말한다. 이를 위해 희망사업단은 희망센터를 통해 가난한 수표할인자들을 은행의 고객으로, 세입자를 집주인으로, 최저임금 근로자를 생활임금 근로자로, 소자본 창업희망자를 사업가로, 경제적 문맹을 금융지식인으로 만드는 일을 하고 있다.

이 단체는 활동을 시작한 이후 1억 달러가 넘는 원조기금과 약 3억 달러의 주택구입자금 및 창업자금을 유치했다. 또한 300개의 개인기업과 100개가 넘는 정부단체, 1만 개가 넘는 비정부단체와 협력관계를 맺었다. 미국 전역에 걸쳐 700개 이상의 학교와 지역단체를 대상으로 활동하는 희망사업단은 20만 명이 넘는 저소득층 학생들에게 금융지식을 가르쳤다. 나는 '미래를 위한 뱅킹(Banking on Our Future)'이란 주제로 할렘에서 열린 브라이언트의 금융지식 강연회에 참가하여 열의에 찬 모습으로 강연을 듣는 학생들을 보았다. 브라이언트는 멋진 강연을 통해 쉽게 이해할 수 있는 개념으로 수표가 무엇이고 어떻게 사용하는지 가르쳐 주었다.

카트리나 사태 이후 희망사업단은 가난한 사람들에게 자립의 기회를 제공하고 수재민 중에서 해당하는 사람들이 소득세를 면제받을 수 있도록 돕는 시민운동단체인 에이콘 및 우리 재단과 함께 힘을 합쳤다. 희망사업단과 에이콘은 합동으로 수재민들의 환급신청을 도와서 1천만 달러 이상의 소득세를 환급받아 주었다. 또한 희망사업단은 집과 직장을 잃은 사람들이 처한 특수한 문제를 해결할 수 있도록 무료 세무상담서비스와 지원수단을 제공했다. H&R 블록(H&R Block)은 5천 명의 희망사업단 수혜자들에게 무료로 세금신고와 근로장려세(EITC) 신청을 대행해 주었다.

41세의 존 브라이언트는 아이디어가 넘치는 혈기왕성한 사람이다. 마른 몸에 열정적이고, 집중력이 강하며, 가난한 사람들도 '적선이 아닌 지원(a hand up not a hand out)'이 뒷받침되면 자립할 잠재력이 있다는 굳은 신념을 가진 브라이언트는 민주당과 공화당에서 모두 지지를 받았다. 조지 W. 부시 대통령은 그를 '지역개발 금융기관기금(Community Development Financial Institutions Fund)'의 위원으로 임명했다.

그는 지금까지 우리 재단 및 수백 개의 다른 단체와 협력하여 자신의 목표를 이루어 나갔다. 희망사업단에 인생을 바치기로 결심한 이유를 묻는 나의 질문에 그는 이렇게 대답했다. "그것을 결심이라고 말할 수 있을지 모르겠군요. 26살이 되던 1992년에 저는 돈을 많이 벌었지만 행복하지 않았습니다. 로드니 킹(Rodney King) 사건으로 LA폭동이 일어났을 때, 그때까지 제가 희망을 잃어버린 사람들의 고통에 무관심했다는 사실에 충격을 받았습니다. 그래서 사람들에게 호소하여 생각을 바꾸고, 가난한 사람들이 희망을 갖도록 가르치고, 돈을 가진 사람들이 자선이 아니라 의식 있는 이익추구 수단으로서 가난한 사람들과 그들의 아이들, 그들의 집 그리고 그들의 사업에 투자하도록 설득하고 싶었습니다. 말하자면 저는 죄책감과 고통을 씻어내고 제 자신을 치유하기 위해 희망사업단을 시작했습니다. 제가 이 일을 계속하는 이유도 행복의 열쇠가 더 이상 '나' 에게만 집중하지 않고 '우리' 에게 집중하기 시작하는 데 있기 때문입니다. 제가 사회사업에 전념해도 우리 가족은 부족한 것 없이 살 수 있습니다. 저는 70살까지 기다리지 않고 26살에 그 일을 시작했다는 점을 행운이라고 생각합니다."

희망사업단의 성공은 상당 부분 자원봉사자들의 기여 덕분이었다. 브라이언트는 그들을 '희망의 영웅들(HOPE Heroes)' 이라고 부른다. 그들은 학생들에게 금융지식을 가르치고, 수재민들에게 금융상담서비스를 제공하며, 노숙자들에게 대출, 투자, 주택구입에 대한 정보를 전달한다. 여러분이 이와 관련된 지식을 갖고 있다면 희망사업단에 참여할 수 있다.

크고 작은 거의 모든 지역에 청소년 클럽(Boys and Girls Club)이나 걸즈 인크(Girls Inc.) 지부가 있다. 이들 청소년 단체는 각종 교습과 팀워크, 개인, 리더십 개발 그리고 사회봉사활동에 이르기까지 폭넓은 분야에서 자신의 기술을 나누는 전일 자원봉사자들이 없으면 제대로 운영되지 않는다. 나는 2006년 말에 걸즈 인크의 네브라스카주 오마하 지부에서 열린 연례 기금마련 오찬회에서 연설을 한 적이 있다. 그 행사에는 걸즈 인크 센터, 학교, 교회, 주민센터 그리고 빈민가에서 일련의 방과 후, 주말, 여름방학 활동을 통해 여학생들이 장애물을 극복하고 성공할 수 있도록 돕는 직원과 자원봉사자들을 후원하기 위해 3천 명이 넘는 사람들이 모였다. 나는 6년 동안 걸즈 인크의 회원이었던 16세의 흑인소녀, 시몬 샌더즈(Symone Sanders)를 소개받았다. 시몬은 걸즈 인크의 홍보비디오 제작을 도왔고, 언론 이해능력 프로그램을 이수했으며, 걸즈 인크 이사회에 학생 대표로 참가하고 있다. 그녀의 꿈은 법학대학원을 졸업하여 판사가 되는 것이다. 시몬은 걸즈 인크 덕분에 많은 것들을 배웠고 앞으로 더 많은 일들을 경험할 것이다. 청소년을 돕는 어른들이 늘어난다면 시몬처럼 올바른 삶의 길을 찾을 아이들이 수없이 많다. 그 대열에 동참하고 싶은 사람들은 걸즈 인크나 청소년 클럽에서 자원봉사를 하면 된다.

우리는 대부분의 사람들이 바른 식습관과 적절한 운동 및 수면을 통해 자신의 건강을 잘 관리할 것이라고 생각하는 경향이 있다. 그러나 지난 20년 간 과식과 운동 및 수면부족으로 비만에 시달리는 미국인들의 비율이 엄청나게 높아졌다. 너무나 많은 사람들이 편의성과 가격만 고려한 식생활을 하고 있고 너무나 적은 아이들만이 집과 학교에서 건강한 생활을 하는 법을 배우고 있다. 미국과 영국, 아일랜드 등 많은 국가들이 육체적, 정신적, 경제적 폐해를 가져오는 아동비만과 당뇨병 등의 건강 문제를 개선하기 위한 국가적 운동을 펼치고 있다. 이 문제를 해결하려는 정부와 학교 그리고 대규모 단체들의 활동은 늘어나고 있지만 여전히 시민들이 참여할 수 있는 여지와 그 필요성이 크다. 대니 에이브러햄(Danny Abraham)은 슬림-패스트(Slim-Fast)라는 다이어트 제품으로 큰 돈을 번 건강한 몸매의 전도사이다. 그는 중증 폐질환 때문에 메이요 클리닉(Mayo Clinic)에 입원했을 당시 환자를 돌보는 간호사들이 건강한 몸매를 갖지 못했다는 사실을 확인하고 두 개의 운동시설을 지어 주었다. 지금은 1천 명의 메이요 클리닉 직원들과 실습생, 퇴직자, 자원봉사자 그리고 그 가족들이 매일 이 시설을 이용하고 있다. 물론 대부분의 사람들은 대니처럼 많은 것을 베풀 수 없지만 그래도 누구나 할 수 있는 일들이 있다. 지역학교의 급식을 개선하고 운동시간을 늘리는 일, 노인센터에서 노인들의 운동을 돕는 일, 낮은 수입과 긴 노동에 시달리는 사람들에게 건강한 음식을 사고 만드는 법을 가르치는 일, 시당국에 운동공간의 확충을 요구하는 일 등이 거기에 포함된다. 헬스클럽에서 강사로 일하는 사람은 학교에서 아이들에게 운동이 얼마나 즐거운지 그리고 아무리 뚱뚱한 사람도 운동을 시작할 수 있다는 점을 가르치거나 장애자들이 최대한 몸을 잘 이용하도록 도울 수 있다.

기술을 나누는 일은 전 세계 모든 곳에서 일어나고 있으며, 더 보급하고 확장시켜야 할 가치있는 프로젝트들도 많다. 그 중에서 내가 알고 있는 몇 가지를 소개하고자 한다.

중동지역에서 빠르게 늘어난 청소년 인구의 대다수는 경제적 기회의 부재와 전지구적 연대로부터의 소외에 분노하고 있다. 재능과 잠재력을 발휘할 기회를 부당하게 빼앗긴 청소년들은 허무주의에 기인한 극단적 사고에 빠지기 쉽고 무력감과 분노의 문화를 극복하지 못한다. 젊은 아랍 리더들(Young Arab Leaders)은 더 많은 아랍 세계의 청소년들에게 글로벌 경제의 기회를 제공하기 위해 노력하는 젊은이들의 모임이다. 2004년에 설립된 이 단체는 벌써 11개 중동 국가에 지부를 두고 있으며 2008년까지 나머지 국가에서도 활동할 계획을 가지고 있다. 이 단체의 목표는 리더의 덕목을 전파하고, 긍정적 비전을 가진 미래의 리더들을 육성하고, 가장 중요한 문제를 해결하기 위한 결과 지향의 활동을 통해 지역개발에 기여하며, 아랍과 나머지 세계 사이에 존재하는 '인식의 차이' 를 메우는 일을 돕는 것이다.

나는 이 단체가 막 활동을 시작할 무렵 두바이에서 회원들을 처음 만난 이후로 수차례 만남을 가졌다. 현재 이 단체는 재계, 정치계, 언론계, 학계, 문화계, 과학계, 사회단체 등 다양한 배경을 가진 500명 이상의 회원을 두고 있다. 이들은 파괴자가 아닌 건설자로서 언론에서 거의 다루지 않는 '다른' 아랍 세계를 대표하는 사람들이다.

젊은 아랍 리더들은 2005년과 2006년에 클린턴 글로벌 이니셔티브에 참가하여 기술을 나누겠다는 중요한 약속을 했다. 그들은 창업경연대회를 열어서 수천 개의 사업계획을 접수하고 그 중 200개를 추려서 추가로 검토한 다음 최종적으로 30개를 선정하여 아랍 기업들로 구성된 투자자들로부터 자금지원을 받도록 했다. 또한 외교적 행동을 위한 비즈니스(Business for Diplomatic Action)와 연계하여 회원들이 '빈 라덴의 조직이 아닌' 미국의 유명 기업에서 인턴과정을 거치도록 주선했으며, 현대 직업시장의 수요에 맞도록 아랍의 교육체계를 개선하고 아랍과 다른 세계의 청소년들이 서로 대화할 수 있는 자리를 마련하기 위해 노력하고 있다. 젊은 아랍 리더들의 노력이 결실을 맺게 된다면 아랍 사회는 청소년들에게 보다 평등하고 건설적인 삶의 선택권을 제공할 것이고, 전 세계의 아이들은 평화와 협력을 통해 번영하는 세상에서 살게 될 것이다.

위민 포 위민 인터내셔널(Women for Women International)은 세상에서 가장 어려운 처지에 있는 전쟁지역의 여성들에게 기술을 가르친다. 최근에 일어난 군사분쟁에서 죽거나 다친 사람의 90퍼센트는 일반 시민이며 그 중에서도 여성과 아동이 다수를 차지한다. 살아남은 여성들은 혼자서 자녀와 노부모를 부양해야 하는 부담을 져야 한다. 아직 풀리지 않은 갈등과 파괴된 경제체제 속에 살아가는 그들은 종종 강간, 고문, 기아, 강요에 따른 매춘에 시달리며 남성들만큼 교육, 정치, 경제적 자원에 접근할 기회를 거의 얻지 못한다.

이 단체는 1993년에 설립된 이후 직업교육과 창업교육 그리고 사회참여교육을 통해 9만 3천 명의 여성들을 '희생자와 생존자에서 활동적인 시민으로' 바꾸는 일을 해 왔다. 그 과정에서 3천만 달러가 넘는 자금을 직접 지원과 소액융자로 어려운 여성들에게 제공했다. 아프카니스탄에서는 수천 명의 여성들을 유권자로 등록시켜서 대통령 선거에 참가시켰다. 나이지리아에서는 할례와 과부를 억압하는 관습을 없애기 위해 여성들이 스스로 조직을 만드는 일을 도왔다. 르완다에서는 여성들에게 말라리아를 예방하는 방법을 가르쳤다. 보스니아에서는 소액융자와 기술교육을 통해 만 명에 가까운 여성들을 지원했는데 부채상환율이 98퍼센트나 되었다.

위민 포 위민 인터내셔널은 자이납 살비(Zainab Salbi)와 그녀의 남편인 암자드 아탈라(Amjad Atallah)가 설립했다. 살비는 사담 후세인 치하에서 힘겹고 위험한 삶을 살았던 이라크를 탈출하여 자신의 체험을 담은 『두 개의 세상 사이에서: 폭정으로부터의 탈출: 사담의 그림자 속에서 보낸 성장기(Between Two Worlds: Escape from Tyranny: Growing Up in the Shadow of Saddam)』라는 감동적인 회고록을 썼다. 그들은 보스니아의 강간 캠프에서 고통받는 여성들을 돕기 위해 미국의 후원자들과 보스니아 생존자들 사이에 일대일로 자매결연을 맺어 주는 활동을 했다. 올해도 위민 포 위민 인터내셔널은 아프카니스탄, 이라크, 콜롬비아, 보스니아, 코소보, 나이지리아, 르완다, 콩고 그리고 수단에서 3만 명이 넘는 여성들을 도울 것이다. 이들 여성들은 개별적으로 1년 동안 직접적인 자금지원과 함께 '자매'로서 편지를 나눌 후원자를 갖게 된다. 후원자들은 미국 외 55개국 사람들로 구성되어 있다. 이들이 내는 돈은 한 달에 27달러에 불과하지만 이는 어려운 나라에서는 음식과 깨끗한 물, 약, 교과서 그리고 조그만 가게를 여는 밑천으로 충분한 돈이다. 위민 포 위민 인터내셔널은 자매들을 도와서 르완다의 바구니제작사업, 콜롬비아의 양어장사업, 코소보의 화훼사업, 아프카니스탄의 제빵사업을 지원했다.

위민 포 위민 인터내셔널의 일대일 후원 모델은 도움이 필요한 여성들의 숫자를 생각할 때 거의 무한정으로 확장시킬 수 있다. 그렇게 하기 위해서는 더 많은 후원자와 자원봉사자가 필요하다.

기술을 나누는 사람들이 모두 부유하거나 큰 단체의 일원인 것은 아니다. 다이앤 스티븐스(Diane Stevens)는 메릴랜드 주의 그린벨트에서 미용실을 운영한다. 그녀는 1990년대에 10년 넘게 계속된 내전으로 고통받는 시에라리온 사람들을 돕고 싶다고 생각했다. 시에라리온의 반

군들은 '피의 다이아몬드' 를 차지하기 위해 살육을 멈추지 않았고, 아이들을 포함한 일반 시민들의 팔과 다리를 잘라내는 만행을 일삼았다. 다이앤은 한 다리로 온종일 서서 일하는 어느 미용사의 얘기를 듣고 나서 도움에 나서기로 결심했다. 그녀는 자신의 미용실에서 일하는 세 명의 미용사와 같은 교회에 다니는 세 명의 교인들과 함께 고객과 시의 지원을 받아 8일 동안 시에라리온으로 봉사여행을 떠났다. 다이앤과 다른 미용사들은 수도인 프리타운에서 3백 명의 여성들에게 모발관리, 매니큐어, 페디큐어 등의 미용기술을 가르쳤다. 그 과정에서 시에라리온 사람들이 자신들의 용모 특히 머리결에 자부심을 갖고 있다는 사실을 알게 된 다이앤은 미용교육이 심각한 실업문제를 완화하고 여성들에게 자신감을 심어 주는 데 도움이 될 것이라는 확신을 가지게 되었다. 보편적으로 쓸모가 있는 기술을 가진 다른 미국인들이 다이앤을 본받아 가까운 이웃이나 지구 저편의 다른 나라에서 어려운 사람들을 돕는다면 얼마나 좋은 일들을 할 수 있을지 상상해 보라.

카를로스 슬림(Carlos Slim)은 다이앤 스티븐스와 아주 다른 삶을 살지만 그 역시 기술을 나누는 일에 깊이 헌신하고 있다. 멕시코의 통신회사인 텔멕스(Telmex) 외에 여러 기업을 소유한 슬림은 세계적인 부호이다. 스포츠광이기도 한 그는 스포츠의 역사와 기록에 백과사전적인 지식을 갖고 있다. 처음 만났을 때 그는 자신이 직접 정리한 20세기 최고의 운동선수와 역대 최고의 투수 20인, 지난 백 년 간 다양한 스포츠의 기록경신을 보여 주는 그래프를 담은 노트를 들고 있었다. 멕시코의 미래를 발전시키고 그 일에 멕시코의 젊은이들이 참여할 기회를 주는 데 관심이 많은 그는 현재 고향인 멕시코시티에서 대대적인 재개발과 복구사업을 진행하고 있다.

그가 설립한 카르소(Carso)와 텔멕스재단의 자산을 합치면 50억 달러가 넘는다. 그는 2010년까지 거기에 50억 달러의 자산을 추가할 계획이다. 지난 20년 간 두 재단은 멕시코의 교외지역에서 행해진 거의 20만 건에 달하는 수술비용과 3,600건 이상의 장기이식비용을 댔고, 2,400명의 신생아를 위한 특수장비를 제공했고, 1,300개의 공립 및 사립학교에 문화교육 비용을 후원했으며, 5만 2천 명의 가난한 사람들을 위해 보석금을 내 주었다.

이것만 해도 엄청난 성과이지만 기술을 나누겠다는 슬림의 의지는 멕시코의 미래에 더욱 큰 영향을 끼칠 것이다. 매년 텔멕스재단은 2천 개의 학습용 컴퓨터와 1천 개의 등교용 자전거를 제공하고 1만 5천 명의 학생들에게 대학장학금을 지원한다. 지난 10년 간 슬림은 16만 5천 명이나 되는 학생들을 대학으로 보냈다. 매년 그는 지원대상 학생 중 1만 명의 우수생을 멕시코시티로 초청하여 미하일 고르바초프(Mikhail Gorbachev), 전 스페인 대통령인 펠리페 곤잘레스(Felipe Gonzalez), 매들린 올브라이트(Madeleine Albright), 랜스 암스트롱(Lance Armstrong), 펠레(Pele), 매직 존슨(Magic Johnson), 앨빈 토플러(Alvin Toffler) 등의 유명한 정치, 사회, 문화인사의 강연을 듣는 '21세기의 멕시코' 행사를 갖는다. 내가 몇 년 전에 그 행사에서 강연을 했을 때 슬림은 멕시코에 국한되지 않은 중대한 국제적 이슈에 대해 물었다. 그는 멕시코의 젊은 이들이 국경을 넘어 세계를 이해해야만 멕시코의 미래를 위해 더 나은 결정을 내릴 수 있다고 믿고 있었다.

나는 교육에 대한 내용으로 기술의 나눔을 다룬 이 장을 시작했고, 이제 같은 내용으로 마무리하려 한다. 교육은 21세기에 기술을 제공하는 궁극적인 방법이기 때문이다. 카를로스 슬림만큼 많은 것을 나눌 수 있는 사람은 드물지만 거의 모두가 과외강사 혹은 어떤 인생의 길을 선택할지 고민하는 청소년들을 돕는 상담사가 될 수 있고, 가난한 농촌지역의 아이들에게 자전거를 주거나, 국내외의 저소득층 학생들이 대학에 진학하도록 도울 수 있다. 2장에서 소개한 오시올라 맥카티의 이야기를 기억해 보라. 이 책을 읽는 사람들 대부분이 그녀보다 더 많은 돈을 벌 것이다. 그녀가 그만큼 나눌 수 있다면 우리도 나눌 수 있다.

6

Giving

화해와 새 출발의 선물

냉전이 끝난 이후 전세계에서 국가 간 혹은 한 국가 안에서 벌어진 정치적 폭력은 대개 종교, 인종 그리고 종족의 차이에서 비롯되었다. 정치지도자들은 잠재적 적의를 이용하여 권력과 땅 그리고 자원을 얻는데 필요한 대중적 지지를 높이기 위해 집단적 동질성을 강화하고, 자신들과 '다른 사람'을 악마처럼 여기거나 심지어 비인간화시키기도 했다. 근본적 이유가 무엇이든 간에 집단적 증오에 따른 폭력이 발생하면 여성과 아이들을 위주로 한 시민들이 주로 피해를 입는다. 지금까지 많은 시민들이 군사적 공격, 자살폭탄테러, 강간, 신체절단, 고문, 기아 그리고 대량학살의 피해자가 되었다.

분쟁을 겪고 나면 아무리 열린 마음의 소유자라고 하더라도 적의를 버리기가 쉽지 않다. 그러나 발칸지역과 북아일랜드, 중동, 르완다 외 집단적 폭력에 의해 분열된 지역의 사람들이 다시 공동체를 복원하고 삶을 이어 나가려면 '다른 사람'을 사람으로 받아들이고, 존중하고, 의사를 나누고, 함께 일하고, 나란히 살며, 용서할 수 있어야 한다.

물론 화해의 리더십으로 가장 존경받는 인물은 자신이 갇혀 있던 감옥의 간수를 대통령 취임식장에 초대하고, 인종분열정책을 지지했던 사람들을 내각에 배치하며, 과거에 인종차별범죄를 저질렀던 사람들이 고백을 통해 죄를 사면받을 수 있도록 '진실과 화해 위원회(Truth and Reconciliation Commission)'를 설치한 넬슨 만델라(Nelson Mandela)이다. 만델라는 자신과 남아프리카 국민들이 자유롭게 미래를 맞이하기 위해서는 과거를 극복해야 한다고 생각했다. 그 자신이 과거에 수많은 고통을 겪은 당사자였기 때문에 그에게는 용서를 할 자격이 있었다.

만델라 외에도 선의와 미래에 대한 비전을 갖고 이해와 화해 그리고 새 출발을 통해 뿌리 깊은 분열을 넘어서려고 노력하는 수많은 사람들이 있다. 그들을 모두 소개했으면 좋겠지만 부득이하게 이 장에서는 소수의 사례들과 함께 이러한 나눔에 참여하는 방법에 대해 들려 주고자 한다.

1993년 9월에 백악관 잔디마당에서 이스라엘과 팔레스타인 간에 역사적인 평화협정 서명식이 열렸을 때 초대손님 중에는 중동지역에서 온 유태인과 무슬림 청소년들이 있었다. 이 학생들은 작고한 작가이자 언론인인 존 웰라치(John Wellach)가 911 테러를 계기로 1993년에 설립한

'평화의 씨앗들(Seeds of Peace)'이라는 모임에 참가한 첫 번째 회원들이었다. 이 모임의 첫 회원들은 46명의 이스라엘, 팔레스타인, 이집트 청소년들로 구성되었다. 그들은 메인주에 있는 캠프에서 만나 같이 생활하면서 각종 스포츠 및 예술활동에 참가했다. 그 중에서도 가장 중요한 행사는 중동에서 벌어지는 갈등에 대해 매일 서로의 생각과 감정을 말하고 듣는 토론이었다.

첫 번째 여름캠프가 끝난 후 평화의 씨앗들은 10배로 성장하여 매년 전 세계의 분쟁지역에서 450명 이상의 청소년들이 여름캠프에 참가하게 되었다. 참가자들의 성비는 동일했다. 중동지역에서 온 참가자들의 출신국가는 요르단, 모로코, 카타르, 예멘, 튀니지로 확대되었다. 그 밖에 미국을 비롯하여 터키, 그리스, 사이프러스와 인도, 파키스탄, 아프카니스탄 그리고 발칸, 보스니아, 크로아티아, 세르비아, 코소보, 메카도니아 지역에서도 회원들이 참가했다. 2004년에는 '국경을 넘어서(Beyond Borders)' 라는 교환 프로그램을 통해 이라크, 사우디 아라비아, 쿠웨이트에서 온 회원들도 함께 했다. 1993년 이후로 25개국에서 온 3천 명 이상의 청소년들이 평화의 씨앗들 여름캠프에 참가하여 이해와 화해를 위해 노력하고 친구들에게 자신의 경험을 들려 주겠다는 다짐을 했다.

평화의 씨앗들은 해마다 메인주에서 여름캠프를 개최하는 한편 예루살렘에 공존을 위한 평화의 씨앗들 센터(Seeds of Peace Center for Coexistence)를 열었고, 예루살렘의 동서지역과 요르단강 서안지구 및 이스라엘 각지에서 200명의 이스라엘과 팔레스타인 사람들이 만나는 진보적 공존 프로그램(Advanced Coexistence Program)을 출범시켰다.

이 모임에 소속된 젊은이들은 서로 힘을 합쳐서 놀라운 일들을 해 왔다. 그들은 1998년에 스위스에서 만나 자신들의 손으로 예루살렘의 공유와 국경 및 난민 문제 등 미해결 과제들을 총망라한 중동평화계획안을 만들었다. 또한 공동제작한 다큐멘터리로 상을 받기도 했으며 아랍 및 유태인 아이들과 난민들을 돕는 단체를 조직했다. 그들은 해마다 백악관과 워싱턴의 다른 중요한 장소들을 방문한다. 평화의 씨앗들은 회원이 대학에 진학할 나이가 되면 입학 및 학비조달에 대한 상담서비스도 제공한다.

평화의 씨앗들은 이처럼 다양한 활동을 전개하지만 가장 중요한 것은 역시 종교와 인종의 차이로 오랫동안 반목해 왔던 청소년들이 인간적인 접촉을 유지하도록 주선하는 일이다. 평화의 씨앗들이 배포한 2005년 연례보고서에는 샤이(Shai)라는 이스라엘 소녀가 쓴 다음과 같은 글이 실려 있다. '우리는 이 캠프에서 새로운 삶을 선사받았다. 우리는 그것을 고향으로 가져가 지켜 나가면서 가는 곳마다 그 의미를 퍼뜨려야 한다.' 사브린(Sabreen)이라는 팔레스타인 소녀는 이렇게 썼다. '평화의 씨앗들에 속한 우리 십대들은 우리 가족과 공동체 그리고 학교에서 변화를 일으킬 수 있다. 어렵겠지만 우리 자신을 변화시키는 데 성공했기 때문에 다른 사람들도 변화시킬 수 있을 것이다.' 또 파키스탄 소년인 모함메드(Mohammed)는 '우리는 희망의 전사들, 이해의 전문가, 존중의 선구자, 신뢰의 군사들이다.' 라고 선언했다.

2차 인티파다(Intifada)가 한창이던 2000년에 열성적인 평화의 씨앗들

회원이었던 17세 소년 아셀 아슬레(Asel Asleh)가 교전 현장에서 다친 친구를 도우려다가 총에 맞아 죽었다. 각종 행사에서 받은 평화의 씨앗들 티셔츠를 30장이나 갖고 있었던 그는 그 중 하나를 입은 채 땅에 묻혔다. 평화의 씨앗들을 돕는 모든 사람들은 아슬레의 죽음이 헛되지 않도록 세상의 모든 아이들에게 더 안전하고 밝은 미래를 누릴 기회를 주려고 노력하고 있다.

'피스플레이어즈 인터내셔널(PeacePlayers International)' 은 농구를 매개로 청소년들의 화해를 도모하는 단체이다. 2001년에 워싱턴 DC에서 설립된 이 단체는 중동, 북아일랜드, 사이프러스, 남아프리카에서 농구를 통해 의사소통, 협력, 팀워크를 가르친다. 피스플레이어즈는 지난 몇 년 간 중동지역에서 특별히 왕성하게 활동하면서 토너먼트와 농구캠프를 후원하고, 서안지구에 농구장을 만들었으며, 2006년 2월에는 예리코에서 150명의 유태인 및 아랍계 코치와 아이들이 참가하는 첫 연례 데저트 후프 클래식(Desert Hoop Classic)을 개최했다. 또한 피스플레이어즈는 2주에 한 번씩 10세에서 12세 사이의 아랍과 유태인 아이들을 모아서 해당지역의 청소년이 농구와 공존 및 협력에 대해 가르치는 시간을 갖는다.

지금까지 피스플레이어즈는 3만 5천 명 이상의 아이들이 서로에 대해 배우고 리더십 기술을 익히며 지역 공동체 사이의 분열을 메우도록 도왔다. 현재 이 단체는 18세에서 22세 사이의 청소년을 수백 명씩 고용하여 농구코치와 멘토로서 수천 명의 아이들을 돕게 하면서 중동지역의 활동을 더욱 확대해 가고 있다. 그 과정에서 미국, 이스라엘, 팔레스타인 출신의 책임자들이 지역 멘토들을 뽑고 교육하는 일을 담당한다. 각 프로그램은 자원봉사자 외에 연간 2만 5천 달러를 받는 전임 책임자가 운영한다. 피스플레이어즈는 지금까지 큰 성공을 거두면서 중동 외 다른 지역에서 대폭적으로 규모를 키워 왔지만 여전히 더 많은 후원을 필요로 한다.

'인터페이스 유스 코어(Interfaith Youth Core)'는 청소년들이 평화의 메시지로서 자신의 종교와 다른 종교를 더 잘 이해하게 함으로써 집단적 증오와 폭력을 사전에 방지하는 독특한 활동을 하고 있다. 시카고 출신으로 31세의 재미 인도인인 에부 파텔(Eboo Patel) 박사가 설립한 인터페이스 유스 코어는 청소년들의 종교적 신념을 희석시키는 것이 아니라 더 깊고 강하게 하는 한편 다른 종교에 대한 지식을 더 많이 쌓고, 여러 종교 간의 공통된 가치를 발견하며, 함께 하는 지역봉사활동을 통해 그러한 가치를 표현하도록 돕는다. 회원들은 봉사활동을 시작하기 전에 자신이 믿는 종교의 경전과 이야기, 의식 그리고 영웅들이 어떻게 봉사활동에 나서게 했는지 발표하는 시간을 갖는다. 인터페이스 유스 코어는 매년 4월에 청소년들이 대학캠퍼스 외 여러 지역에 모여서 사회봉사활동을 하고 서로 대화를 나누는 인터페이스 유스 사회봉사의 날(Days of Interfaith Youth Service) 행사를 후원한다. 2006년에는 전 세계 50개 이상의 도시에서 이 행사가 열렸다.

지난 7년 동안 전 세계에서 1만 3백 명의 청소년들이 인터페이스 유스 코어의 프로그램에 참가했다. 2003년 이후 이 단체는 770명의 책임자들을 교육시켜서 전 세계에서 수천 명의 사람들이 참여하는 개별적인 사회봉사 프로그램을 개발하고 이끌게 했다. 때늦은 치료보다 사전 예방이 훨씬 더 중요하다는 말이 맞다면 인터페이스 유스 코어는 그러한 예방활동을 시작할 좋은 단체이다.

여성들은 갈등을 해소하기 위한 대부분의 사회적 노력과 인신매매, 인권침해, 소년병 등 새 출발을 요구하는 문제들을 푸는 데 특별한 역할을 담당한다. 실제로 사회 전반에 여성들이 동등하게 참여할 기회가 주어졌다면 많은 사회문제들이 애초에 생기지 않았을 것이라는 주장이 설득력을 얻고 있다.

1997년에 힐러리와 국무부장관 매들린 올브라이트는 2년 전 베이징에서 열린 4차 유엔여성총회에서 '여성의 권리는 인권' 이라고 했던 말에 따라 미국 외교정책의 분명한 목표로서 여성의 권리신장을 촉진하기 위하여 '바이틀 보이시즈 데모크라시 이니셔티브(Vital Voices Democracy Initiative)' 를 설립했다. 그 후 3년 동안 바이틀 보이시즈는 80개 국가에서 온 수천 명의 여성지도자들을 한데 모아서 세계 각지에서 회의를 열었다. 그 중에는 북아일랜드의 평화를 위해 함께 노력하는 가톨릭과 개신교 여성, 보스니아의 평화에 헌신하는 이슬람과 크로아티아 및 세르비아 여성, 여성할례의식을 없애는 활동에 매진하는 아프리카 여성들도 있었다. 2000년에는 미국 여성들이 정부 주도로 시작된 이 운동을 지속시키고자 바이틀 보이시즈 글로벌 파트너십(Vital Voices Global Partnership)이라는 새로운 비정부단체를 만들어서 세계 각지의 여성들과 협력하여 지부를 세우기 시작했다.

바이틀 보이시즈는 미래의 여성지도자들이 평화와 화해를 촉진하고, 성공적인 비즈니스를 운영하고, 각국의 정치에 적극적으로 참여하며, 인신매매 및 다른 악습에 맞서 싸우는 데 필요한 도구를 제공한다. 그 일환으로 바이틀 보이시즈는 탈레반이 심하게 억압했던 아프카니스탄의 여성들을 돕는 일에 나섰다. 탈레반의 족쇄가 벗겨진 지금 그들은 아프칸 여성들이 국가 재건에 참여하고 정치, 시민운동, 경제활동을 활발하게 펼치며, 소녀들이 교육과 취업의 기회를 얻도록 지원하고 있다.

이외에도 바이틀 보이시즈는 예닐곱 아프리카 국가와 아시아 전역, 러시아 및 우크라이나의 여성들과 함께 일하고 있다. 그들은 미국 정부와 기업 및 사회단체, 뉴욕대 등의 교육기관, 앨리스 캔들(Alice Kandell) 같은 사회운동가와 협력하여 인신매매를 근절하기 위해 노력하고 있다. 또한 중동과 북아프리카 지역의 이슬람 여성들이 경제와 정치 분야에서 보다 많은 역할을 맡을 수 있도록 돕고, 요르단 여성들의 지위향상을 위해 라니아(Rania) 왕비, 요르단강재단(Jordan River Foundation)과 협력하며, 베네주엘라, 페루, 과테말라 여성들의 인권 및 경제적 권리를 확대하는 운동을 펼치고 있다. 향후 이 운동은 추가로 일곱 개의 남미 국가로 확장될 계획이다.

바이틀 보이시즈가 후원한 수많은 인상적인 여성운동가 중에는 중국에서 처음으로 여성의 법적 권리를 보호하고 가정과 직장에서 그리고 정부에 의해 벌어지는 인권침해 사례를 알리는 비정부단체를 설립한 구오 지안메이(Guo Jianmei), 지난 29년 간 소액대출, 정치참여 지원, 교육기회 및 자녀에 대한 의료혜택 제공 등을 통해 80만 명의 여성들을 도운 인도의 직업여성포럼(Working Women' s Forum) 설립자 자야 아루나찰람(Jaya Arunachalam), 강간피해자센터에서 자신이 상담했던 러시아 여성들이 러시아에서 이스라엘로 팔려 왔다는 사실을 알게 된 후 연간 1천 5백 명에서 3천 명 규모에 달할 것으로 추정되는 인신매매를 차단하기 위해 나선 리타 차이킨(Rita Chaikin), 영국 최대 노조인 유니슨(UNISON)의 전 북아일랜드 지역책임자로서 북아일랜드의 수난일 협정(Good Friday Agreement)이 개신교와 가톨릭교도, 남성과 여성 모두에게 공평하게 이루어지도록 애쓰는 평등연합(Equality Coalition)의 설립자인 아이네즈 맥코맥(Inez McCormack) 등이 있다. 현재 아이네즈는 바이틀 보이시즈와 함께 이스라엘의 아랍계 및 유태인 여성들을 북아일랜드로 초청하여 평화구축 사례를 확인시키는 일을 하고 있다.

12살난 남동생이 높은 신분의 소녀와 손을 잡았다는 이유로 마을원로들의 명령에 따라 집단강간을 당한 파키스탄의 무크타란 비비(Mukhtaran Bibi)도 바이틀 보이시즈의 도움을 받고 있다. 당시 그녀는 마을사람들이 지켜 보는 가운데 알몸으로 집까지 걸어가도록 강요당했다. 그녀는 수치심에 못 이겨 자살하는 대신 강간한 사람들을 고발하여 보상금을 받았고 그 돈으로 마을아이들을 위한 초등학교를 세웠다. 문맹이었던 그녀도 자신이 세운 학교에 들어가 글을 배웠다. 그녀는 학교 외에 구호단체를 만들고 구급차 서비스도 시작했다. 이러한 여성들은 우리 모두가 나서서 도와주어야 한다.

바이틀 보이시즈는 워싱턴 DC에 본부를 두고 있으며 후원자와 자원봉사자의 대다수는 여성이다. 그들에게 더 많은 자금과 인력이 있다면 얼마나 많은 일들을 할 수 있을지 상상해 보라.

미국에는 인종, 종교, 가족의 뿌리가 있는 나라의 긴장과 고통을 완화하고, 교육과 경제적 기회를 제공하며, 갈등을 해소하기 위하여 노력하는 개인과 단체들이 많다. 인도계와 파키스탄계, 그리스계와 터키계, 세르비아계, 크로아티아계, 보스니아계와 코소보계, 유태인과 아랍계, 아일랜드 가톨릭계와 개신교계 등 다양한 출신의 미국인들이 분쟁지역에 화해의 기운을 북돋우기 위해 열심히 뛰고 있다. 그들 대부분은 미국에서 성공을 거두었으며, 그 중에는 중동지역에 지속적인 평화를 정착시키기 위해 애쓰는 내 친구 하임 사반(Haim Saban)과 대니 에이브러햄(Danny Abraham)처럼 상당한 부자들도 있다. 그러나 반드시 부유해야만 이런 일을 할 수 있는 것은 아니다. 수천 명의 중산층 미국인들도 모국을 위해 자신들이 할 수 있는 일에 기여하고 있다. 나는 수많은 아일랜드계 미국인들이 미국정부를 설득하여 보다 적극적인 중재활동에 나서고 더 많은 경제적 기회를 제공하도록 헌신적으로 노력하지 않았다면 북아일랜드의 종교분쟁이 지금쯤 저절로 해소되었을 것이라고 확신할 수 없다. 분쟁지역에 뿌리를 둔 다른 미국인들 역시 수많은 난관에도 불구하고 중동과 남아프리카 그리고 사이프러스를 놓고 그리스와 터키 사이에 벌어지는 갈등을 해소하기 위하여 헌신하고 있다.

세상에서 가장 놀라운 화해가 이루어지는 곳은 아마 르완다일 것이다. 1994년에 인구의 다수를 차지하는 후투족 살인자들은 90일 만에 80만 명의 투치족과 그들에게 관대했던 후투족까지 대부분 벌채용 칼로 살해했다. 당시 유엔군의 일원으로 군대를 파견하여 학살을 막지 못한 것은 지금도 내가 가장 후회하는 일 중의 하나이다. 1998년에 나는 힐러리와 함께 르완다를 방문하여 더 빨리 조치를 취하지 못한 데 대해 사과하면서 다시 분열된 나라를 합치기 위해 노력하는 생존자들을 만나고 싶다고 말했다.

키갈리 공항의 작은 방에서 여섯 명의 생존자들이 우리에게 자신들의 이야기를 들려 주었다. 마지막으로 이야기한 조세핀 무렙와위레(Josephine Murebwayire)는 오랫동안 친하게 지냈던 후투족 이웃이 고발하는 바람에 광분하는 살인자들에게 가족을 잃은 여인이었다. 그녀는 등에 칼을 맞아 심한 상처를 입고 그대로 죽도록 방치되었다. 의식을 되찾았을 때 그녀는 자신과 남편 그리고 여섯 아이들의 시체에서 흘러나온 피웅덩이 속에 누워 있었다. 그녀는 힐러리와 나에게 이렇게 말했다. "처음엔 혼자만 살려두었다는 절망감에 신을 원망하며 울부짖었죠. 하지만 곧 내가 살아남은 데는 이유가 있고, 그건 복수 같은 나쁜 짓일 리는 없다고 생각했어요. 그래서 우리가 다시 시작할 수 있도록 돕는 일을 하고 있어요." 그녀는 대학살 때 부모를 잃은 여섯 아이들을 돌보고 있었다.

백악관을 떠난 후 나는 우리 재단이 대규모 에이즈 퇴치 및 경제재건 활동을 추진하고 있는 르완다를 몇 차례 방문했다. 내 친구 케이시 와서먼(Casey Wasserman)과 나는 별도로 르완다인들이 추모관을 설립할 수 있도록 도왔다. 현재 추모관은 인상적인 전시물들과 함께 수도인 키갈리의 한 언덕에 단순하고도 아름다운 모습으로 자리잡고 있다. 언덕

초입에는 25만 명이 넘는 희생자들의 유골이 묻힌 11개의 거대한 무덤이 있다. 추모관에서 나를 안내한 잘 생긴 청년은 대학살 때 가족은 물론 고모, 삼촌, 사촌에 이르기까지 70명 이상의 친척들을 잃었다고 말했다. 그러면 추모관에서 일하는 것이 괴롭지 않냐고 물어보니 그는 그렇지 않고 오히려 자신과 방문자들이 새 삶을 시작하는 데 도움을 준다고 대답했다. 나는 그에게 "1998년에 처음 방문했을 때 남편과 여섯 아이를 잃은 여성을 만난 적이 있는데 자네를 보니 그 분이 생각나는군." 이라고 말했다. 그러자 그는 "그럴 만도 하지요. 그 분은 제 이모니까요." 라고 대답했다.

르완다에서는 이런 이야기들을 숱하게 듣게 된다. 폴 카가메(Paul Kagame) 대통령은 후투족과 투치족이 이웃으로 살아가는 화해마을들을 만들었다. 나는 그 중 한 군데를 방문하여 후투족 여인이 남편과 형제를 잃은 투치족 이웃과 손을 잡고 있는 모습을 보았다. 그 후투족 여인의 남편은 대학살에서 중요한 역할을 한 죄로 감옥에 갇혀 재판을 기다리고 있었다. 나는 카가메 대통령이 죄를 고백하고 지역사회에서 명령한 속죄활동을 하는 조건으로 일반 후투전투원들의 귀국을 허락했을 때 콩고에서 돌아온 후투족 젊은이와 대화를 나누기도 했다. 내가 만난 사람들이 모인 곳은 불치병을 앓고 있는 두 명의 투치족 고아들을 돌보고 있는 어느 후투족 여인의 집이었다.

르완다 여성들은 40만 명에서 50만 명의 고아들을 입양했다. 르완다 하원에서 여성들이 차지하는 비율은 세계에서 가장 높은 49퍼센트이다. 또한 르완다 여성들은 국가경제의 재건에 중대한 기여를 하고 있다. 파스카시 무카무니고(Pascasie Mukamunigo)는 어머니와 동생, 남편 그리고 열 명의 자녀 중에 일곱 명을 잃은 투치족 여성이다. 그녀는 또한 평생 모은 저축과 바구니를 만들어 팔던 가게까지 잃었다. 그래서 50세의 나이에 모든 것을 다시 시작해야 했다. 그녀는 한 명의 후투족 이웃과 함께 바구니 사업을 재개한 이래 현재는 예닐곱 명의 남자를 포함하여 120명과 함께 일하고 있다. 그 중에 한 젊은 직원이 그녀에게 자신이 그녀의 아들 한 명을 죽였다고 고백한 적이 있다. 죄책감과 슬픔에 사로잡힌 그 젊은이는 그녀의 살아남은 아들들이 자신을 죽여도 이해할 것이라고 말했다. 그러나 그녀는 그를 용서했다. 그녀는 이유를 묻는 나의 질문에 이렇게 대답했다. "복수를 해서 제게 좋을 것이 뭐가 있겠어요? 다른 사람들도 좋을 게 있나요? 복수는 아픔을 치유하는 데 아무런 도움이 되지 않아요."

파스카시가 만든 바구니제작공동체의 이름은 '서로를 돕자'는 뜻의 '아가세케 카마호 로(Agaseke K'amaho Ro)'이다. 그녀의 이야기는 킴벌리 세브칙(Kimberley Sevcik)과 베스 오도넬(Beth O' Donnell)이 쓴 아름다운 책 『아프리카의 천사들(Angels in Africa)』에 자세히 소개되어 있다.

내가 경험한 가장 사랑스럽고 감동적인 평화와 화해의 선물은 콜롬비아의 아이들이 들려 준 바예나또(Vallenato)이다. 바예나또는 콜롬비아의 카리브해 접경지역, 특히 세자르 지역과 450년 된 수도인 바예두파르(Valledupar)에서 유래한 음악이다. 40년 동안 이 지역은 게릴라와 준군사조직 사이에 벌어진 최악의 폭력사태로 아이들을 포함한 수많은 무고한 희생자들을 낳았다.

상존하는 위험에도 불구하고 6살에서 12살 사이의 아이들은 농장과 가난한 시골동네를 떠나 안드레스 길(Andres Gil)의 음악학교에서 아코디온, 드럼, 워시보드 등 고유의 '오케스트라'로 바에나또를 연주하는 법을 배웠다. 그들은 남자아이들이 쓰는 밀짚모자를 포함한 전통의상을 입고 작은 그룹별로 노래하고 연주한다. 그들은 위험에 겁먹지 않으며 고유의 문화를 살리는 일이 죽음과 파괴를 극복하는 데 도움이 될 것이라는 신념을 갖고 있다.

나는 두 번째 임기 동안 백악관 크리스마스파티와 2000년에 오랜 내전을 종식시키기 위한 파스트라나 대통령의 노력을 지지하기 위하여 콜롬비아의 카르타헤나를 방문하는 자리에서 콜롬비아 아이들의 바에나또 공연을 들었다. 파스트라나와 첼시 그리고 나는 탁 트인 광장에서 열린 공연에 푹 빠진 나머지 아이들과 한데 어울려 춤을 추었다.

바에나또 아동공연단을 가장 많이 알린 사람은 콜롬비아의 문화부장관이었던 꼰수엘로 아라우요(Consuelo Araujo)이다. 내가 카르타헤나를 방문한 지 약 1년이 지난 후 아이들의 반동적인 행동이 싫었지만 막을 길을 찾지 못한 콜롬비아 무장혁명군(FARC)은 꼰수엘로를 납치하여 깊은 산 속으로 끌고 가서는 2001년 9월 30일에 살해하고 말았다. 아이들은 그녀를 풀어 달라는 노래를 만들었지만 게릴라들은 평화의 음악을 들으려 하지 않았다.

2002년 6월, 나는 새 콜롬비아 대통령인 알바로 우리베(Alvaro Uribe)

가 정권을 인수하던 시기에 현지의 외국기업들에게 사업을 철수하지 말라고 설득하기 위하여 다시 카르타헤나를 찾았다. 비행기에서 내리는 나를 맞아준 것은 31세의 나이로 문화부장관이 된 꼰수엘로의 조카와 바예나또 아동공연단이었다. 꼰수엘로의 남편은 아내가 죽은 후 변호사일을 그만두고 콜롬비아에서 매우 위험한 직업인 검사가 되었다. 환영단은 내게 손으로 짠 밝은 색의 손목띠를 주었다. 실제로 그렇게 하는 사람은 드물지만 전통적으로 손목띠를 받은 사람은 다 낡아서 저절로 떨어질 때까지 차고 있어야 한다. 5년이 지난 지금도 나는 여전히 콜롬비아인들이 얼마나 용감한지, 남미에서 가장 오랜 민주주의를 보존하고 평화를 지키기 위해 얼마나 헌신하고 있는지, 그리고 일상적인 납치와 살해의 위험이 없는 나라에서 사는 것이 얼마나 행운인지 상기시켜 주는 그 손목띠를 차고 있다.

지난 5년 간 나는 비가 쏟아지는 무대에서 U2의 보노, 디 엣지와 함께 한 대통령 도서관 개관 기념공연을 비롯하여 바예나또 아동공연단의 공연을 세 번 더 보았다. 그들은 또래의 아이들보다 너무 많은 것들을 목격해야 했지만 멋지고 재능 있는 아이들이다. 안드레스 길은 그들을 참으로 훌륭하게 가르쳤다. 그러나 콜롬비아 사람들을 감동시키고 2장의 음반을 베스트셀러로 만든 것은 그 아이들이 지닌 정신의 힘이다. 나는 모든 분쟁지역에 길과 같은 대가와 바예나또 아동공연단과 같은 아이들이 나오기를 바란다.

이 책을 읽는 대부분의 사람들은 내가 쓴 고통스런 사례들보다 사회

문제가 덜 복잡하고 두드러지지 않은 곳에서 살고 있을 것이다. 그러나 어느 곳이나 새 출발이 필요한 사람들이 있다. 그리고 그들을 돕는 착한 사람들과 좋은 단체도 있다. 다양한 인종 및 종교집단이 모인 지역에 산다면 학교나 종교단체에서 학생들 사이의 대화와 이해를 도모하는 프로그램을 운영하고 있을 것이다. 만약 없다면 여러분이 뜻있는 종교단체와 협력하여 그러한 프로그램을 시작할 수도 있다. 알콜중독자 모임을 비롯한 중독자 재활프로그램, 전과자 상담 및 직업알선 서비스, 가정폭력 피해자 및 극빈가정 보호소 등은 모두 새 출발을 돕기 위한 것이다.

옛날부터 전과자들은 새 출발에 어려움을 겪어 왔다. 그들은 대개 수감기간 동안 충분한 교육이나 직업훈련을 받지 못하며, 설령 받는다 해도 많은 고용주들은 그들을 고용하기를 꺼린다. 또 전과자들 중 대다수는 집이나 그들을 받아 줄 안정적인 가족을 갖고 있지 못하다. 결국 실직자 신세를 벗어나지 못한 전과자들은 다시 범죄를 저지르기 쉽다.

레디포워크(Ready4Work) 프로그램은 그러한 상황을 바꾸기 위해 노력한다. 레디포워크는 퍼블릭/프라이빗 벤처스(Public/Private Ventures), 애니 E. 케이시재단(Annie E. Casey Foundation)과 포드재단(Ford Foundation), 미국 법무부와 노동부가 공동으로 추진한다. 이 프로그램은 2003년부터 17개 도시의 종교단체 및 비정부단체 그리고 지역정부와 협력하여 갓 출소한 전과자들을 교육시키고 직업을 알선하며 일자리를 유지하도록 돕는다. 지금까지 레디포워크 프로그램은 인상적인 결과를 낳았다. 레디포워크 프로그램이 도운 4,800명의 전과자 중에서 출소 후 6개월 안에 재범을 저질러 수감된 경우는 겨우 1.9퍼센트, 1년 안에 재수감된 경우는 5퍼센트에 불과했다. 미국의 많은 주에서 전과자가 출소 첫해에 재수감되는 평균 비율은 20퍼센트이다. 게다가 이 프로그램이 연간 대상자 한 명에게 들이는 비용은 재소자 일인당 연간 소요비용인 2만 5천 달러에서 4만 달러보다 훨씬 적은 4천 5백 달러이다.

플로리다주의 잭슨빌은, 보험회사 임원으로 성공적인 경력을 쌓다가 1999년에 잭슨빌의 빈민가를 재개발하기 위한 비정부단체를 설립한 케빈 게이(Kevin Gay)의 주도 아래 노동부의 자금지원을 받아 2003년부터 레디포워크 프로그램을 시작했다. 그 후로 잭슨빌의 모든 출소자들은 5주 간의 기본 구직훈련과 면접에 필요한 새 정장 그리고 대부분 지역교회에서 자원봉사에 나선 멘토의 도움을 받았다. 훈련기간이 끝나면 대상자들은 1백 개의 참여회사로부터 보통 시간당 7달러에서 12달러를 받는 일자리를 알선받았다.

게이가 거둔 성공사례 중에는 세 번째 복역기간 중에 다양한 기술을 익히고, 동료 수감자들이 글을 배우도록 도우며, 목사가 되기 위해 공부한 36세의 전직 마약장수이자 복수 전과자인 제랄드 도브 주니어(Gerald Dove Jr.)가 있다. 그는 그레인저 럼버(Granger Lumber)라는 문제작업체에서 시간당 10달러를 받고 일하게 되었다. 이 업체의 사장인 밥 베일리(Bob Bailey)는 '젊은이가 실수를 저지르고 그 대가를 치렀다면 두 번째 기회를 얻을 자격이 있다'는 생각으로 예닐곱 명의 전과자를 고용했다.

제랄드 도브와 같은 사람들에게 두 번째 기회를 주는 일의 중요성은

간과되기 쉽다. 도브는 "사람은 한 번도 보지 못한 모습이 되기는 어렵습니다. 나는 여기 오기 전까지 나와 같은 삶을 살아 왔으면서 정상적으로 생활하는 사람을 한 명도 보지 못했어요."라고 말했다. 이처럼 레디포워크는 플로리다에서 성공적으로 운영되고 있다. 플로리다 전체 감옥의 출소자 중에서 1년 안에 재수감되는 비율은 20퍼센트지만 이 프로그램의 대상자는 5퍼센트에 불과하다.

재소자 교육은 출소 후 재범의 확률을 더욱 낮춰 준다. 1995년 이전에는 약 350개의 재소자 대상 대학학위취득 프로그램이 있었지만 현재는 20개도 채 되지 않는다. 1994년에 우리 행정부의 반대에도 불구하고 의회가 모든 형무소에 대한 펠 보조금(Pell grants)을 폐지해 버렸기 때문이다. 그나마 바드대 졸업생인 맥스 켄너(Max Kenner)가 개인적으로 자금을 대어 2001년에 시작한 바드 재소자교육프로그램(Bard Prison Initiative) 덕분에 뉴욕에서 4개의 프로그램이 운영되고 있다. 이 프로그램의 대상자는 전체 지원자의 10퍼센트에 불과한 120명이다.

교정담당자들은 학업을 하는 재소자들이 훨씬 양호한 수감태도를 보인다고 말한다. 강사들도 수감자들이 학업에 열심이라고 말한다. 프로그램에 참가한 수감자들은 배우는 일이 즐겁다고 말한다. 왜 그럴까? 2007년 4월에 〈60분(60 Minutes)〉에 출연한 레숀 휴즈(Reshawn Hughes)는 이렇게 말했다. "저는 바드 교육을 받으면서 자유가 단순히 몸을 원하는 대로 움직일 수 있는 것과는 완전히 다른 문제라는 걸 알게 되었습니다. 자유는 생각할 수 있는 능력, 다른 사람과 의사소통을 할 수 있는 능력 그리고 세상을 다른 시각으로 볼 수 있는 능력과 훨씬 더 관련이 깊은 것이었습니다."

싱싱교도소에서 신학을 배우고 사회학 석사학위를 딴 후 아내와 함께 재범방지시민모임(Citizens Against Recidivism)을 설립한 미카일 드보(Mika' il DeVeaux)는 재범의 악순환을 막는 가장 확실한 길은 대학교육이라고 말한다. 바드 프로그램이 재소자 일인당 연간 2천 달러를 쓰는 데 반해 뉴욕 교정당국은 연간 3만 2천 달러를 들인다. 이는 재소자 교육이 보다 안전하고 생산적인 사회를 위한 훌륭한 투자임을 말해준다.

미국에는 서구의 어느 국가보다 많은 2백만 명 이상의 재소자가 있다. 그 중 대다수는 비폭력전과로 수감된 사람들이다. 그리고 재소자 중 90퍼센트는 언젠가 사회로 나오게 되어 있다. 해마다 15만 명의 청소년을 포함하여 75만 명이 출소한다. 이론적으로 그들은 사회에 진 빚을 갚고 새 출발을 할 자격을 얻었다. 그러나 우리 사회에서 그들에게 새 출발의 기회를 주고자 하는 사람은 드물다. 다행스럽게도 레디포워크, 바드재소자교육프로그램, 재범방지시민모임이 그 일을 하고 있다.

미국에서 가장 유명한 성가 가수 중 한 명인 윈틀리 핍스(Wintley Phipps)는 재소자의 자녀들이 부모와 같은 길을 걷지 않도록 돕는 미국 드림 아카데미(U.S. Dream Academy)를 설립했다. 재소자의 자녀 중 60퍼센트에서 70퍼센트가 결국 부모처럼 감옥으로 들어간다. 핍스는 아내의 일곱 형제자매 모두가 감옥에 갇히는 모습을 고통스럽게 지켜본 후 그러한 악순환의 고리를 끊기 위해 미국 드림 아카데미를 만들었다. 미국 드림 아카데미는 2학년에서 8학년 사이의 재소자 자녀들을 대상으로 상담 및 과외교습을 실시하고 컴퓨터와 인터넷을 사용할 수 있도록 한다. 상담교사들은 아이들에게 긍정적인 모범을 제시하면서 애정과 격려로 자긍심을 높여 준다. 윈틀리는 이 아이들이 '자신의 목소리와 삶의 길을 찾기를' 바란다. 현재 미국에는 처음 프로그램이 출범한 워싱턴 DC의 두 개를 포함하여 열 개의 드림 아카데미 학습센터가 있다. 자신이 사는 곳에 드림 아카데미가 있다면 원하는 사람은 상담교사로 자원봉사를 할 수 있다. 그러면 재소자의 자녀들이 잘못된 길로 빠져들기 전에 올바른 삶을 살아갈 기회를 줄 수 있을 것이다.

많은 교회가 이러한 종류의 나눔에 직접 참여하고 있다. 루이지애나 중부에 있는 대형 오순절교회인 알렉산드리아의 오순절교회(Pentecostals of Alexandria)는 특별히 인상적인 사례이다. 이 교회에서 운영하는 은총의 집(Grace House)은 최근에 출소한 사람을 포함하여 노숙자들에게 스스로 새 삶을 시작할 기회를 제공한다. 16명의 대상자들은 이 곳에서 음식과 숙소, 알콜 및 약물중독교육, 생활기술교육을 받는다. 그들은 세 단계의 프로그램을 거쳐 자립하게 되는데 첫 30일 동안은 예배나 지정된 모임 및 교육에 참가하는 경우 말고는 숙소를 벗어나는 일이 허용되지 않는다. 이때 그들은 요리와 청소, 잔디깎기 등의 일을 한다. 두 번째 단계에서는 일자리를 구하고 은행계좌를 열며 운전면허증을 따는 일을 하게 된다. 또한 원하는 경우에 교회활동에 참여할 수도 있다. 마지막 단계로 올라서려면 함께 생활하는 동료들 중 3분의 2 이상의 승인을 받아야 한다. 이 단계에서는 차를 몰고 다니거나 외부에서 사람을 만날 수 있고 은총의 집 운영을 도울 수도 있다.

지난 20년 간 거의 5천 명에 가까운 사람들이 은총의 집을 거쳐갔다. 그 중 다수는 생산적인 삶을 살 뿐만 아니라 성실한 신도가 되었다. 한 예로 해리스 워싱턴(Harris Washington)은 마약, 폭행, 강도 등의 혐의로 수차례 체포되었다. 은총의 집에 들어오기 전에는 다리 밑에서 생활하던 그는 현재 집과 직업을 갖고 목회활동을 하면서 해마다 은총의 집에 500달러를 기부한다. 1997년, 스타 농구선수였던 존 러셀(John Russell)은 알콜과 약물중독에 빠져 쓰레기통에서 먹을거리를 뒤지는 신세로 전락했다. 한 때 다리 위에서 자살을 고민하던 그는 잘 곳을 찾아 들어간 어느 병원의 복도에서 누군가 은총의 집에 대해 하는 이야기를 어깨 너머로 듣게 되었다. 그는 곧 그 곳으로 찾아갔다. 현재 존 러셀은 아내와 함께 두 명의 자녀를 두고 있으며 알렉산드리아의 오순절교회에서 정식직원으로 일하고 있다. 그는 노숙자 여성들을 위한 보호소인 자비의 집(House of Mercy)을 관리하면서 입소자들을 격려하는 연설을 하고 매주 근처 교도소에서 갖는 예배를 이끈다. 그가 자비의 집에서 성공적으로 새 삶을 찾아 준 사례로는 자녀 양육권을 잃고 힘들어 하던 한 마약중독자가 있다. 그녀는 현재 직업과 자동차 그리고 아파트를 갖고 착실히 살아가고 있으며 아이까지 다시 찾아오게 되었다.

카트리나와 리타 태풍이 멕시코만을 덮쳤을 때 알렉산드리아의 오순절교회는 피해자들을 위해 기부금과 음식 그리고 기타 구호품을 모았고 적십자와 협력하여 자체 캠핑장에 몇 주 동안 300명 이상의 수재민들을 수용했다. 그 중에는 흑인 가족인 찰스(Charles), 오벨리아 헤이우드(Ovelia Haywood) 부부와 두 명의 십대 자녀가 있었다. 그들은 교회에 계속 남기로 결정했고, 현재 찰스는 교회의 정직원으로 일하고 있다. 이처럼 신도를 직원으로 받아들이는 일은 남부지역에서 여전히 드문 사례이다.

알렉산드리아의 오순절교회는 은총의 집과 자비의 집 그리고 수재민 구호활동 이외에도 어려운 사람들을 위해 많은 봉사활동을 펼치고 있다. 앤소니 맨건(Anthony Mangun) 목사는 새 출발을 돕기 위해 헌신하는 교회의 노력에 대해 다음과 같이 말했다. "우리 교회는 매일 재난이 일어난 것처럼 일합니다. 제가 당신의 책에 대해 바라는 게 있다면 함께 하는 세상의 중요성과 받는 일보다 더 큰 주는 일의 가치 그리고 우리 모두에게 어려운 이웃을 도와 삶을 바꾸고 나아가 세상을 바꿀 힘이 있다는 사실을 알려 주었으면 하는 것입니다."

이 교회의 사례는 신을 섬기면서 다른 사람에게 새 출발의 기회를 주는 일을 소명으로 삼은 사람들의 이야기이다. 이는 미국과 세상의 셀 수 없이 많은 곳에서 매일같이 이루어지는 나눔의 미덕을 대표한다. 이러한 나눔을 실천하는 단체는 쉽게 찾을 수 있으며 언제나 자원봉사자들을 기다리고 있다.

■

내가 참여했던 것 중에서 가장 의미있는 새 출발을 위한 프로젝트에 대해 이야기하면서 이 장을 마무리하고자 한다. 그것은 조지 H. W. 부시(George H. W. Bush) 전 대통령과 함께 카트리나와 남아시아의 쓰나미 피해자들을 위해 벌였던 기금모금운동이다.

우리는 쓰나미 피해자들을 돕고자 미국에서 가능한 모든 수준의 기부를 모으려고 노력했고, 가장 심각한 피해를 입은 인도네시아 아체 지방의 학교, 보건시설, 고기잡이배 그리고 기타 경제기반 재건과 지역학생들의 아칸소대학과 텍사스 A&M대학 유학을 위해 전체 모금액에 비하면 상대적으로 약소한 1천 4백만 달러를 함께 보탰다.

부시-클린턴 카트리나 기금에는 1억 3천만 달러가 넘는 기부금이 모였다. 그 중 4천만 달러는 연방지원기금의 부족분을 메우기 위해 피해지역의 주정부에, 3천만 달러는 다수가 태풍으로 피해를 입은 고등교육기관에, 2천 5백만 달러는 종교연합 구호단체에 할당되었고, 3천 5백만 달러가 약간 넘는 돈이 다양한 구호활동을 위한 직접지원금으로 쓰였다. 거기에는 피해지역의 지역정부 지원, 앨라배마 새우잡이 어부들의 어선수리 및 심리상담을 비롯한 어로활동 재개 지원, 뉴올리언즈의 친환경공법을 이용한 학교 재건축과 협약학교 및 빈민층 교육단체 지원, 시티 이어 청소년 지원지부 설립 등이 포함된다.

재난피해자들의 새 출발을 위해 조지 부시와 내가 벌인 활동은 수혜자들보다 더 많은 사람들에게 도움을 주었고, 거의 25년 전에 그가 부통령이고 내가 젊은 주지사이던 시절에 시작된 우정을 다시 돈독하게 하는 계기가 되었다. 우리 두 사람은 미국과 전 세계를 여행하면서 많은 즐거움을 나누었다. 우리 둘 사이의 정치적 견해 차이는 여전하지만 이제는 논쟁을 벌일 때조차 웃어넘길 수 있는 사이가 되었다. 나는 결코 83세(아직도 스카이다이빙을 할 정도이긴 하지만!)의 조지 부시가 2차대전 당시 조종사로 복무한 것부터 시작하여 60년이 넘는 세월을 국가에 봉사했다는 점을 잊지 않는다. 나는 앞으로도 사회를 위해 해야 할 일이 많지만 그는 충분히 하고도 남았다. 그러나 그는 여전히 사회봉사를 계속하고 있다.

우리의 협력이 미국과 전 세계에서 꽤 반향을 일으키고 있는 모양이다. 아마 그것은 과거 정치적 반대자였던 우리 두 사람의 개인적 가치가 아니라 우리 모두가 공유하고 있지만 나쁜 일이 일어나기 전에는 너무 쉽게 잊어 버리는 공통의 인간적 가치를 확인하게 되었기 때문일 것이다.

조지와 나는 쓰나미 피해자 지원활동 덕분에 2년 더 유엔 사무총장인 코피 아난(Kofi Annan)을 대리하여 재난지역을 돕게 되어서 굉장히 기뻤다. 나는 여전히 뉴올리언즈의 수해복구활동에 제한적으로나마 참여하는 가운데 쓰나미 피해복구활동을 위한 유엔사절이 되었고, 조지는 파키스탄에서 지진이 일어난 후 같은 역할을 맡았다.

나는 인도네시아에서 그 어느 때보다 새 출발의 의미를 명료하게 깨닫게 된 경험을 한 적이 있다. 수재민들이 아직도 불편한 텐트에서 생활하는 임시수용캠프를 방문했을 때의 일이다. 그 곳을 방문하는 동안 인도네시아 방송에서 리포터로 활약했던 활달한 젊은 여성과 아내와 아이를 데리고 나와 캠프 입구에서 나를 맞아준 수재민 대표가 함께 동행해 주었다.

수재민 대표의 아들은 초롱초롱한 갈색 눈과 눈부신 미소를 지닌 놀랄 정도로 잘 생긴 소년이었다. 그래서 나는 통역에게 그 소년이 세상에서 제일 잘 생긴 아이인 것 같다고 말했다. 그녀는 "맞아요. 정말 잘 생겼죠. 쓰나미 전에는 아홉 형제자매가 있었는데 지금은 혼자 남았어요."라고 대답했다. 그런데도 아이의 아버지는 미소를 띤 얼굴로 자식들을 잃은 슬픔이 아니라 자신이 대표하는 사람들에게 필요한 도움에 대해서만 이야기하고 있었다.

그 날의 마지막 일정은 보건소 방문이었다. 보건소에 도착했을 때 수재민 대표의 아내가 생후 1주일도 채 되지 않은 아이를 안고 내게 다가왔다. 아이의 엄마는 40일 동안 심하게 움직이지 않는 관습에 따라 침대에서 쉬고 있었다. 수재민 대표의 아내는 아홉 명의 자녀를 잃었으면서도 "이 아이가 우리 막내예요. 당신이 이 아이의 이름을 지어 주었으면 좋겠어요."라고 말하며 미소를 지었다. 나는 그녀에게 '새 출발'을 뜻하는 인도네시아 단어가 있는지 물었다. 그녀는 다시 밝은 얼굴로 통역사를 통해 "예, 마침 우리말로 남자아이들에게 붙이는 '새벽'이라는 이름이 있어요. 앞으로 이 아이를 새벽이라고 부르겠어요. 이 아이는 우리의 새 출발을 상징하는 아이가 될 거예요."라고 말했다.

우리가 살아가는 세계는 '다르다는 것'이 공통의 인간적 가치보다 더 중요하다는 강박관념에 따른 분열로 온통 갈라져 있다. 앞으로 여러분이 그러한 강박관념을 수긍하고 싶은 유혹을 느끼거나 다른 사람의 새 출발을 위해 돈과 시간 그리고 노력을 나눌 이유를 알지 못하겠다면 아홉 명의 자녀를 잃고 마지막 남은 한 명의 아이를 소중하게 키우며 그 모든 불행에도 불구하고 새로 태어난 아기에게 새벽이라는 이름을 지어 준 그 용기있는 부모를 상기하도록 하자.

7

Giving

계속 이어지는 나눔의 선물

아칸소주 리틀록에 있는 나의 도서관 옆에는 스페인 내전 동안 구호요원으로 활동했던 댄 웨스트(Dan West)가 1944년에 설립한 헤퍼 인터내셔널(Heifer International)의 국제본부가 있다. 그는 내전 당시의 경험을 통해 가난하고 고통받는 사람들에게 진정으로 필요한 것은 일시적 도움이 아니라 스스로 살아나갈 수 있는 능력이라는 확신을 가지게 되었다. 그래서 그는 내전의 피해자들에게 소를 실어 보내기 시작했다.

그로부터 63년이 지난 지금, 헤퍼는 다음 두 가지 이유로 세상에서 가장 성공적이고 널리 알려진 봉사단체 중의 하나가 되었다. 첫째, 헤퍼는 전 세계의 가난한 가족들에게 소와 양을 포함하여 음식과 수입을 가져다주는 가축이나 농산물을 제공함으로써 세계의 기아문제를 해결하기 위해 노력한다. 헤퍼는 현재 지역별 질병에 최대한의 면역력을 확보하고 지역경제를 돕기 위해 현지에서 가축을 구매한다. 이렇게 기증된 가축은 우유와 달걀, 양털, 고기를 제공하여 영양상태를 좋게 하고 교육과 보건, 주거환경 개선, 소규모 자영업에 필요한 수입을 안겨 준다. 헤퍼는 지역단체와 협력하여 계속 이어갈 수 있는 농업을 후원하고 가축의 건강을 증진하며 수질과 토양 보존, 효율적인 에너지 이용에 힘쓴다. 또한 헤퍼는 여성평등과 지역공동체 개발에도 앞장선다.

새로 생긴 국제본부는 지속가능한 환경에 대한 헤퍼의 사업이념에 맞게 재활용품의 사용을 극대화하고, 빗물을 받아 활용하며, 에너지 사용을 최소화하는 방향으로 건축되었다. 나는 미국 친환경건축위원회(U.S. Green Building Council)에서 리드(LEED: Leadership in Energy and Environmental Design, 에너지 및 환경 디자인 리더십) 실버등급 인증을 받은 나의 도서관과 헤퍼 본부가 머지 않아 미국에서 최고등급의 리드 인증을 받는 두 개의 이웃건물이 될 것이라고 믿는다.

헤퍼가 성공을 거둔 두 번째 이유는 가축을 기증받은 사람이 첫 번째 새끼를 어려운 사람에게 다시 기증하도록 하여 나눔의 영향력을 배가시키고 수혜자들이 기아와 가난에 함께 맞서 싸우게 한다는 것이다. 1944년 이후로 헤퍼는 1천만 명에게 가축을 제공했지만, '나눔의 전달'이라는 제도를 통해 전 세계 128개국에 있는 4천 5백만 명이 넘는 사람들에게 도움을 주었고, 이번 세기 안에 추가로 2천 3백만 명에게 혜택을 줄 계획을 갖고 있다. 헤퍼의 메시지와 방법론은 언론과 자체 홍보지 그리고 연간 5만 명이 소규모 농가에 유기농법과 대안적 마케팅 수단을 가르치는 방법을 교육받는 미국 내 세 개의 학습센터를 통해 해마다 수백만 명의 사람들에게 알려진다.

헤퍼는 2006년에 미국의 29개 주와 남미, 캐러비안해 연안, 아프리카, 중동부 유럽, 아시아 태평양지역, 캐나다, 멕시코에 걸쳐 57개국에서 726개의 프로젝트를 실행했다. 현재 기증하는 가축의 종류는 소, 양, 염소, 칠면조, 돼지, 물고기 외에 아구티, 알파카, 벌, 낙타, 오리, 지렁이, 코끼리, 거위, 뿔닭, 기니아피그, 말, 라마, 노새, 토끼, 누에, 달팽이, 버팔로, 야크 등이 추가되었다.

헤퍼가 기증한 가축은 가난한 사람들의 삶을 극적으로 개선시킨다. 탄자니아의 농부인 엘름푸스 렘부사(Elmfus Lembusha)는 1에이커의 농장으로 힘겹게 16명의 가족을 부양했다. 그러다가 헤퍼에서 받은 염소들이 젖과 퇴비를 생산하는 덕분에 가족의 영양상태를 개선하고 꾸준한 현금 수입을 얻게 되었다. 댐 건설 때문에 강제로 이주당한 도미니카공화국의 한 마을사람들은 헤퍼가 염소를 제공하고 기르는 법을 가르쳐 주어서 생존할 수 있었다. 세 명의 자녀를 둔 케냐의 과부는 소를 받아서 가족의 건강을 돌보고 수입을 얻게 되었다. 북부 페루의 수혜자들은 헤퍼로부터 가축뿐만 아니라 장작불보다 안전하고 나무를 쓸 필요가 없는 효율적 화로까지 제공받았다.

내가 2006년에 헤퍼 국제본부에서 축하연설을 할 때 청중 가운데 우간다 서부의 작은 마을에서 온 베아트리체 비이라(Beatrice Biira)라는 수혜자가 있었다. 1990년대 초에 그녀와 그녀의 부모 그리고 다섯 형제자매는 끼니를 잇기 위해 고생하다가 헤퍼가 키신가(Kisinga) 지역에 기증한 열두 마리의 염소 중 한 마리를 받았다. 베아트리체는 항상 학교에 가고 싶어했지만 그녀의 가족은 학비를 대기에는 너무 가난했다. 그러나 염소를 받은 지 1년이 채 못 되어 그녀의 엄마는 염소젖을 팔아서 학비를 댈 수 있는 돈을 벌었다. 베아트리체와 그녀의 형제자매들은 염소젖과 다른 사람에게 나눠 준 첫 번째 새끼 이후의 새끼들을 팔아서 얻은 수입으로 모두 학교에 갈 수 있었다.

베아트리체가 약속한 대로 첫 3학년을 각각 석 달 만에 모두 마치자, 헤퍼에서 그녀의 마을을 대상으로 제작한 다큐멘터리의 프로듀서인 딕 영(Dick Young)은 그녀가 우간다의 수도인 캄팔라에서 고등교육을 받을 수 있도록 입학비를 대주었다. 그녀는 거기서 멈추지 않고 1년 동안 매사추세츠주의 명문예비교인 노스필드 마운트 허먼(Northfield Mount Hermon)을 다닌 후 장학생으로 코네티컷대학에 들어갔다. 대학 재학 중 그녀는 힐러리의 상원 사무실에서 인턴으로 일했고, 〈60분〉과 헤퍼의 후원자인 오프라 윈프리의 쇼에 소개되었다. 그녀의 놀라운 이야기는 페이지 맥브라이어(Page McBrier)가 쓰고 로리 로스퇴터(Lori Lohstoeter)가 삽화를 그린 감동적인 아동도서인 『베아트리체의 염소』에 잘 나와 있다. 이제 베아트리체는 고향으로 돌아가 자신의 배움을 이용하여 가난한 아이들을 위한 학교를 만들고 에이즈 고아들을 돌보면서 헤퍼가 그녀의 가족을 도왔듯이 다른 아이들을 도울 농장을 운영하며 고국사람들에게 혜택을 주고 싶어 한다.

이 모든 일이 무기사(우간다말로 '행운'을 뜻함)라는 이름의 염소 한 마리에서 시작되었다. 그러나 거기서 그치지 않고 베아트리체의 가족과 다른 열한 가족이 나눔을 전달하는 의무를 지킴으로써 헤퍼의 프로그램은 또 다른 열두 가족이 가난으로부터 벗어나는 길을 마련해 주었다.

나눔의 전달은 모든 헤퍼의 수혜자들을 훌륭한 시민과 작은 비정부단체로 만든다. 네팔의 여성모임인 구룽 가온(Gurung Gaon)은 헤퍼가 준 버팔로 덕분에 큰 도움을 받았다. 그들은 새끼를 나누는 차원을 넘어 버팔로로 번 돈을 모아서 중국에 있는 다섯 가족들에게 줄 백 마리의 거위를 샀다. 이 단체의 리더인 릴라 타망(Leela Tamang)은 "헤퍼를 알기 전에는 나눔이 어떤 것인지 몰랐다."고 말했다. 가나의 농부인 앤소니 귀그렝예 코돔(Anthony Gygrengye Kodom)과 그의 아내 머시 단수아(Mercy Dansua)는 헤퍼가 지원한 농민모임의 회원이다. 그들은 2005년에 20마리의 닭과 5개의 벌통을 받은 다음 7개월 만에 나눔을 실천했고, 계속 규모를 키워서 7백 마리의 산란계와 25개의 벌통을 가지게 되었다. 그들 역시 나눔의 의무를 넘어서 협동조합이 공동양계장을 세울 수 있도록 땅을 제공했다. 헤퍼의 지원을 받은 짐바브웨의 여성들은 더 많은 여성들이 같은 혜택을 누릴 수 있도록 의무량보다 두 배나 많은 돼지를 나누어 주었다. 도미니카 공화국에서는 58가족이 의무량 이상의 나눔을 실천하여 열 배나 많은 650가족이 소를 받게 되었다.

헤퍼 본부의 완공을 축하하기 위해 아칸소로 돌아왔을 때 어느 지역 텔레비전방송국이 헤퍼에서 받은 소의 첫 번째 새끼를 나눠 주는 미시시피 삼각주지역의 흑인가족들에 대한 프로그램을 방영했다. 나는 주지사와 대통령으로 일할 때 농장을 유지하거나 다시 농업을 하려고 하는 농부들을 도와주려고 노력했다. 이제는 헤퍼의 선물과 나눔의 규칙 때문에 더 많은 농부들이 도움을 받게 될 것이다.

약 10년 전에 헤퍼는 연간 6백만 달러에서 7백만 달러를 모금하는 작은 규모의 단체였다. 하지만 2006년에 헤퍼는 훌륭한 홍보와 유명인사들의 지원, 효율적인 마케팅, 열정적이고 통찰력을 갖춘 리더십 덕분에 8천만 달러를 모금했다. 헤퍼의 대표인 조 럭(Jo Luck)은 쉼없는 열정으로 후원자와 새로운 수혜자를 찾아 나선다. 그녀는 회사 CEO나 유명인사와 대화하는 자리든 아프리카와 아시아, 남미에서 땅바닥에 앉아 농민들의 이야기를 듣는 자리든 변함없이 자연스러운 모습을 보인다.

헤퍼가 빨리 성장했다고 해서 여러분의 지원이 필요 없는 것은 아니다. 거의 10억에 가까운 인구가 여전히 하루에 1달러 미만의 돈으로 살아가고 약 8억 2천만 명이 매일 배고픔에 시달리며 억지로 잠을 청한다는 사실을 잊지 말자. 헤퍼가 할 수 있는 좋은 일에는 사실상 한계가 없다. 후원자들은 헤퍼의 활동이 효과가 있다는 사실을 안다. 그리고 무엇보다 모든 수혜자를 또 다른 기부자로 만드는 규칙은 여러분의 선물을 지속적인 나눔의 출발점으로 만들어 준다.

거의 모든 사람이 의미 있는 기여를 할 수 있다. 여러분은 500달러에 암소 한 마리나 50달러에 한 구좌, 250달러에 버팔로 한 마리나 25달러에 한 구좌, 150달러에 라마 한 마리나 20달러에 한 구좌, 120달러에 양, 염소, 돼지 한 마리나 10달러에 한 구좌, 60달러에 토끼 세 마리, 30달러에 벌과 벌통 그리고 양봉도구, 20달러에 한 무리의 오리와 거위 혹은 닭을 후원할 수 있다. 헤퍼를 돕고 싶은 학생들은 후원자들이 학생들의 독서량만큼 기부금을 내는 리드 투 피드(Read to Feed)에 참여할 수 있다. 작년에 헤퍼는 이 프로그램으로 120만 달러를 모금했다.

나는 '나눔의 전달'이라는 개념을 다른 모든 사회봉사 프로그램에 적용한다면 거의 아무런 비용을 들이지 않고도 선행의 영향력을 극적으로 높일 수 있다는 생각에 이 장 전체를 헤퍼에 할당했다. 모든 돈과 시간 그리고 기술의 기부자들이 수혜자로 하여금 받은 선물을 가지고 비슷한 처지에 있는 사람들에게 아무리 작은 것이라도 베풀게 한다면 어떨까? 어떤 의미에서 비정부단체의 도움으로 리더십 교육프로그램을 받은 사람이 배운 기술을 다른 사람에게 전할 때 그러한 일이 일어난다. 물론 모든 경우에 이 개념을 적용할 수는 없을 것이다. 가령 에이즈를 가진 유아들은 그저 살아남아서 정상적인 아이로 자라만 주어도 충분한 보람을 되돌려 준다. 그러나 수혜자가 다른 사람에게 선물을 전하도록 함으로써 나눔의 긍정적 가치를 배가시킬 수 있는 많은 사례들이 있다.

한 예로 2007년 4월에 열린 클린턴 글로벌 이니셔티브의 연중모임에 참석한 사람들은 고아와 어려운 지경에 처한 어린이들을 돕는 우분투 교육기금(Ubuntu Education Fund, 우분투는 코사족 말로 '네가 있기에 내가 있다'는 뜻이다)의 수혜자인 예쁜 17살 남아프리카 소녀의 감동적인 연설에 기립박수를 보냈다. 몇 년 전에 에이즈로 부모를 잃은 제수(Zethu)는 어떻게 밥을 먹여야 하는지도 모른 채 어린 두 동생을 자신이 돌보아야 한다고 생각했다. 우분투의 복지요원인 페제카 음잘라잘라(Fezeka Mzalazala)는 그런 제수가 계속 학교를 다니면서 정서적, 경제적 문제를 해결할 수 있도록 도왔다. 페제카의 도움 덕분에 정상적인 삶을 되찾은 제수는 10명의 어린 고아소녀들을 후원하는 모임을 만들어서 그들이 직면한 문제를 상의하고 해결할 수 있도록 도우며 우분투 상담프로그램의 혜택을 받을 수 있게 함으로써 "우분투의 정신을 널리 퍼트리고 싶다."고 말했다. 제수는 자신이 받은 선물을 다른 아이들과 나눌 방법을 찾은 것이다.

미국에서 내가 찾은 나눔을 전달하는 최고의 사례는 페이지교육재단(Page Education Foundation)이다. 1988년에 앨런(Alan)과 다이앤 페이지(Diane Page)가 설립한 이 재단은 미네소타주의 우수한 유색인종 학생들에게 장학금을 제공하여 고등교육 과정을 마칠 수 있도록 돕는다. 15년 동안 프로미식축구선수로 뛰면서 명예의 전당에 오른 앨런은 그 기간 동안 법학 학위까지 땄다. 선수생활을 그만둔 후 그는 미네소타 대법원의 판사로 선임되었다. "우리는 잠재력을 갖춘 학생들이 부족한 경우는 없다는 것을 알고 있습니다. 다만 적절한 지원과 격려가 부족할 뿐이지요."라고 말하는 그는 다이앤과 함께 유색인종 학생들이 잠재력을 발휘할 기회를 주고 싶어 한다. 페이지재단은 설립 이래 3천 명의 페이지 장학생에게 6백만 달러를 지원했으며, 2006년 한 해만 해도 거의 600명이나 되는 학생들을 도왔다.

모든 페이지 장학생들은 장학금을 받는 대가로 해마다 적어도 50시간은 유치원에서부터 중학생에 이르는 아이들에게 상담 및 교습 봉사활동을 하는 데 동의한다. 그 중 다수는 정해진 50시간보다 훨씬 많은 시간을 학교와 도서관 그리고 지역단체에서 운영하는 봉사프로그램에 할애한다. 2006년에 페이지 장학생들은 1만 명 이상의 아이들을 도왔다. 그들은 그 과정에서 아이들에게 열심히 공부하면 훌륭한 학생이 될 수 있다는 모범을 보이면서 공부도 가르쳐 주었다. 이는 나눔의 혜택을 전달하는 멋진 방법이다.

90세의 전설적인 텍사스 자선가이자 사회운동가인 버나드 라포포트(Bernard Rapoport)와 그의 아내 오드리(Audre)도 여기에 동의한다. 그들은 지역봉사활동을 전제로 한 '봉사학습' 장학금으로 텍사스대 학생들에게 해마다 40만 달러를 기부한다. 이 장학금을 받는 학생들은 즉시 그 나눔의 혜택을 전달해야 하며 그로 인해 새로운 배움을 얻는다.

이미 봉사활동을 하고 있다면 여러분이 돕는 사람들이 나눔의 혜택을 다른 사람에게 전달하게 하는 방법이 있는지 생각해 보기를 바란다.

8

Giving

나눔의 모델

헤퍼 인터내셔널, 인도의 여성자영업연합, 뉴욕의 체스-인-더-스쿨즈 같은 다양한 프로그램들이 기부자들에게 호감을 주는 이유 중의 하나는 언제 어디서나 효과를 발휘하는 모델이기 때문이다. 후원자들은 이들 단체에 의해 더 많은 가축, 더 많은 소액대출, 더 많은 체스강습이 주어진다면 그 수혜자들에게 큰 도움이 될 것이고 그만큼 보람을 얻을 수 있을 것이라는 사실을 충분히 예측할 수 있다. 그래서 남을 돕고자 하는 사람이 직접 단체를 세울 필요가 없다. 단지 돈을 기부하고 봉사활동에 시간을 할애하기만 하면 앞서 소개한 프로그램의 혜택을 더 많은 사람에게 줄 수 있는 것이다. 나는 흥미로운 새 프로젝트에 대해 읽거나 거기에 참여할 때마다 예측가능한 긍정적 결과를 반복적으로 생산할 수 있는지, 그리고 그 방법은 무엇인지 자문한다.

복수의 목표를 달성하기 위하여 여러 종류의 자원이 필요한 경우에는 그에 맞는 모델을 만들기가 더욱 어렵다. 폴 파머 박사의 보건을 위한 파트너들과 우리 재단의 HIV/에이즈 이니셔티브는 르완다에서 그 일을 하려고 한다. 그렇다. 그것은 벽지 주민들에게 양질의 보건혜택을 제공하는 일이다. 우리는 어디에서든 가장 신속하고 효율적으로 가난한 사람들에게 보건혜택을 제공하는 모델을 개발하여 아이티와 르완다에서 실제로 성과를 입증함으로써, 그것을 도움이 필요한 모든 곳에 보급하는 데 필요한 기부금과 시간을 후원자들에게 요구할 수 있게 되기를 원한다.

이 장에서는 보편적으로 적용가능한 모델로서 몇 가지 중요한 사례를 소개하고자 한다. 동시에 여러 개의 목표를 추구하는 봉사단체는 시간과 기술 그리고 돈의 측면에서 후원자들에게 많은 도전을 안기지만 그들이 하는 일에 대해 지원을 받을 충분한 자격이 있으며, 적어도 크게 확장할 잠재력을 갖추고 있다.

유엔은 2000년에 밀레니엄 개발목표(Millennium Development Goals)를 채택했다. 거기에는 2015년까지 하루 1달러 미만으로 살아가는 극빈층의 수를 절반으로 줄이고, 기아에 시달리는 사람들의 수를 절반으로 줄이고, 모든 아동들이 최소한 초등교육을 받게 하고(교육학년이 1년씩 높아질 때마다 해마다 가난한 나라의 1인당 소득이 10퍼센트씩 증가한다), 남학생과 여학생 사이의 진학률 격차를 해소하고, 5세 미만 아동사망률을 3분의 2로, 모성사망률을 4분의 3으로 줄이고, 깨끗한 물을 마시지 못하는 사람의 수를 절반으로 줄이며, HIV/에이즈, 결핵, 말라리아 외 주요 전염병을 깨끗이 없애거나 전염률을 낮춘다는 목표가 포함되어 있다.

1999년에 세계 경제대국인 G8은 인권을 보호하고 모든 보조금을 교육과 보건 그리고 경제개발에 투자하는 데 동의하는 조건으로 가난한 나라의 부채를 탕감해 준다는 밀레니엄 부채탕감계획을 채택했다. G8의 리더들은 2005년에도 추가 부채탕감과 함께 아프리카 국가에 해마다 기존 보조금의 두 배인 5백억 달러를 제공하겠다고 약속했다. 그러나 이처럼 커다란 진전으로도 아프리카의 극빈국이 밀레니엄 개발목표를 충족하게 될 것이라고 기대하는 사람은 아무도 없다. 사하라 남부지역에 사는 인구의 거의 절반이 빈곤층이고, 약 3분의 1이 영양실조에 걸려 있고, 3억 이상이 하루 1달러 미만으로 살아가며, 성공에 필요한 지원시스템은 대개 부적절하거나 존재하지 않는다. 그러면 어디에서부터 시작해야 할까? 콜롬비아 대학의 저명한 경제학자이자 밀레니엄 개발목표에 대한 코피 아난 유엔총장의 특별자문역인 제프리 삭스(Jeffrey Sachs) 박사는 오랫동안 가난한 사람들이 스스로 가난에서 벗어나도록 돕는 최고의 공적 및 사적 지원수단으로 밀레니엄 마을(Millennium Villages)이라는 개념을 제시해 왔다. 그는 각 마을이 5년 안에 목표를 완수할 수 있다고 믿는다.

밀레니엄 마을은 식량생산을 늘리고, 특히 임산부, 수유모, 영아를 중심으로 영양상태를 개선하고, 기본적인 보건혜택과 깨끗한 물을 제공하고, 양성평등을 촉진하며, 정보 격차를 해소하기 위한 활동에 주력한다. 2004년에 케냐의 사우리에서 활동을 시작한 첫 밀레니엄 마을은 곡물생산을 세 배로 늘리면서 주민들이 만성적 기아에서 벗어나 잉여생산물을 근처 시장에 내다 파는 변화를 일으켰다. 에티오피아에서 시작한 두 번째 마을도 비슷한 결과를 달성했다. 일본 정부는 다른 아프리카 국가에서 10개의 밀레니엄 마을사업을 추진하는 데 드는 재원을 지원했다. 밀레니엄 마을은 2007년 중반까지 79개로 늘어났다.

개인기부자들도 유엔 개발프로그램 및 다른 파트너들과 협력하는 비정부단체인 밀레니엄 프라미스(Millennium Promise)를 통해 밀레니엄 마을 수를 늘리는 데 기여할 수 있다. 조지 소로스(George Soros)는 수백만 달러를 기부하겠다고 약속했지만 그만큼 부유하지 않아도 의미 있는 변화를 일으킬 수 있다. 각 밀레니엄 마을은 5천 명의 주민을 상정했을 때 전체 25만 달러의 재원이 들어간다. 다시 말해서 50달러를 이 사업에 기부하면 1년 동안 밀레니엄 마을의 주민 한 명을 후원하는 것과 같다.

밀레니엄 마을은 이미 인상적인 성과들을 보이고 있다. 섬유공장에서 일하다가 일자리를 잃은 사우리의 한 청년은 좋은 종자와 비료 그리고 농사법을 제공받았다. 그는 소출을 크게 늘리고, 곡물의 품종을 다양화하고, 추가로 가축을 길렀으며, 다섯 자녀가 말라리아에 걸리지 않도록 침대에 방충망을 달았다. 밀레니엄 프라미스는 가나의 농부들에게 종자와 비료를 제공하면서 그 대가로 소출의 10퍼센트를 학교급식 프로그램에 기부하도록 했다. 학교급식은 많은 아이들이 하루 중 유일하게 끼니를 떼울 수 있는 프로그램이다. ('나눔의 전달' 을 보여 주는 좋은 사례이다). 나이지리아의 이카람에서는 밀레니엄 프라미스 덕분에 농부들이 5년 간 놀리던 땅에서 흔히 기르던 옥수수, 카사바, 콩 뿐만 아니라 바나나와 호박, 얌, 토마토, 고추도 재배하고 있다. 수혜지역의 영양부족 문제도 현저하게 줄어들었다. 이처럼 밀레니엄 프라미스는 한 번에 한 마을씩 밀레니엄 개발목표를 충족시키고 있다.

다른 지역에서도 극심한 가난을 해소하고 1인당 소득을 실질적으로 늘리기 위한 국가적 모델을 개발하려는 노력이 이루어지고 있다. 스코틀랜드의 자선가인 톰 헌터(Tom Hunter) 경이 제안하고 자금을 댄 사업이 그 중 하나이다. 헌터는 젊은 시절부터 작은 화물차에서 운동화를 팔면서 돈을 벌었다. 1998년에 그의 사업은 250개의 매장을 운영하는 스포츠 디비전(Sports Division)으로 성장했다. 2억 9천만 파운드에 회사를 매각한 그는 아내 마리온(Marion)과 함께 스코틀랜드에서 경제교육을 지원하는 단체인 헌터재단(Hunter Foundation)을 설립했다. 몇 년 전에 나와 만날 당시 그는 스코틀랜드 정부와 협력하여 초등학생들을 대상으로 한 경제교육 프로그램을 개발하고 실행에 필요한 자금을 지원하고 있었다. 또한 헌터는 2005년에 영국 주최로 스코틀랜드의 글렌니글스에서 열린 G8 연례회의에서 아프리카 지원금을 두 배로 늘리고 가난한 국가의 부채를 탕감하자고 한 토니 블레어 총리의 제안에 대한 대중들의 지지를 이끌어내기 위해 활발하게 활동했다.

헌터는 상당히 매력적인 사람이다. 이제 46세의 젊은 나이로 탄탄한 체격에 지성과 열정이 넘치고 솔직한 성격의 그는 회의실보다 럭비경

기장을 더 편하게 느낄 것처럼 보인다. 나는 2005년에 그와 함께 아프리카를 여행하는 동안 서로 비슷한 방법론을 구상하고 있다는 점에 놀라움을 느꼈다. 우리는 둘 다 가능한 짧은 시간 안에 최소의 비용으로 큰 영향력을 발휘하는 프로그램을 원하고 있었다. 그는 자신이 스코틀랜드 사람임을 상기시키면서 큰 돈을 기부할 것이지만 한푼도 헛되이 쓰고 싶지 않다고 말했다. 우리는 그의 경제교육활동이 스코틀랜드의 가난한 지역에서 이룬 바람직한 성과에 대해 대화를 나누면서 성공에 필요한 기술과 기본 시스템을 가지면 모든 가난한 사람들이 잘 살 수 있다는 데 동의했다. 그 후 몇 개월 동안 진전을 거듭한 우리의 논의는 아프리카에서 실질적이고 지속될 수 있는 경제개발을 촉진하기 위한 클린턴-헌터 개발 이니셔티브(Clinton-Hunter Development Initiative)로 결실을 맺었다.

헌터는 클린턴 글로벌 이니셔티브 개막식에서 10년 동안 1억 달러를 기부하겠다고 약속했다. 또한 우리는 르완다와 말라위를 필두로 아프리카 국가들의 경제성장 전략을 개발하기로 결정했다. 두 나라는 우리를 초청하여 전면적 협력을 보장했으며, 우리의 작업이 자신들의 개발 전략과 상응한다는 점을 확인해 주었다.

우리의 사명은 농업을 통해 수익을 창출하고, 영양과 깨끗한 물 그리고 보건혜택을 제공하고, 국가 전체로 확장할 수 있으며 궁극적으로 외부의 도움 없이 지역공동체와 해당정부가 전적으로 꾸려나갈 수 있는 프로그램을 개발하는 것이다. 우리의 작업은 42만 5천 명이 건조지역에서 힘겹게 살아가는 르완다 동부와 전체 58만 4천 명이 사는 말라위의 세 개 지역에서 시작되었다. 이 지역에 사는 대부분의 사람들은 농업에 의지하여 삶을 이어 나간다.

클린턴-헌터 개발 이니셔티브는 르완다에서 비료, 내병성 종자, 진보한 파종기술, 관개법을 활용하고, 소액대출을 실시하고, 부가가치가 높은 상품과 시장을 개발하고, 특히 보건소와 학교를 중심으로 깨끗한 물을 제공하며, 보건을 위한 파트너들과 협력하여 보건체계를 강화함으로써 농업생산성을 높였다.

우리의 이니셔티브가 실행된 지 비록 1년밖에 되지 않았지만 르완다의 농부들은 비료와 새 종자, 새 파종기술, 좋은 날씨 덕분에 옥수수 수확량을 240퍼센트나 늘리면서 상당한 잉여생산물을 확보했다. 클린턴-헌터 개발 이니셔티브는 르완다 정부와 협력하여 30퍼센트 할인된 가격으로 사상 최대 물량인 1만 4천 톤의 비료를 수입했고, 농민과 협동조합을 상대로 낮은 이율의 소액대출을 제공하도록 협의하여 많은 농민들이 처음으로 비료와 종자를 살 수 있도록 했다. 이러한 변화는 수천의 가족들이 식량을 안정적으로 확보하는 데 도움을 준다. 한편 말라위에서 우리는 정부의 요청에 따라 보건 인프라를 개선하고 지역보건 인력을 교육시키며 3천 5백 명의 HIV 양성 아동들에 대한 치료사업을 지원했다.

앞으로 우리는 르완다에서 진행하는 사업을 확대하여 농민들과 함께 콩과 같은 소득작물의 생산을 늘리고, 농업협동조합을 육성하고, 구릉지대의 관개작업과 개발계획을 준비하고, 10개의 학교와 5개의 보건시설에 상수도와 하수도 시설을 설치하고, 농업협동조합에 대한 은행대출을 장려하고, 탄소상쇄(carbon offsets: 배출량만큼 나무를 심어서 이산화탄소를 흡수하는 것-옮긴이) 프로그램을 출범시켜 삼림파괴지역의 농업과 식목사업에 혜택을 줄 계획이다. 또한 말라위에서는 추가로 17개의 병원과 20개의 학교에 상수도와 하수도 시설을 설치하고, 이를 가난한 마을로 확대하고, 신종작물에 대한 계획과 마케팅전략을 개발하고, 아동들에게 보다 적절한 영양을 공급하며, 말라리아를 검사하고 치료할 전국적 보건체계를 갖출 계획이다. 두 나라에서 똑같이 우리는 토지 관리를 개선하고 재생가능한 에너지 사용을 늘릴 방안을 모색하고 있다. 2008년이 되면 이러한 활동을 르완다와 말라위의 다른 지역으로 확대하고 세 번째 국가에서 사업을 시작할 예정이다. 이를 위해 시카고의 쇼어은행을 비롯한 다른 파트너들을 적극적으로 끌어들였다.

우리의 사업이 실효를 거둘 수 있을까? 국가 전체의 1인당 소득을 높이고 극빈층을 구제하는 보편적 전략을 개발하고 실행할 수 있을까? 아직은 확답할 수 없지만 적어도 시도해 볼 가치는 있다. 지금까지 엄청나게 많은 사람들의 삶이 개선되었으니 톰 헌터가 기부한 돈이 그만한 가치를 다하고 있는 셈이다.

라이베리아에서 막 출범한 또 다른 경제개발프로그램은 다른 나라에도 적용할 수 있는 모델이 될 잠재력을 갖고 있다. 그 프로그램은 블랙엔터테인먼트 텔레비전(Black Entertainment Television)의 설립자이자 샬롯 밥캐츠(Charlotte Bobcats) 프로농구단의 대주주인 밥 존슨(Bob Johnson)이 조직한 라이베리아 기업개발기금(Liberia Enterprise

Development Fund)이다. 라이베리아는 14년 간의 피비린내 나는 내전으로 3백만 명이 폐허 속에 살아가는 서부 아프리카의 작은 나라로, 엘렌 존슨-서리프(Ellen Johnson-Sirleaf)대통령이 이끌고 있다. 하버드 졸업생에 월드뱅크의 간부를 지냈고, 한때 라이베리아의 암흑기에 정치범으로 수감되었다가 망명에 오르기도 했으며, 여섯 명의 손자를 둔 존슨-서리프는 지지자들에게 '철의 여인'으로 불린다. 국정개혁위원회(Governance Reform Commission)의 수장으로 일했던 그녀는 2005년에 이전 정권의 지지자들이 밀었던 전 축구스타와 치열한 경합을 벌인 끝에 대통령에 당선되었다.

그녀가 2006년에 열린 클린턴 글로벌 이니셔티브에서 라이베리아가 처한 어려움과 그것을 해결하고자 하는 소망을 이야기했을 때, 밥 존슨은 도움을 주기로 결심했다. 그는 라이베리아가 해방된 노예들에 의해 건설되었으므로 미국의 흑인사업가들이 재건을 도와야 한다고 생각했다. 존슨은 3천만 달러를 라이베리아 기업개발기금에 투입하고, 효력을 극대화하기 위하여 미국 해외투자공사(U.S. Overseas Private Investment Corporation) 및 미국-아프리카 개발재단(U.S.-African Development Foundation)과 협력하는 한편, CHF 인터내셔널(CHF International)을 기금운용 책임단체로 지정했다. CHF는 1950년 대 초기부터 미국 외 100개 이상의 국가에서 경제개발을 추진했으며 지역사회 구축에 뛰어난 역량을 발휘해 왔다.

라이베리아 기업개발기금은 주로 대출, 지분투자, 기술지원을 통해 지역기업과 신생기업을 지원하고 일자리를 창출하며 보건, 교육, 농업

프로그램을 위한 자금을 운용할 것이다. 존슨은 사업의 성공을 위해 이미 음반회사의 경영자인 클라렌스 아방트(Clarence Avant), BET의 회장 겸 최고운영책임자인 데브라 리(Debra Lee), 전 교통부장관인 로드니 슬레이터(Rodney Slater), 배우 크리스 터커(Chris Tucker), 시셀리 타이슨(Cicely Tyson), 제프리 라이트(Jeffrey Wright) 등 많은 흑인 유명인사들의 참여를 이끌어냈다.

우리 재단의 HIV/에이즈 이니셔티브를 출범시키기 위하여 2006년 여름에 라이베리아를 방문했을 때 존슨–서리프 대통령은 내게 몇 명의 대학생을 만나 달라고 요청했다. 그래서 나는 몇 분간 그들과 대화를 나누고 약 한 시간 동안 그들의 질문에 답변을 해 주었다. 그들은 내가 만난 여느 젊은이들만큼 지성적이고, 지식이 풍부하고, 언변이 좋았으며, 미래지향적이었다. 그들은 죽임의 역사와 그 역사가 남긴 경제적 폐허를 넘어 미래를 바라보고 있었다. 그들을 만나보면 누구라도 라이베리아의 재건을 돕고 싶은 마음이 들 것이다.

그 일에 동참하고 싶은 사람은 이 책의 뒷부분에서 라이베리아 기업개발기금의 웹사이트를 찾을 수 있다. 여러분이 이 사업에 동참한다면 좋은 일을 하는 동시에 보편적인 경제개발모델을 구축하는 데 일조하게 될지도 모른다.

다른 나라를 지원할 때 부딪히게 되는 가장 큰 도전은 좋은 의도를 해당지역의 습관과 가치 그리고 열망 속에 융합시키는 일이다. 어려운 환경에서 그렉 모텐슨(Greg Mortenson)과 그의 중앙아시아재단(Central Asia Institute)보다 이 일을 잘 해낸 사례는 거의 없다.

모텐슨은 1993년에 파키스탄의 험준한 카라코람 산맥에 자리잡은 세계에서 둘째로 높은 산인 K2 등정에 나섰다가 실패했다. 기진맥진한 몸으로 하산하던 그는 도중에 길을 잃고 말았다. 등정대와 떨어져서 헤매던 그는 어느 가난한 마을을 찾아 들어가 몸을 추스렸다. 그 곳에 머무는 동안 그는 마을아이들이 공터에서 선생이나 책 혹은 학용품도 없이 배우려고 애쓰는 모습을 보았다. 그때 그는 반드시 다시 돌아와 학교를 지어 주어야겠다고 마음먹었다.

그는 미국에 돌아오자마자 사실상 전 재산을 팔았지만 겨우 2천 달러밖에 모으질 못했다. 그래서 거의 600명에 달하는 유명인사들에게 도와 달라는 편지를 썼다. 그 중에서 톰 브로코(Tom Brokaw) 만이 100달러짜리 수표를 보내 왔다. 그러다가 그의 모금활동을 알게 된 워싱턴주의 초등학교 학생들이 동전으로 623달러를 모아 주었다. 그 후로 어른들도 도움의 행렬에 동참하기 시작했다. 1996년에 실리콘밸리의 반도체 기업가인 장 호어니(Jean Hoerni) 박사가 모텐슨에게 큰 돈을 주어 중앙아시아재단을 설립하도록 도와주면서 본격적으로 사업이 시작되었다. 모텐슨과 그의 재단은 2007년에 파키스탄과 아프카니스탄에서 58개의 학교를 세워서 1만 4천 명의 여자아이들을 포함하여 2만 4천 명의 아이들에게 배움의 기회를 제공했다. 또한 교사들의 훈련과 도서관 건립 작업도 함께 진행했다.

모텐슨의 활동은 다음 두 가지 이유에서 다른 곳에서도 적용할 수 있는 잠재적 모델로 볼 수 있다. 첫째, 지역주민들에게 권한을 위임하여 지역공동체가 전적으로 프로젝트를 시작하고 실행하며 관리하게 함으로써 성공확률을 극적으로 높였다. 둘째, 거액기부자뿐만 아니라 소액기부자들도 받아들임으로써 미국의 아이들에게 가난한 나라의 아이들이 얼마나 다른 삶을 살고 있는지 배우고 도울 수 있는 기회를 주었다. 페니즈 포 피스(Pennies for Peace)는 보통 2,3개월로 정해진 기간 동안 초등학교 학생들로부터 동전을 모금한다. 이때 오직 동전만 받으며, 학생들은 그 돈으로 미국에서는 아무것도 살 수 없지만 파키스탄과 아프카니스탄에서는 연필을 사고 글을 익힐 기회를 얻을 수 있다는 사실을 알게 된다. 다른 많은 비정부단체들도 이런 방식으로 아이들을 참여시켜서 다른 사람을 돕는 데 그들의 힘을 모으고, 지역사회와 전 세계의 어려움을 가르치며, 다음 세대의 기부자들을 양성할 수 있다.

모텐슨은 훌륭한 저서인 『세 잔의 차(Three Cups of Tea)』에서 '한 번에 한 학교씩 만들어서 평화를 촉진하는 사명'에 대해 적었다.

■

미국의 지역사업지원법인(Local Initiatives Support Corporation)은 1980년부터 어려움에 처한 지역공동체를 도와 밀레니엄 개발목표가 가난한 나라를 위해 제시한 광범위한 경제개발과 같은 종류의 변화를 촉진하는 사업을 하고 있다. 지역개발지원법인은 지역공동체개발법인을 통해 저렴한 주택과 상업, 산업, 주민시설 그리고 기업과 일자리를 만든다. 이를 위해 대출, 보조금, 지분투자, 기술 및 경영지원, 보다 도움이 되는 정부정책 등을 제공한다.

나는 지역개발지원법인의 훌륭한 활동에 대해 아는 미국인이 거의 없다는 사실에 항상 놀란다. 이 단체는 1980년 이후로 3,100명의 투자자, 대여자, 기부자로부터 78억 달러가 넘는 기금을 조성했다. 이 기금은 300개가 넘는 도시빈민가와 농촌공동체에서 2천 8백 개의 단체가 19만 6천 채의 저렴한 주택과 거의 280만 평방미터에 달하는 소매시설, 주민시설 그리고 교육시설을 세우는 데 이용되었다. 지금까지 지역개발지원법인은 7만 개가 넘는 일자리를 창출하고, 100개가 넘는 기업을 지원했고, 53개의 수퍼마켓과 농산물가게를 열었고, 1만 1천 명의 아이들을 수용할 120개의 탁아소를 지었고, 12만 명의 아이들이 뛰어 놀 136개의 놀이터를 재단장했으며, 2만 8천 명의 아이들이 다니는 80개의 학교에 보조금을 주었다.

지역개발지원법인은 2003년부터 도시빈민가 및 농촌도시의 상업시설이나 박물관 혹은 예술시설 개발에 투자하는 경우에는 25퍼센트의 신시장 세액공제(New Markets Tax Credit) 혜택을 받는다는 점을 최대한 활용하기 위해 노력해 왔다. 이는 대단한 혜택이지만 대부분의 투자자들이 아직 모르고 있다. 지금까지 지역개발지원법인은 예닐곱 주에서 9개의 신시장 프로젝트에 투자했으며, 친환경개발센터(Green Development Center)와 함께 저소득층 및 중산층 지역에서 친환경 설계, 건축, 관리가 이루어지도록 했다. 친환경 건물이 관리비용을 낮추는 반면 건물가치를 높여 주고, 학교가 유지비용을 아껴서 교육에 투자할 수 있게 하며, 사람들에게 노출되는 독성물질을 줄여 주기 때문에 친환경건축사업은 굉장히 중요하다.

나는 앞에서 언급한 활동 이외에도 미국봉사단의 자원봉사자들을 활용하고, 카트리나와 리타 그리고 윌마 태풍에 피해를 입은 지역을 돕는 지역개발지원법인의 두 가지 활동을 특별히 자랑스럽게 생각한다. 지역개발지원법인은 1994년부터 보스턴에서 로스엔젤레스에 이르기까지 18개 도시에서 1천 명의 미국봉사단 자원봉사자들을 회원으로 맞았다. 또한 태풍피해지역에서는 이미 1억 달러가 넘는 돈을 대출, 보조금, 지분투자로 지원했고, 610채의 주택을 수리했고, 1천 수재민 가족을 도왔고, 지역개발을 위해 750만 달러를 모금했으며, 2,400채가 넘는 주택을 짓기 시작했다.

밥 루빈(Bob Rubin)은 재무부장관직을 그만두면서 지역개발지원법인의 이사회 의장이 되었다. 대통령 보좌역과 재무부장관으로 일할 당시 밥은 저소득층과 중산층 지역에 대한 투자를 늘리려는 나의 정책을 지원했다. 이러한 노력은 12년 동안 빈곤율이 상승한 상황에서 거의 8백만에 달하는 미국인들이 가난에서 벗어나 중산층으로 올라설 수 있도록 도와주었다. 그는 지금도 지역개발지원법인에서 파트너들과 함께 그 일을 하고 있다.

여러분이 좋은 일을 하면서 경제개발에도 도움이 되는 증명된 모델을 원하는 투자자라면 지역개발지원법인을 통해 적합한 기회를 찾을 수 있을 것이다. 그만한 투자를 할 돈은 없지만 도시빈민가와 농촌공동체를 위해 보다 생산적인 투자를 하고 싶다면 지역에 있는 공동체개발법인(Community Development Corporation)에 참여할 수 있다. 공동체개발법인은 로버트 케네디(Robert Kennedy) 상원의원이 후원하여 1967년 브룩클린의 베드포드-스터이비슨트(Bedford-Stuyvesant) 지역에 처음 생긴 이후 지금까지 활동하고 있다. 공동체개발법인이 안전하고 좋은 주택을 짓고 새로운 일자리를 만드는 모습을 확인한 지역운동가들이 늘어나면서 이 단체는 미국 전역으로 퍼져갔다. 현재 미국에는 공유할 풍부한 경험을 갖춘 4천 개가 넘는 공동체개발법인이 있다. 그들은 무엇이든지 가장 시급한 문제를 해결하는 데 필요한 투자를 실시한다. 만약 여러분이 사는 지역에 공동체개발법인이 없다면 자선법인으로 하나를 설립하고 성취할 목표를 정한 다음 지역개발지원법인에 연락하여 공동사업을 벌일 기회를 모색할 수 있다.

공동체개발법인보다 작은 규모인 도시기업개발 이니셔티브(Urban Enterprise Initiative)는 할렘지역의 자영업자들을 돕는 데 집중한다. 이 단체는 할렘지역에 우리 재단의 사무실을 연 후 나와 자영업자모임의 리더들이 가진 대화를 계기로 만들어졌다. 그들은 임대료 상승과 대형 유통점과의 경쟁, 시장의 빠른 변화 때문에 오랫동안 영업을 해 왔던 사람도 어려움을 겪고 있다고 말했다.

나의 사무실은 부즈 앨런 해밀턴(Booz Allen Hamilton)의 선임파트너인 레지 반 리(Reggie Van Lee)와 이 문제를 협의했다. 그는 주도적으로 나서서 무료상담을 해 줄 부즈 앨런 컨설턴트들과 뉴욕대 스턴경영대학원 졸업생, 그리고 전국 흑인MBA연합(National Black MBA Association)과 같은 협력단체를 한데 모았다.

2002년 이후로 도시기업개발 이니셔티브 팀은 할렘, 브룩클린, 브롱크스에 있는 35개 업체를 대상으로 1천 2백만 달러어치에 상당하는 5만

시간 이상의 무료컨설팅 서비스를 제공했다. 개발팀은 보통 1년 동안 고객을 돕는다. 그들은 먼저 재정상태와 경영실태를 세밀하게 평가한 다음 문제를 해결하고 기회를 늘리기 위한 구체적 전략을 개발하고, 최종적으로 실제 테스트를 통해 필요한 경우 수정 과정을 거치며, 컨설팅 기간이 끝난 후에도 성과를 측정하고 발전을 지속시킬 시스템을 구축한다.

때로 개발계획은 월세의 연세 전환, 재고관리 개선, 운영 전산화처럼 간단한 변화만을 요구하기도 한다. 한 개발팀은 흑인여성이 운영하는 건설회사를 도와서 일상적 운영의 효율성을 높일 수 있도록 장기성장 전략을 개발했다. 또 다른 팀은 카페 소유주를 도와서 매장 위치를 옮기고 더 명확한 브랜드를 만들며 인테리어업체와의 갈등을 해소해 주었다. 주문제작캐비닛업자는 생산공정을 개선하여 비용을 줄이고 생산량을 늘리는 도움을 받았을 뿐만 아니라 스페인어밖에 모르는 직원들이 영어교육을 받게 하여 직원생산성을 높이게 되었다. 배관업체는 개발팀의 조언에 따라 더 많은 출장 요청에 응할 수 있도록 조직을 재구성하여 매출과 순익을 증가시켰다. 2006년에 나의 재단과 도시기업개발 이니셔티브는 〈인크〉지와 협력관계를 맺어서 9명의 유망사업가들에게 멘토링 서비스를 제공했다. 이들이 운영하는 사업은 소형양조장, 고급 모자가게, 광고회사 그리고 할렘에서 몇십 년 만에 처음 생긴 볼링장 등이다.

이 모두가 단순한 사업으로 보일 수도 있지만 대부분의 자영업자들은 적은 수입을 얻기 위해 오랜 시간 일에 매달린다. 그들은 사업의 운영상태를 점검할 시간과 돈이 없기 때문에 컨설턴트나 〈인크〉의 멘토들이 제공하는 정기적인 조언을 구하기 힘들다. 큰 회사들은 유명한 컨설팅회사에 상당한 대가를 지불하면서 운영상태를 점검하고 CEO의 경영효율을 높이는 데도 말이다.

이 일은 성공의 보증이 없는 어려운 작업이다. 12개의 수혜대상을 상대로 조사해 본 결과 도시기업개발 이니셔티브는 3개 업체에 엄청나게 긍정적인 영향을, 4개 업체에 어느 정도 긍정적인 영향을 끼쳤고, 개발팀이 도울 수 없었거나 소유주가 조언을 따르지 않은 5개 업체에는 아무런 영향을 끼치지 못한 것으로 나타났다. 이 정도면 노력할 가치가 있었던 것일까? 이 이니셔티브는 경영대학원 학생들에게 경험을 통해 배울 수 있는 좋은 기회를 제공하고, 성공한 프로젝트에 기여한 컨설턴트들에게 중요한 일을 해냈다는 성취감을 준다. 〈인크〉의 멘토들 역시 보람 있는 시간을 보내고 있는 것 같다. 그들은 미국 최대의 사진액자 업체를 세운 제이 골츠(Jay Goltz), 〈인크〉가 뽑은 '최고의 기업 100개'에 3년 연속으로 선정된 피트즈 브루잉 컴퍼니(Pete's Brewing Company)의 설립자 피트 슬로스버그(Pete Slosberg)를 포함하여 인상적인 멤버들로 구성되어 있다.

나는 도시기업개발 이니셔티브를 뉴욕 전체로 확대하고 싶고 다른 도시에서도 비슷한 활동이 이루어지는 것을 보고 싶다. 그러나 그렇게 하려면 어느 정도 투자자금이 필요하다. 많은 기업들이 부즈 앨런만큼 엄청난 시간과 자원을 할애해 줄 것이라는 기대는 현실적이지 않다. 그러나 소수의 직원들을 고용하고 자원봉사자들을 조직할 충분한 자금과 뜻

있는 경영대학원의 협조만 구할 수 있다면 거의 모든 도시에서 도시개발 이니셔티브를 재현할 수 있다. 해당지역에서 성공을 거둔 사업가들은 후배사업가들에게 멘토가 되어줄 수 있다. 자영업은 저소득층 지역사회에 중요한 부분을 차지한다. 많은 기업들이 해마다 상당한 돈을 들이는 컨설팅서비스의 일부라도 지역경제를 돕는 데 사용된다면 훨씬 많은 업체들이 살아남아 번영하고, 종업원들에게 일자리를 제공하고, 더 많은 사람을 고용하며, 지역사회의 기반을 더욱 굳건하게 만들어 줄 것이다.

■

뉴욕에서 특별히 성공을 거둔 나눔의 모델은 지역경제를 활성화시키고 저렴한 주택을 제공하기 위하여 교회들이 직접 설립한 법인들이다. 플로이드(Floyd)와 일레인 플레이크(Elaine Flake) 목사가 이끄는 그레이터 앨런 A.M.E. 교회(Greater Allen A.M.E. Cathedral)는 자메이카와 퀸즈에 있는 아프리카 감리교 감독파의 '초대형교회'로서 2만 명의 신도를 두고 있다. 이 교회에서 만든 보존과 개발법인(Preservation and Development Corporation)은 상업개발, 주택소유, 보수와 재건을 후원하고 저당물이 처분될 위기에 처한 사람들을 도와준다. 1992년에 처음이 교회를 방문했을 때 나는 주위에 있는 작은 가게들이 성공적으로 운영되고 있는 모습을 보았다. 그들 중 다수는 교회의 개발법인으로부터 금융지원을 받고 있었다.

할렘의 유명 건축물로서 캘빈 버츠(Calvin Butts) 목사가 있는 아비시니안 침례교회(Abyssinian Baptist Church) 역시 저렴한 주택공급, 경제 활성화, 가족지원사업에 집중하는 개발법인을 갖고 있다. 뉴욕시 주민의 약 30퍼센트가 자기 집을 소유하고 있는 데 반해 할렘중심가 주민들의 주택소유율은 13.8퍼센트에 불과하다. 아비시니안 개발법인(Abyssinian Development Corporation)은 82개의 빌딩에서 1천 채 이상의 저렴한 주택을 만들어서 대부분을 저소득층 가구와 노숙자, 노인들에게 분양하고 1백 가구 이상의 중산층 가정에게 집을 소유할 기회를 제공했으며, 향후 3년 간 추가로 300채를 만들 계획이다. 또한 이 법인은 패스마크(Pathmark) 식료품점과 소매점 및 사무실 복합빌딩과 같은 일자리 만들기 프로젝트를 통해 지역주민들에게 7백 개의 일자리를 제공했다. 흑인목사들은 아프리카 전역에 걸쳐 이러한 개발사업을 추진하고 있다. 다른 종교들도 같은 일을 하지 못할 이유는 없다.

내가 아는 가장 광범위한 미국의 사회봉사 모델도 흑인들을 중심으로 진행되고 있으나 다른 인종의 사람들에게도 적용할 수 있다. 저명한 흑인 라디오 및 텔레비전 언론인인 태비스 스마일리(Tavis Smiley)는 2006년 2월에 미국의 지속적인 인종 간 격차 문제를 분석하고 십계명의 형식으로 이 문제를 해결할 행동계획을 제시한 『미국 흑인사회와의 서약(The Covenant with Black America)』이라는 훌륭한 저서를 출간했다. 이 책의 각 장은 독자들에게 보건, 교육, 형사정의, 책임 있는 치안, 안정된 지역의 저렴한 주택공급, 투표권, 농촌개발, 일자리와 자본에 대한 접근권, 환경정의, 인종 간 정보 격차와 같은 특정한 문제에 대한 서약을 하도록 요청한다. 각 장은 전문가의 짧은 소개글로 시작하여 분명한 사실을 담은 광범위한 목록과 '공동체가 할 수 있는 일' 의 구체적 사례를 보여 주며, '모든 사람이 지금 할 수 있는 일', '지금 실효를 거두고 있는 일' 그리고 '모든 리더와 선출직 공무원들이 할 수 있는 일' 로 마무리한다.

흑인들과 흑인사회의 미래를 걱정하는 사람들의 마음을 움직인 이 책은 출간된 지 한 달이 채 못 되어 수많은 베스트셀러 목록에서 최고의 판매부수를 기록했다. 미국 전역의 교회, 지역단체, 시민모임, 선출직 공무원과 뜻있는 시민들은 함께 모여 이 책에서 제시한 변화의 대리인이자 후원자가 될 수 있는 방법을 논의했다. 너무나 크고 빠른 반향에 태비스 스마일리는 전작을 낸 지 1년이 안 되어 서약에서 제시한 목표를 이루기 위해 이미 진행되고 있는 노력들을 정리하고, 떠오르는 젊은 흑인운동가를 소개하고, 독자들이 정치적 행동과 법적 행동, 비정부단체의 프로젝트를 통해 체계적으로 각 문제를 해결할 수 있도록 돕는 지침을 담아 두 번째 책인 『서약의 실천(The Covenant in Action)』을 펴냈다. 한마디로 이 책은 참여할 수 있는 방법을 보여 주는 실용적인 가이드이다.

이렇게 짧은 소개로는 서약운동과 그것이 주는 영감의 힘, 참여하는 방법과 사례들을 제대로 다룰 수 없다. 스마일리의 두 저서는 금새 읽을 수 있지만 평생 해야 할 일을 제안한다. 나는 스마일리가 미국과 전 세계에서 공동의 도전에 맞서 다른 집단과 함께 행동하는 모델을 제시하였다고 믿기 때문에 그의 책들을 여러분에게 권한다. 여러분도 읽고 나면 내 생각에 동의할 것이라고 확신한다.

저소득층 학생들이 대학입학을 준비하고 성공적으로 학업을 할 수 있도록 돕는 칼리지 트랙(College Track)은 소수계 학생을 중점적으로 지원하는 교육프로그램으로서 거의 모든 공동체에 도입할 수 있다. 현재 칼리지 트랙은 팔로 알토 동부와 오클랜드, 캘리포니아에 있는 교육센터에서 거의 300명에 달하는 고등학생과 대학생들을 지원하고 있다. 칼리지 트랙은 여름 고등학교 입학준비 프로그램과 각종 워크숍, 강습, 대학입시 준비 강의, 사회봉사활동, 유급 여름인턴십, 대학장학금신청 지원, 지속적인 대학생활 지원 등을 제공한다. 그들의 활동은 일정한 성과를 올리고 있다. 전국적으로 저소득층 학생의 29퍼센트만 대학을 졸업하지만 칼리지 트랙의 수혜자들이 대학을 졸업하는 비율은 86퍼센트에 이른다. 이렇게 성과를 내는 이유는 무엇일까? 설립자인 로렌스 파웰 잡스(Laurence Powell Jobs)는 그 이유에 대해 "어떤 단체들은 정치적 행동과 정책변화를 통해 교육 체제를 바로잡으려고 합니다. 우리는 그렇지 않습니다. 칼리지 트랙은 학생들에게 집중합니다."라고 말한다.

퇴역장성인 콜린 L. 파웰(Colin L. Powell)과 그의 아내 앨마(Alma)가 설립한 '미국의 약속(America' s Promise)'은 이미 많은 사람들이 참여하고 있는 복수의 프로그램과 함께 하나의 대의를 추구하고자 하는 사람들에게 흥미로운 모델이다. 이 단체의 사명은 아이들을 사랑하는 어른들의 참여, 안전한 장소의 제공, 건강한 출발, 좋은 교육, 다른 사람을 도울 기회라는 다섯 가지 약속을 지킴으로써 모든 아이들이 성공적인 삶을 살도록 돕는 것이다. 설립 11주년이 되는 해에 미국의 약속은 기업, 비정부단체, 지역공동체, 정치가 등 105개가 넘는 파트너와 협력관계를 맺었다. 이 단체의 목표는 향후 5년 동안 1천 5백만 명의 혜택 받지 못한 청소년들을 위해 더 많은 약속을 실현하는 것이다.

■

미국은 다른 모든 나라에 뿌리를 둔 시민들로 구성되었다는 점에서 축복받았다. 이들 중 성공한 다수, 아니 거의 모두는 지역공동체뿐만 아니라 고국에도 많은 것을 되돌려 주었을 것이다. 그들이 전통을 공유한 다른 사람들과 힘을 합치면 그 영향력을 크게 높일 수 있다. 나는 2001년에 인도 서부의 구자라트(Gujarat)주가 강진으로 엄청난 피해를 입었을 때 인도계 미국인들이 그러한 활동을 하는 것을 볼 기회가 있었다.

내가 당시 총리인 아탈 비하리 바지파이(Atal Bihari Vajpayee)에게 전화를 걸어 도울 수 있는 일이 있는지 묻자 그는 넓은 지역은 정부가 복구할 수 있지만 수백 개의 작은 마을을 재건하려면 지원이 필요하다고 말했다. 나는 이미 많은 인도계 미국인들이 병원과 의원, 학교를 짓고 우등생들에게 장학금을 지급하면서 개별적으로 고국을 돕고 있다는 사실을 알고 있었다. 여기에 지진이 일어난 후 더 많은 사람들이 동참하고자 했다. 곧 맥킨지 앤 컴퍼니(McKinsey and Company)의 선임 파트너인 라자트 굽타(Rajat Gupta)와 시티그룹(Citigroup)의 선임 부회장이었다가 지금은 은퇴한 빅터 메네제스(Victor Menezes)를 이사회 의장으로 하여 '미국 인도재단(America India Foundation)'이 설립되었다. 대표는 북캘리포니아에서 정보기술사업체를 운영하는 라타 크리슈난(Lata Krishnan)이 맡았다.

미국 인도재단은 빠른 시간에 구호와 재건 그리고 재활을 위해 4백만 달러가 넘는 돈을 모금했다. 먼저 구호단계에서 미국 인도재단은 지역 및 국제 비정부단체를 통해 수백 명의 주민들에게 1천 2백 개의 휠체어와 함께 음식과 물 그리고 숙소를 제공했다. 그 다음 단계로 미국 인도재단은 1,350채의 주택, 금속공예, 목공예, 고급의류 제작에 뛰어난 수천 명의 장인들을 위한 180개의 작업장, 열두어 개의 학교와 교실, 세 개의 병원 그리고 하나의 보건센터를 세웠다. 또한 이 재단은 부지(Bhuj)시의 하미사르(Hamirsar) 호수의 제방을 다시 쌓는 데 필요한 자금도 지원했다. 시의 주요 저수지 역할을 해 온 이 호수의 제방이 무너지는 바람에 10만 명의 주민들이 수해를 입었다. 마지막 재활단계에서 미국 인도재단은 소액대출의 폭을 넓히고 여성 자영업자들에게 경영훈련 및 기술개발교육을 시켰으며 농장과 염전에서 일하는 노동자 및 저소득층 지역의 주민들을 지원했다.

미국 인도재단의 리더들은 구자라트 지원사업이 성공하면서 지속적인 활동에 나서야겠다고 결심했다. 그들은 지금까지 대부분 인도계 미국인인 수천 명의 후원자들로부터 3천 7백만 달러 이상의 기금을 모았다. 이 자금은 교육, HIV/에이즈, 여성의 지위향상 분야에서 활동하는 60개 비정부단체에 배분되었다. 또 미국 인도재단의 산하에 있는 장인연맹(League of Artisans)은 생산공정과 마케팅을 개선하여 사업기회를 개발하도록 돕고, 디지털 평등프로그램(Digital Equalizer Program)은 20만 명 이상의 학생들이 정보기술의 혜택을 보도록 했으며, 140명의 인도-미국 봉사단원(Indian-American Service Fellows)들은 인도로 가서

10개월 동안 지역 비정부단체에서 봉사활동을 펼쳤다.

내가 미국 인도재단을 길게 소개한 이유는 미국에 180개가 넘는 다른 국가에서 온 이민자들이 있으며, 그 국가 중 다수는 인도처럼 도움이 필요하기 때문이다. 성공한 이민자들이 미국 인도재단과 같은 방식으로 힘을 합쳐 행동에 나선다면 수많은 사람에게 도움을 주고 미국이 가진 최고의 모습을 세계에 보일 수 있을 것이다.

■

2003년에 오하이오 주 신시내티에 사는 고등학생인 마야 아모일즈(Maya Amoils)는 잠재력있는 청소년이 나눔의 모델을 만들어낼 수 있다는 점을 증명했다. 남아프리카 태생인 마야는 드라켄스버그(Drakensberg)의 산악지역에 리조트를 소유한 삼촌과 고모를 두고 있다. 마야는 그들에게서 리조트 인근에 있는 랑클루프(Langkloof) 마을 사람들이 힘겹게 살아간다는 이야기를 들었다. 그 곳에 사는 3천 명의 주민들은 상수도와 하수도, 보건시설도 없이 생활하고 있으며 많은 아이들이 에이즈로 부모를 잃고 고아가 된다. 그 이야기를 들은 마야와 여섯 명의 친구들은 호프(H.O.P.E: Help Other People Endure, 다른 사람들이 살아가도록 도웁시다)라는 자선단체를 만들었다. 마야는 2004년에 회원들과 학교에서 티셔츠를 팔아서 모은 2천 달러와 기증받은 장난감 및 옷을 가지고 랑클루프로 갔다. 이 돈은 삼촌과 고모가 보탠 기부금과 함께 12명의 고아들이 하루에 한 끼라도 제대로 먹을 수 있도록 급식프로그램을 시작하는 데 사용되었다.

호프의 소녀들은 여기서 그치지 않고 2005년에는 5천 달러를 모금하겠다는 목표를 세웠다. 그러나 그들의 노력이 불러일으킨 열정과 홍보 덕분에 모금목표보다 14만 5천 달러나 많은 돈이 모였고, 2007년 3월에는 총 모금액이 80만 달러나 되었다. 급식프로그램의 혜택을 받는 아이들의 수도 350명으로 늘어났다. 11명의 호프회원들은 랑클루프로 가서 부족원로들과 주민들을 만나고, 아이들과 시간을 보내고, 유치원 보수작업과 놀이터 설치작업을 도우며, 아이들에게 먹일 과일과 채소를 심었다.

현재 호프는 규모를 늘려서 다른 학교의 학생들도 회원으로 참가하고 있으며, 상수도와 화장실, 현대식 주방을 갖춘 주민센터를 건설하고, 급식프로그램에 쓸 닭과 달걀을 생산할 양계장을 만들고, 관개시설을 갖춘 농장을 마련해서 125명의 지역주민들을 고용하며, 호프 회원들이 직접 가서 교육과 에이즈예방을 촉진하고 아이들이 가난과 질병의 악순환을 벗어나도록 가르치는 연례 방문행사를 지속할 예정이다. 이 목표를 달성하려면 30만 달러를 모금해야 한다. 그 후에는 성인교육과 우등생에 대한 장학금 및 경제적 지원, 의료서비스를 시작하고 근처 지역에서 같은 프로젝트를 시행하려고 한다. 나는 호프회원들이 이 계획을 성공시킬 것이라고 믿는다.

호프가 모든 공동체의 청소년들에게 국내외의 다른 아이들을 돕는 단체를 직접 시작하게 만드는 모델이 될 수 있을까? 그렇게 하지 못할 이유는 무엇인가? 모든 고등학교마다 봉사단체가 생긴다면 창의적인 십대들이 얼마나 흥미로운 활동을 펼칠지 상상해 보라.

9

Giving

좋은 아이디어의 나눔

세상은 혁신적인 아이디어를 가진 사람들로 가득 차 있고 이들은 기꺼이 모든 것을 바쳐서 아이디어를 실행할 뜻을 가지고 있으나 불행하게도 그 일을 시작할 재원이 없는 경우가 많다. 이 '사회적 기업가(social entrepreneur)' 들은 아이디어를 추진할 도움만 받는다면 수백만의 삶을 더 좋은 방향으로 변화시킬 수 있다.

체계적인 방식으로 사회적 기업가들을 찾아 후원하자는 운동, 혹은 '사회적 기업가정신(social entrepreneurship)' 이라는 개념 자체가 한 사람에게서 나온 것이다. 빌 드레이턴(Bill Drayton)은 세상의 많은 위대한 사회운동가들과 마찬가지로 전 세계의 사회운동계 바깥에는 잘 알려져 있지 않다. 그러나 시민들이 사회를 개선시킬 수 있는 힘을 갖고 있다고 믿는 사람들에게 드레이턴은 영웅적인 인물이다. 하버드대와 예일 법대를 졸업하고 옥스포드에서 경제학을 공부한 그는 경영컨설팅회사인 맥킨지 앤 컴퍼니에서 10년 동안 일한 후 카터 행정부 시기에 환경보호국(Environmental Protection Agency)에서 근무했다. 환경보호국에서 일할 당시 드레이턴은 배출권 거래와 같은 시장기반의 인센티브를 제공하고, 기업경영을 일일이 규제하기보다 배출총량 목표를 정하여 기업들이 스스로 가장 효율적인 목표충족 방식을 찾도록 함으로써 기업을 환경보호의 파트너로 만든다는 개념을 선도했다. 그는 1980년에 사회적, 경제적 혁신을 촉진하기 위한 단체를 설립하고 기원 전 3세기 경 인간적이고 진보적인 정책으로 남아시아 대부분을 통일한 인도 황제의 이름을 따서 '아쇼카(Ashoka)' 라고 불렀다. 아쇼카는 산스크리트어로 '적극적인 슬픔을 없앤다(active absence of sorrow)' 는 뜻이다. 아쇼카의 로고는 힘과 건강의 상징으로서 우리 모두가 알듯이 한 알의 작은 도토리에서 자라나는 오크나무이다.

드레이턴은 오랫동안 친구 및 동료들과 대화를 나누고 세계를 여행하면서 체계적 변화를 위한 강력하고 새로운 아이디어와 현실적 가능성이 검증되지 않은 아이디어를 실행할 수 있는 뛰어난 사회적 기업가를 찾아내는 일이 가능한지 알아내려 노력했다. 그리고 그것이 가능하며 거기에 일생을 바쳐야 한다는 확신을 갖게 되었다. 아쇼카는 인도에서 드레이턴이 친구들에게서 모금한 돈에 자신의 돈을 보탠 5만 달러만으로 활동을 시작했다.

아쇼카에 참여한 첫 운동가 중에는 경험상 구시대의 수동적인 암기

교육은 대부분의 학생들에게 지겹고 비효율적이라는 생각을 갖고 있던 봄베이 지역의 교사인 글로리아 드 수자(Gloria de Souza)가 있었다. 그녀는 주위환경을 이용하여 아이들이 행동을 통해 학습하고, 암기하기보다 생각하며, 반복하기보다 문제를 해결하도록 만들기 위해 노력했다. 그녀는 배움의 과정을 적극적이고 창의적이며 즐거운 것으로 만들었다. 드 수자는 자신의 방법론을 인도 전체에 적용하고 싶다는 강력한 열의를 품고 있었다. 아쇼카는 그녀의 방법론과 그것을 전파할 능력을 믿고 거기에 전념할 수 있도록 1981년에 4년 간의 생활비를 지원했다. 그에 힘입어 그녀는 1985년까지 환경학습을 위주로 한 자신의 교수법을 1천 7백 개 학교에 도입하도록 봄베이 교육위원회를 설득했다. 그로부터 3년 내에 거의 100만 명에 달하는 학생들이 그녀의 방식대로 배우게 되었다. 나아가 1980년대 말에 인도정부는 드 수자의 환경학습 프로그램을 초등학교 3학년까지 정규과목으로 편성했다. 독립적인 평가결과에 따르면 드 수자의 교수법으로 배운 학생들은 암기교육을 받은 학생들보다 두 배나 높은 읽기시험 성적을 기록했고 쓰기와 산수를 세 배나 빨리 습득했다. 말하자면 글로리아 드 수자는 아쇼카가 키운 첫 번째 도토리였다.

2006년에 아쇼카의 예산은 첫해의 5만 달러에서 3천만 달러로, 소속 운동가는 한 명에서 전 세계 60개 국가에 걸쳐 1천 8백 명으로 늘어났다. 그들은 보건과 교육, 경제개발, 평등촉진 및 사회정의 분야에서 놀라운 일들을 이루어 냈다. 모든 아쇼카 운동가는 아이디어의 잠재력이 국가적 영향력을 지녔는지, 그 아이디어를 전파하고 실행할 기업가적 역량을 갖추었는지, 계획대로 일이 진척되지 않을 때 적절한 변화를 주면서 계속 추진할 끈기와 성공할 때까지 포기하지 않을 의지를 가졌는지 따지는 엄격한 절차를 거쳐서 선발된다.

1999년에서 2002년 사이에 세 배나 커진 아쇼카는 여전히 규모를 늘리면서 사업 범위를 넓히고 있다. 현재 아쇼카는 사회적 기업가를 후원하는 일 이외에 서로 힘을 주고 영향력을 가속화시키고자 그들의 모임과 연대를 만들고, 사업확장을 위한 자금지원, 기업, 학계 혹은 비슷한 활동을 하는 다른 단체와의 연계 주선을 비롯한 각종 인프라를 지원한다. 아쇼카는 2006년에 열린 클린턴 글로벌 이니셔티브에서 서유럽, 아프리카, 동아시아, 중동에서 사회적 기업가를 발굴하는 작업을 확장하기 위하여 5천만 달러를 모금하겠다는 구상을 발표했다.

빌 드레이턴의 인상은 세계적 운동가보다는 대학교수에 가깝다. 아주 마른 체구에 큰 테 안경을 쓴 그는 조용한 말씨를 지녔고 기품이 느껴질 정도로 겸손하고 정중하다. 다른 한편으로 그는 잘 알려지거나 알려지지 않은 주제 모두에 폭넓은 지식을 가진 명석한 사람이다. 나는 얼마 전 워싱턴 DC에서 열린 행사에서 우연히 그를 만났는데, 언제나처럼 강인함과 친절 그리고 겸손이 조화를 이룬 흔치 않은 모습에 깊은 인상을 받았다. 모든 나라의 시민들에게 '문제를 해결하기 위한 자유와 확신 그리고 사회적 지원' 을 제공함으로써 세상을 바꾸고자 나선 과묵한 남자인 그는 그가 찾아서 힘을 주는, 그리고 그 중 다수를 아직 만나지 못한 다른 모든 사회적 기업가들의 완벽한 모델로서 여전히 한 길을 걸어가고 있다. 빌 드레이턴과 몇 명의 훌륭한 아쇼카 운동가들을 포함한 다른 유망한 사회적 기업가들의 이야기는 데이빗 본스타인(David Bornstein)이 쓴 『세상을 바꾸는 법(How to Change the World)』에 훨씬 더 자세히 소개되어 있다. 특별히 이러한 종류의 사회운동에 관심이 있다면 이 책을 읽어볼 것을 강력히 권한다.

최근 몇 년 사이에 부유한 개인이 설립한 재단을 중심으로 사회적 기업가를 위한 자금지원이 더 많이 이루어지고 있다. 그 중에서 가장 주요한 사례로는 이베이(eBay)의 설립자인 피에르 오미디아르(Pierre Omidyar)와 그의 아내 팸(Pam)이 설립한 오미디아르 네트워크(Omidyar Network)가 있다. 이 단체는 혁신을 통해 권한부여를 촉진하는 폭넓은 프로젝트에 자금을 지원한다. 주요한 지원대상으로는 아쇼카 외에 지금까지 10년 동안 하루 1달러 미만으로 살아가는 가난한 가족들을 돕고, 여성에게 권한을 부여하고, 재정적으로 자족 가능한 소액대출기관을 세우며, 고객과 그 가족들에게 미치는 소액대출의 영향을 측정하는 데 집중하는 소액대출사업 관계자들의 연례 모임인 소액대출 정상회의(Microcredit Summit)에서 추진하는 캠페인들이 있다. 소액대출 정상회의에는 대여자와 지지자, 정부 및 비정부단체 후원자, 교육자 그리고 국제금융기관들이 참여하여 모범사례를 공유하면서 서로의 성공을 돕는다.

오미디아르 네트워크는 모바일 기반의 상거래서비스를 통해 판매자와 구매자를 연결하는 셀 바자르(Cell Bazaar), 친척과 친구 그리고 다른 개인적 관계 사이의 대출을 관리하는 서클렌딩(CircleLending), 언론의 영향과 아동 및 가족 대상의 오락프로그램을 개선하기 위해 노력하는 커먼 센스 미디어(Common Sense Media), 우리 재단과 협력하여 아동 비만을 줄이고 지역사회가 놀이터를 설계, 건설, 유지하도록 돕는 카붐!(KaBOOM!), 가능한 물건의 공동사용을 통해 작지만 예상치 못했던 비용을 줄이도록 함으로써 형편이 어려운 가정이 빈곤층으로 떨어지는 것을 방지하는 마디스트 니즈(Modest Needs) 등 폭넓은 분야에 걸친 십여 개의 다른 사회적 기업가들도 후원하고 있다.

또 다른 수혜자인 글로벌 기빙(Global Giving) 역시 사회적 기업가들에게 자금을 지원한다. 글로벌 기빙은 2002년에 두 명의 전 월드뱅크 임원들이 설립한 단체이다. 이 단체의 웹사이트인 글로벌기빙닷컴(GlobalGiving.com)을 방문하면 지역별, 주제별로 정리된 프로젝트의 방대한 목록을 확인할 수 있다. 그 중에서 하나의 프로젝트를 고른 후원자는 액수에 상관 없이 세액공제혜택을 받으며 기부할 수 있고, 기부금은 한 달 이내에 해당 프로젝트에 쓰이게 된다. 모든 후원자들은 그들이 후원한 프로젝트의 진척보고서를 정기적으로 받는다.

현재 이 웹사이트에는 60개국 이상에서 진행되는 4백 개가 넘는 프로젝트들이 소개되어 있다. 2001년 이후로 약 750개의 프로젝트가 2천 명 이상의 후원자로부터 5백만 달러가 넘는 후원금을 받았다.

사회적 기업가들에 대한 자금지원을 목적으로 설립된 다른 단체로는 에코잉 그린(Echoing Green)과 슈왑재단(Schwab Foundation)이 있다. 아쇼카 모델과 비슷한 에코잉 그린은 미국 투자자인 에드 코헨(Ed Cohen)이 1987년에 설립하였으며 400명 이상의 사회적 기업가들에게 초기자본을 제공해 왔다. 슈왑재단은 세계경제포럼(World Economic Forum)의 설립자이기도 한 클라우스 슈왑(Klaus Schwab)과 그의 아내 힐데(Hilde)가 설립했다. 이 재단은 지금까지 1백 명이 넘는 사회적 기업가들을 후원했으며, 스위스 다보스에서 열리는 세계경제포럼의 연례회의에 그들을 초청하여 기업과 재단의 임원, 촉망받는 정부의 리더들, 국제기구의 수장들과 함께 자신들의 활동을 논의하고 지지를 이끌어 낼 기회를 제공했다.

오랜 역사를 지닌 재단들도 현재는 초기 단계의 혁신을 후원하는 일에 더욱 집중하고 있다. 2000년에 포드재단과 애니 E. 케이시재단은 광대역 인터넷을 저소득층 가구에 제공하고, 컴퓨터를 살 수 있도록 지원하며, 비하이브(Beehive, thebeehive.org)라는 자체 다국어 포털을 통해 교육, 보건, 고용, 공공혜택 등의 정보에 쉽게 접근할 수 있게 하는 원 이코노미(One Economy)의 출범을 도왔다. 지금까지 원 이코노미 덕분에 20만 명 이상의 사람들이 집에서 광대역 인터넷을 이용할 수 있게 되었고, 950만 명 이상의 사람들이 비하이브를 이용했으며, 그 중 약 2백만 명은 스페인어 서비스를 이용한다.

원 이코노미는 현 CEO인 레이 램지(Rey Ramsey)가 다른 세 명의 젊은이와 함께 정보 격차가 없고 모든 사람들이 정보기술의 혜택을 공유할 수 있는 세상을 꿈꾸면서 워싱턴 DC에서 시작한 단체이다. 현재 이 단체는 열두어 개의 미국 도시와 남아프리카, 모잠비크, 요르단, 이집트에서 활동하고 있으며, 미국의 경우에는 정부보조로 건설되는 모든 주택에 광대역 인터넷 설비를 포함시키고 관련 비용을 치안이나 조경처럼 기본운영 비용으로 처리하도록 주택정책을 바꾸기 위해 노력하고 있다. 지금까지 42개 주와 예닐곱 개의 도시 및 국가에서 이러한 정책 변경이 이루어졌다.

비하이브 이용자들은 소득세 공제 신청, 사업계획 작성 및 구직, 가계예산 책정 및 수표작성, 고등학교졸업 자격시험, 의료보조 신청, 당뇨병에서 알콜중독에 이르는 건강문제에 관련된 정보를 얻는다. 또 한 달에 4만 명 이상의 아이들이 숙제를 하기 위해 방문하고, 수백 명의 청소년들이 이웃들에게 비하이브 이용법을 가르치는 디지털 커넥터즈(Digital Connectors)가 되기 위한 교육을 받는다.

내가 미국에서 본 가장 유망한 복합적 사회적 기업가 활동은 학부모, 교사, 주민 그리고 다른 관심 있는 사람들이 할렘 중심부에 사는 아이들에게 안전한 학습환경을 만들어 주려는 활동을 돕는 할렘아동지역(Harlem Children's Zone)이다. 할렘에 사는 아이들의 절반 이상이 빈곤선(최저한도의 생활수준을 유지하는 데 필요한 수입 수준—옮긴이) 이하에서 살아가며 3분의 2는 주단위 읽기와 산수시험에서 평균 이하의 성적을 받는다. 할렘아동지역은 임신시기부터 대학에 진학하거나 취업하는 시기까지 아이들을 돕기 위해 지속적이고 광범위한 지원수단을 제공한다. 이들이 운영하는 사업으로는 임신한 부모나 3살 미만의 자녀를 둔 부모를 위한 워크숍, 4세 아동들을 받는 유치원 프로그램, 사업지역에 있는 다섯 개의 초등학교학생들을 위한 방과 후 및 여름방학 프로그램, 체스 프로그램 등이 있다. 2004년에는 이 프로그램에서 체스를 배운 한 공립학교의 체스팀이 전국 체스대회에서 4위를 차지하기도 했다. 이 단체가 운영하는 직업센터는 14살에서 18살 사이의 청소년들에게 연중 직업훈련, 인턴십, 여름방학 단기취업, 학업보조, 취업알선 등을 제공한다. 또한 트루스(TRUCE) 프로그램은 고등학교 3학년생들이 제때 고등학교를 졸업하고 대학에 진학하도록 돕는다. 현재 이 프로그램의 대상자들은 뉴욕시 평균보다 높은 졸업률과 진학률을 보이고 있다. 이밖에 청소년과 성인들을 대상으로 컴퓨터 교육과 취업지원도 실시한다.

할렘아동지역은 또한 운동 및 급식센터, 환경미화, 세대간 화합교육, 주택보수, 천식 퇴치 프로그램(사업지역에 사는 아동 중 거의 3분의 1이 천식을 앓고 있으며, 이는 전국 평균보다 5배나 높은 수치이다), 저소득층 근로가구가 자녀들이 취학하기 전부터 대학학비를 저금하도록 장려하는 미래투자 프로그램과 같은 지역개발 프로그램을 함께 추진하고 있다. 이 모든 활동을 통해 할렘아동지역은 2006년에 15개의 센터를 통해 9천 5백 명의 아동을 포함하여 1만 4천 4백 명이 넘는 사람들을 도왔다. 이밖에 사업지역의 공립학교를 협약학교로 전환하고 교사들의 임금을 높여서 학교운영 시간을 늘리고 연중 학습프로그램을 운영하도록 하고 있다.

할렘아동지역을 관장하는 사람은 카리스마가 넘치고 통찰력이 뛰어난 제프 캐나다(Geoff Canada) 대표이다. 그는 지역사회를 재건하는 광범위한 접근법만이 모든 아이들에게 그들이 누려야 할 미래를 줄 수 있다는 믿음 하에 수많은 난제들을 한꺼번에 감당해 냈다. 캐나다는 그를 다룬 2004년 6월호 〈뉴욕 타임스 매거진(New York Times Magazine)〉에서 "일부 아이들이 어려운 환경을 이기도록 돕는 대신에 환경 자체를 바꾸어야 하지 않겠습니까?" 라고 물었다. 캐나다의 접근법은 진보적인 동시에 보수적이다. 그는 아동교육과 지역문화를 유지하면서 동시에 이를 개선하는 사업에 적절하게 재원을 분배하고 싶어 한다. 그는 태권도 3단을 따게 만든 확고한 의지를 갖고 두 가지 목표를 동시에 추구한다. 캐나다의 접근법을 독특하게 만드는 것은 개별 프로그램의 새로움이 아니라 모든 부문을 망라하는 전체 프로그램의 광범위함에 있다. 그는 가난한 아이들도 중산층 아이들만큼 배우고 활동할 수 있는 시스템을 만들고 싶어 한다. 수 년 내에 우리는 한 아동당 1천 4백 달러가 소요되는 프로그램과 각종 지원활동을 통해 가난한 아이들이 정규시험에서 평균 이상의 성적을 내는지, 제때에 학교를 졸업하는지, 대학과 직장에서 생산적인 삶을 사는지 여부로 캐나다의 일괄적 접근법이 거둔 성과를 확인하게 될 것이다.

다행스럽게도 할렘아동지역을 장기 후원하겠다는 사람들이 있다. 그 중에서 헷지펀드 매니저로 큰 돈을 번 이사회 의장인 스탠 드럭켄밀러(Stan Druckenmiller)는 주식시장에서 성공할 수 있게 만든 열정과 지성으로 할렘아동지역에 헌신해 왔다. 드럭켄밀러를 포함한 이사들은 연간운영비용의 약 3분의 1을 지원한다. 나머지 운영비용은 다른 재단과 개인후원자 그리고 공적 기금으로부터 조달된다.

모든 공동체에는 할렘아동지역만큼 광범위하지는 않더라도 가치 있는 아이디어들이 있기 마련이며 이를 실현하려면 지원이 뒤따라야 한다. 클린턴 글로벌 이니셔티브의 직원들이 하는 일 중의 하나는 사회적 기업가와 잠재적 후원자를 연결시켜 주는 일이다. 그렇게 맺어진 사례 중의 하나가 마조라 카터(Majora Carter)가 운영하는 비정부단체인 '지속가능한 남부 브롱크스(Sustainable South Bronx)'와 뉴저지의 지붕회사인 브래드코 서플라이(Bradco Supply)의 CEO 배리 시걸(Barry Segal)이다.

미국에서 가장 가난한 사람들이 모여 사는 지역이 있는 남부 브롱크스의 인구구성 비율은 3분의 2가 남미계, 나머지 3분의 1은 흑인이다. 이 지역은 주민의 40퍼센트 이상이 빈곤선 이하에서 살아가고, 실업률은 뉴욕시 평균보다 3배나 높은 약 25퍼센트에 달하며, 27퍼센트의 비만율에 천식으로 입원하는 환자의 비율도 전국 평균보다 7배나 높다. 이 지역의 주요 주거지역은 발전소와 공장 그리고 창고로 둘러싸여 있어서 시에서 녹지비율이 가장 낮다.

카터는 주거지와 해안을 연결하는 약 18킬로미터의 자전거 도로 및 인도로 구성되는 남부 브롱크스 그린웨이(South Bronx Greenway)와 그곳에 새로 건설될 공원을 설계할 비용으로 연방보조금을 받았다. 뉴욕시당국은 그린웨이와 공원을 건설하는 데 필요한 자금을 지원하겠다고 약속했지만 관리비용은 지원대상에 포함시키지 않았다. 그래서 카터는 지역 공동체의 녹지에 대한 투자를 보호하고, 젊은 주민들에게 일자리와 리더십훈련, 교육프로그램을 제공하는 남부 브롱크스 그린웨이 관리단체를 만들어야겠다고 생각했다. 그러던 차에 2006년에 열린 클린턴 글로벌 이니셔티브에서 베리 시걸을 만났는데, 그는 10만 달러를 기부하여 첫 주요 파트너가 되었다. 더 많은 도심지 공원과 숲으로 혜택을 볼 미국 전역과 전 세계의 도시처럼 지속가능한 남부 브롱크스는 관심있는 사람들의 후원을 기다리고 있다.

영문학을 전공한 마조라 카터는 카리스마가 있고 열정적이며 아주 지성적인 여인이다. 지속가능한 남부 브롱크스를 만들고 거기에 헌신하게 된 계기가 무엇인지 묻자 그녀는 자신이 남부 브롱크스에서 자랐고, 몇 년 전에 대학원 과정을 시작하면서 부모와 함께 다시 그 곳으로 이사했다고 말하며 이렇게 덧붙였다. "다시 와보니 옛날 동네가 생각했던 것만큼 나쁘지는 않았지만 사람들은 이미 포기한 상태였어요. 네 개의 발전소와 뉴욕시에서 배출하는 쓰레기의 40퍼센트를 처리하는 매립지까지 해로운 시설이 너무 많았거든요." 그래서 카터는 주민들을 조직하여 또 다른 쓰레기 처리시설이 들어오는 것을 막았고, 환경미화원으로 일할 사람을 위해 직업훈련을 실시했으며, 환경을 개선하는 데 필요한 더 많은 일자리를 만들기 위해 지속가능한 남부 브롱크스를 세웠다.

그녀는 뉴욕시의 온실가스배출을 줄이겠다는 블룸버그(Bloomberg) 시장의 야심찬 계획에 입안 단계부터 참가할 수 있기를 바라고 있다. 그녀가 이처럼 한 길에 매진하는 이유는 무엇일까? 그녀는 "변화가 보이기 때문이에요. 아름다운 환경 속에 있으면 사람들의 생각도 바뀌거든요. 그들은 누군가 자신을 위해 일한다는 사실을 알게 돼요. 그만큼 보람 있는 일도 없어요."라고 대답한다. 그녀는 최근에 결혼을 했는데 남편도 원래 하던 영화제작일을 그만두고 지속가능한 남부 브롱크스의 사업에 동참하고 있다. 두 사람은 그녀가 살던 옛날 집의 맞은편에 살고 있다. 여러분이 사는 지역에 더 많은 녹지가 필요하다면 카터의 사례가 어떻게 시작해야 하는지 아이디어를 제공할 것이다.

때로 예측하지 못한 환경에서 후원을 받을 자격이 있는 훌륭한 아이디어가 나오기도 한다. 어떤 비극은 사랑하는 사람을 잃은 사람들과 동정심을 가진 다른 사람들이 자금을 대는 주목할 만한 봉사단체들을 만들어내기도 했다. 영국의 비영리단체인 로리 펙 신탁재단(Rory Peck Trust)은 이라크에서 취재활동을 하다가 죽은 리처드 와일드(Richard Wild)의 이름을 딴 특별 프로그램과 함께 위험지역으로 들어가는 언론인들의 교육에 자금을 지원한다. 대니얼 펄(Daniel Pearl)이 파키스탄에서 테러리스트들에게 살해당한 후 그의 가족과 친구, 동료들은 그의 이름을 딴 장학재단을 세우고 유망한 언론인들을 후원한다. 명민한 젊은 영국변호사인 닉 웨버(Nick Weber)가 가난한 사람들에게 무료법률상담을 해주던 말라위에서 자동차사고로 숨진 후 그의 이름을 따서 만들어진 신탁재단은 법률도서관을 세우고 닉의 모범을 본받아 졸업 후에 무료법률상담 활동을 하는 데 동의한 법학생들에게 장학금을 제공한다.

나는 몇 년 전에 비극으로 말미암아 훌륭한 아이디어가 현실로 이루어지는 모습을 확인할 수 있었다. 2001년 5월 28일에 나는 모든 골프광들이 꿈꾸는 스코틀랜드 북부의 세인트 앤드류즈에 있는 올드 코스(Old Course)에서 멋진 라운딩을 즐겼다. 골프를 마친 나는 방으로 돌아와 느긋한 저녁식사와 내일 있을 라운딩을 기대하고 있었다. 그때 전화가 울렸다. 가장 가까운 죽마고우인 데이빗 레오풀로스(David Leopoulos)의 딸이 리톨록에서 교통사고로 죽었다는 소식을 알리기 위해 내 사무실에서 건 전화였다.

너무나 가슴이 아팠다. 테아 레오풀로스(Thea Leopoulos)는 이제 겨우 17살의 착한 학생이었고, 거의 혼자서 배운 타고난 예술가였으며, 마음씨와 얼굴이 모두 아름다운 소녀였다. 친구들로부터 많은 사랑을 받았던 그녀의 장례식에는 2천 명이나 되는 조문객이 모였다. 나 역시 그 아이를 사랑했다. 아칸소주를 떠나 백악관으로 옮겼을 때 나는 개인적인 친구들의 편지가 다른 우편물에 섞여 유실되지 않도록 별도의 우편번호를 만들었다. 테아는 내게 자주 편지를 보냈다. 나는 편지를 통해 그녀가 깊은 믿음과 관대한 정신 그리고 나이를 뛰어넘는 현명함을 갖춘 숙녀로 성장하는 모습을 확인할 수 있었다. 힘든 시기를 지나고 있을 때도 그녀는 내게 몇 통의 편지를 보냈다. 그 편지들은 사랑과 애정 그리고 종종 시사문제에 대한 유머스럽고도 날카로운 평가들로 가득 차 있었다.

데이빗의 가족은 테아의 죽음에 망연자실했지만 동시에 친구들뿐만 아니라 그 부모들도 그녀의 친절함과 착한 행동에 대해 끝없이 이야기하는 것을 듣고 감동을 받았다. 그들은 가족의 가치와 예술을 후원하는 재단을 세우고 테아의 이름을 붙이기로 했다. 데이빗이 그리스계 미국인들의 권익을 위해 일하다가 알게 된 워싱턴 DC의 변호사 앤디 마나토스(Andy Manatos)가 재단의 출범을 도와주었고, 오랜 친구인 모리아 아스펠(Mauria Aspell), 뛰어난 사회활동가로서 전략 기획을 담당한 우리의 초등학교 동창인 로즈 크레인(Rose Crane) 그리고 내가 첫 이사회 멤버로 참여했다.

테아재단은 몇 번에 걸쳐 성공적으로 가족문제를 다루는 회의를 주최하기도 했지만 곧 예술사업, 특히 학교의 예술관련 과목을 보존하고 예술에 소질 있는 더 많은 학생들이 대학에 갈 수 있도록 예술장학금을 수여하는 일에 집중하기로 결정했다. 이를 위해 데이빗은 일을 그만두고 재단운영에 전념했다. 테아재단은 2002년에 1천 7백 달러에 상당하는 첫 번째 공연예술 장학금을 세 명에게 수여한 것을 시작으로 2006년에는 20명의 장학생에게 26만 6천 달러를 제공했다. 지금까지 이 재단이 주최한 시각예술 및 공연예술 경진대회에서 55명이 우승하여 60만 달러를 장학금으로 받았다. 이 중 10만 달러는 재단에서, 50만 달러는 아칸소 지역의 대학들과 기업후원자들이 낸 것이다.

또한 테아재단은 수백 명의 학생들을 대상으로 아칸소 토박이인 메리 스틴버겐(Mary Steenburgen)과 그녀의 남편 테드 댄슨(Ted Danson), 해리 토마슨(Harry Thomason), 로렌스 해밀턴(Lawrence Hamilton), 엘리자베스 윌리엄즈(Elizabeth Williams) 등이 가르치는 연기 및 무용 워크숍, 1천 5백 명의 교사에게 개인적 문제나 학습장애를 가진 학생들을 다루는 방법을 가르치는 교사 워크숍, 보통 공립학교 교사들이 자비로 충당했던 예술교육용 소모품과 재료를 무료로 제공하는 테아즈 아트 클로짓(THEA' s Art Closet) 그리고 올해 68개의 공립학교에 예술작품을 설치했고, 내년에는 150개의 학교를 추가할 예정인 아트 어크로스 아칸소(Art Across Arkansas)를 후원한다. 지금까지 약 50명의 예술가들이 이 단체에 영구적으로 작품을 기증해 왔다.

나는 테아재단이 고향인 아칸소주에서 예술교육을 부흥시킬 것이라고 믿는다. 음악교육과 마찬가지로 예술을 접하고 직접 경험하게 하는 일은 다른 분야의 학습에 도움을 주고 자존감과 집중력, 문제해결능력 그리고 학업성적을 향상시킨다. 회화는 테아 레오풀로스의 삶을 바꾸어 놓았다. 그녀는 그림을 배우고 나서 더 우수하고 자신감 있는 학생이 되었고 몇 점의 뛰어난 작품을 남겼다.

부모에게 생길 수 있는 최악의 운명이 내 친구를 훌륭한 사회적 기업가로 만들었다. 지난 5년 간 그는 주로 앤디 마나토스가 워싱턴 DC에서 주최한 기금마련 행사에서 모은 후원금과 내가 기부한 돈으로 테아재단의 운영비용과 장학금을 조달해 왔지만 인지도가 높아지면서 후원자들이 늘어나는 추세이다. 2007년에는 아칸소에 있는 대부분의 고등교육기관과 34개의 기업이 장학금에 쓸 돈을 후원했다.

이렇게 테아재단을 자세히 소개하는 이유는 예술교육이 소홀하게 이루어지는 미국의 모든 곳에 확대하고 적용할 수 있는 모델이기 때문이다. 나는 그런 일이 일어나도록 우리가 관심과 지지를 모았으면 한다. 내가 테아재단의 중요성을 강조하는 또 다른 이유는 어디에나 많은 사람들의 삶을 바꿀 힘을 가진 열정적이고 혁신적인 사람이 있다는 증거이기 때문이다. 데이빗 레오풀로스는 딸의 이름을 명예롭게 했고 처음으로 예술의 가치를 발견한 학생들의 눈 속에 그녀의 정신이 살아 있도록 했다.

대부분의 공동체에는 고귀한 목표를 추구하고자 하는 사람들이 있다.

어쩌면 여러분이 그 중 한 명일 수도 있다. 만약 그렇다면 데이빗의 사례에서 바라던 일을 시도할 용기를 얻게 되기를 바란다. 혹은 그와 같은 사람을 후원하고 싶다면 주위를 둘러보라. 바로 옆집에 살고 있을지도 모르니까 말이다.

이 부분에서 "나도 멋진 나눔의 아이디어를 갖고 있지만 전직 대통령이나 성공한 변호사인 친구가 없어. 그래도 할 수 있을까?" 라고 생각하는 사람이 있을지도 모른다. 그런 사람을 위해 에너지와 상상력 그리고 신념을 가진 사람이라면 누구나 본받을 수 있는 이야기를 하나 소개하고자 한다.

25년 전에 당시 14살이던 에드워드(Edward)와 마야 맨리(Maya Manley)의 딸이 뇌암에 걸렸다. 다행히 수술과 화학요법이 성공적으로 이루어져서 그녀는 정상적인 삶을 살게 되었다. 그동안 힘겨운 경험을 한 맨리 부부는 비슷한 처지에 놓인 가족들을 돕고 싶다는 생각을 갖게 되었다. 처음에 그들은 뇌암 연구를 위한 기금을 모금했지만 몇 년 후에 정말 하고 싶어하는 일은 환자가족들을 돕는 모임을 만드는 일이라는 사실을 깨달았다. 그래서 1996년 9월에 역시 뇌암에서 회복한 자식을 둔 클린트 그린바움(Clint Greenbaum)과 함께 뇌암과 척수암을 앓는 아이들을 돕는 메이킹 헤드웨이재단(Making Headway Foundation)을 만들었다. 소박한 규모로 시작했다가 늘어나는 수요에 따라 점점 활동범위를 늘려 온 이 재단은 현재 무료상담과 지원모임을 비롯하여 입원 전과 입원시 그리고 퇴원 후에 환자아동과 가족들을 지원하고 수술과 방사능 치료 혹은 화학요법으로 학습장애를 겪는 아동에게는 학습 능력을 개선하는 서비스를 제공한다. 그리고 아동이 사망하는 경우에도 장례비 지원 등의 방법으로 가족들을 돕는다.

힐러리와 나는 뉴욕의 차파쿠아로 옮기면서 맨리 부부를 만났다. 그들은 우리집에서 3킬로미터 정도 떨어진 곳에 사는데, 우리 부부는 해마다 6월에 맨리 부부가 약 4백 명의 손님들과 함께 뒷마당에서 여는 가족잔치에 참가하려고 노력한다. 이 자리에는 다시 웃고 싶은 아이들을 둔 가족과 재단의 친구들이 모여서 게임과 쇼, 간이동물원, 맛있는 바베큐를 즐긴다.

맨리 부부는 1년에 80만 달러 이상으로 늘어난 재단의 예산을 어떻게 감당할까? 그들은 웹사이트를 통해 후원을 받고 유나이티드 웨이에서 기증을 받기도 하지만 뉴욕의 포인트 룩아웃에서 여는 걷기 대회나 두 번의 골프대회, 댄스파티, 콘서트 등의 이벤트에서 소액으로 조금씩 모은 돈으로 대부분의 재원을 조달한다. 2007년 1월에는 신나는 비틀즈 헌정밴드인 스트로베리 필즈(Strawberry Fields)의 공연 티켓을 75달러와 100달러에 팔기도 했다. 메이킹 헤드웨이재단은 또한 입원해 있는 동안 어린 환자와 형제자매들이 갖고 놀 장난감과 게임도 기증받으며 최근에는 후원자들이 바로 기부할 수 있는 의학연구기금도 만들었다. 이 재단은 친구와 가족, 이웃 그리고 열정을 공유한 사람들에게 도움을 구하여 좋은 아이디어를 실천에 옮긴 멋진 모델이다. 여러분도 그렇게 할 수 있다.

10

Giving

공공선을 위해 조직된 시장을 통한 나눔

백악관을 떠난 후 비정부단체와 기업세계에 들어와서 알게 된 가장 흥미 있는 사실 가운데 하나는 생명을 구하는 의약품부터 청정에너지 제품과 에너지절약 관련 사업까지 공공선에 도움이 되는 너무나 많은 시장들이 비조직화되어 있고 필요 이상으로 규모가 작다는 것이다. 그러한 시장을 조직하고 확대시키는 일에는 기업들이 수익을 늘리고 비정부단체들이 후원자의 돈을 더욱 가치 있게 쓸 수 있는 엄청난 기회가 있다. 비록 일반적인 나눔의 활동으로 보이지 않을 수도 있지만 공공선 시장을 조직하고 확대하는 일은 좋은 일을 진전시키는 데 수백만 명의 사람들을 참여시키고 혜택을 줄 수 있는 중요한 나눔의 방식이다. 이 시장은 우리 모두가 보통의 소비자로서 구매 습관을 바꾸는 일만으로도 시간과 돈을 더욱 효율적으로 나눌 수 있는 진정한 기회를 만들어 주기 때문에 지금부터 자세히 다루어 보고자 한다. 우리가 좋은 일을 하는 회사를 후원하면 다른 회사들도 늘어난 수요를 보고 그 대열에 동참하게 될 것이다.

기후변화는 문명의 미래에 존재론적인 위협으로 다가온다. 지구온난화는 주로 이산화탄소와 메탄으로 구성된 온실가스가 대기 중에 축적되어서 일어난다. 과학자들은 과거 65만 년보다 현재의 이산화탄소 수치가 더 높다고 믿는다. 그 영향으로 전 세계의 빙하와 고산지대의 눈이 녹고 있고 심각한 기상 사태가 늘어나고 있다. 바닷물의 구성 성분이 변하면서 산호초의 생존을 위협하고 물고기의 수를 줄이고 있다. 날씨가 더워지면서 한때 열대지방에 국한되었던 질병이 새로운 지역으로 퍼지고 있다. 해수면이 상승하면서 해안지대가 잠기고 이번 세기가 끝나기 전에 수천만 명이 이주해야 할 위험에 처하게 되었다. 상당수의 과학자들이 기후변화가 실제로 일어나고 있으며 인간의 활동이 주된 요인이라는 데 동의한다. 다만 정말로 심각한 일이 얼마나 빨리 일어날 것인지 그리고 얼마나 심각한 피해를 불러올 것인지 하는 문제가 유일한 쟁점일 뿐이다.

인간이 배출하는 대부분의 이산화탄소는 석유와 석탄을 태우는 데서 나오고, 메탄은 지구온난화로 갈수록 많은 양이 툰드라 지역에서 방출되기도 하지만 대개는 쓰레기 매립과 농업활동에서 나온다. 오염물질의 배출은 석유가 발견되고, 산업혁명으로 석유와 석탄에 대한 대규모 수요가 생기면서 크게 늘어났다. 산업화로 접어드는 국가가 늘고 세계

인구가 급격하게 증가하면서 지난 50년 사이에 대부분의 환경오염이 발생했다.

인도와 중국이 곧 앞지를 것으로 예상되지만 미국은 현재 온실가스를 가장 많이 배출하는 나라다. 세계 인구의 5퍼센트, 경제활동의 21퍼센트를 차지하는 미국이 전체 배출량에서 차지하는 비율은 25퍼센트이다. 지금까지 미국은 다음 네 가지 이유로 기후변화에 진지하게 대처하기를 거부해 왔다. 첫째, 너무나 많은 사람들이 나라가 부유해지고 그 부를 유지하려면 더 많은 석유와 석탄을 태워야 한다고 믿는다. 이것은 더 이상 진실이 아니라는 것으로 밝혀졌는데도 여전히 그렇게 믿는다. 둘째, 석유와 석탄에 기반한 옛 에너지경제는 잘 조직되었고 충분한 투자를 받고 있으며 정치적으로 잘 연결되어 있는 반면에 새로운 에너지경제는 탈중심화되어 있고 비조직화되어 있으며 투자와 영향력이 부족하다. 셋째, 최근까지 석유는 깨끗한 대체에너지와 절약을 촉구하기에는 너무 가격이 낮았고, 심지어 지금도 석유가 고갈되어가는 자원이며 50년에서 100년 사이에 다 떨어질 것이라고 보는 전문가들의 의견이 심각하게 받아들여지지 않고 있다. 넷째, 지금까지 너무나 많은 정치인들이 배출권 거래제도와 가전기구, 조명, 건물, 자동차 등에 대한 고효율 표준 그리고 청정에너지의 사용처럼 오염을 줄이는 증명된 전략을 실행하기를 주저해 왔다.

앨 고어(Al Gore)는 20년 넘게 기후변화의 위험을 경고해 왔다. 그의 대표저서인 『위기의 지구(Earth in the Balance)』는 나에게 깊은 인상을 남겼고, 1992년에 부통령 후보가 되어 줄 것을 요청한 이유 중의 하나가 되었다. 앨이 〈불편한 진실(An Inconvenient Truth)〉이라는 훌륭한 다큐멘터리로 아카데미상을 받았을 때 나는 너무 기뻤다. 미국이 마침내 그가 8년 동안이나 매주 내게 하던 훈계에 귀를 기울이게 된 것이다!

대통령이 된 첫해인 1993년에 우리는 재정적자축소법(Deficit Reduction Act)에 에너지절약을 장려하기 위해 약간의 탄소세를 포함시켰다. 우리는 그 법이 의회를 통과할 것이라고 확신했지만 상원에서 막히고 말았다. 그 후로 우리는 고연비차량을 개발하기 위한 자동차회사들과의 협력관계를 모색했고, 연방정부 차원에서 에너지 효율을 높이기 위한 조치를 취함으로써 운행대수를 6,7백 대 줄이는 효과를 얻었고, 환경관련 연구를 늘렸으며, 교토기후변화협약(Kyoto Climate Change Treaty)을 놓고 경제를 망칠 것이라는 반대파들과 협상을 벌였다. 그러나 내가 비준을 위해 협약안을 제출하기도 전에 거의 모든 상원의원들이 반대하는 결의안에 찬성해 버렸다. 두 번째 임기 동안에도 기후변화에 대해 나름대로 설득력 있다고 생각한 연설을 했지만 환경문제에 밝은 일부를 제외한 대부분의 언론인들은 하품만 할 뿐이었다. 당시 석유가격이 배럴당 30달러 미만이었고 호황기였다는 사실도 전혀 도움이 되지 않았다.

그러나 911과 이라크전쟁 이후로 모든 것이 변했다. 유가가 치솟고 기후변화의 파괴적 영향을 보여 주는 증거가 늘어나자 모든 사람들이 환경문제를 좀 더 심각하게 받아들이기 시작했다. 존 맥케인(John McCain) 상원의원과 힐러리는 회의적인 상원의원들을 이끌고 노르웨이 북부와 알래스카로 가서 이미 진행된 온난화의 분명한 증거를 직접 확인하게 했다. 일부 국가는 깨끗하고 효율적인 에너지의 사용이 경제적으로도 이익이 될 수 있다는 점을 증명했다. 덴마크는 에너지사용을 전혀 늘리지 않고 온실가스 배출을 줄이면서도 경제규모를 50퍼센트나 키웠다. 그 부분적인 이유는 전기생산량의 20퍼센트를 풍력발전에서 얻기 때문인데, 이는 세계에서 가장 높은 비율이다. 미국 정부가 교토협약을 경제의 위협으로 비난하는 동안, 영국은 교토협약에서 설정한 온실가스 배출량의 감소목표를 25퍼센트에서 50퍼센트 초과하기로 결정했으며 그 과정에서 양질의 일자리를 충분히 창출하여 임금상승과 불평등의 감소와 같은 미국인들이 누리지 못한 결실을 즐겼다. 현재 독일은 풍력에너지 생산에서 세계 1위를 달리고 있으며, 일본은 태양발전판의 생산과 설치 부문에서 세계를 선도하고 있다.

우리도 이 모든 성과를 달성할 수 있다. 30년 이상 에너지절약을 위해 진지하게 노력해 온 캘리포니아는 미국 평균의 50퍼센트에 불과한 1인당 에너지 소비량을 기록했다. 지금까지 미국 정부의 긍정적인 행동은 연구개발의 미진한 증가와 청정에너지 제품 구매에 따른 세제혜택 정도에 그쳤다. 그나마 세제 혜택은 기존 에너지 경제에서 받을 수 있는 것이나 일본, 독일, 스페인에서 태양과 풍력에너지 생산을 급격하게 증가시킨 계기가 된 것보다 훨씬 미미하다. 미국에서 가장 바람직한 진전은 기업과 개별지역공동체 그리고 주정부 차원에서 추진하는 환경활동이 엄청나게 늘어났다는 사실이다.

기후변화의 증거가 명백하고 유가가 배럴당 60달러를 넘는 지금, 올바른 일을 함으로써 돈을 벌 수 있는 무궁무진한 기회가 있다. 한 예로 바이오연료산업이 폭발적으로 규모를 늘리면서 미국 농촌의 부흥을 잠재적으로 재현할 가능성을 가져 왔다. 대부분의 미국기업들은 기후변화 문제를 경제적 기회로 보는 면에 있어서 정부보다 훨씬 앞서 있다. 그러한 움직임을 선도하는 회사들은 여러분이 구매력을 통해 그들을 후원함으로써 기후변화 문제를 해결하는 데 기여할 수 있는 기회를 준다.

월마트(Wal-Mart)는 180만 명의 직원을 두고 3,150억 달러가 넘는 매출을 올리는 세계 최대 기업 중의 하나이다. 매주 14개 국가에 있는 월마트에서 1억 7천 6백만 명의 고객들이 쇼핑을 한다. 월마트는 전 세계에 6만 개 이상의 공급업체를 두고 있으며 일반적인 미국의 매장에서 14만 2천 개의 품목을 판매한다. 월마트의 회장인 리 스콧(Lee Scott)은 중서부 출신으로서 조용한 태도에 부드러운 목소리와 달리 직설적인 화법을 구사하는 사람이다. 그는 민첩한 두뇌와 뛰어난 상상력 그리고 날카로운 유머감각을 갖고 있다. 몇 년 전에 나는 월마트가 고용관행과 복지혜택부터 엄청난 중국산 수입량, 작은 경쟁업체에 대한 압력까지 모든 면에서 거센 비판에 직면했을 때 그와 흥미로운 대화를 나눈 적이 있다. 우리는 기후변화에 대해 더 많은 일을 해야 한다는 점을 이야기했다. 월마트는 비용을 줄이기 위해 에너지절약을 적극적으로 추진하고 있었다. 나는 회사가 대부분 중산층 이하인 고객들을 참여시키는 보다 광범위한 행동에 나선다면 그들도 돈을 아낄 수 있을 것이라는 점을 조언했다.

그로부터 1년이 조금 더 지난 뒤 월마트는 '지속가능성 360(Sutainability 360)' 계획을 발표했다. 이 계획은 월마트가 예닐곱 명의 환경 및 에너지 전문가로부터 의견을 접수하여 100퍼센트 재생가능한 에너지를 쓰고, 쓰레기를 전혀 배출하지 않으며, 자원을 아끼고 환경을 보호하는 제품을 판매한다는 세 가지 야심찬 목표를 추구하기 위해 만든 것이었다.

그들은 에너지 사용을 20퍼센트 절감한 새로운 시범매장을 만들고, 497개의 콘테이너 선적분에 해당하는 장난감 포장을 줄여서 240만 달러의 연간선적 비용, 3천 8백 그루의 나무, 1천 배럴의 석유를 아끼는 등 좋은 출발을 보였다. 앞으로 6년 안에 월마트는 포장을 5퍼센트 줄이고, 21만 3천 대의 트럭에 해당하는 운송량을 삭감하고, 해마다 32만 4천 톤의 석탄과 6천 7백만 갤런의 디젤연료를 아끼며, 전체 공급사슬에 걸쳐 약 34억 달러의 비용을 절감할 계획이다. 영국의 월마트는 내년에 식품포장을 25퍼센트 줄이고 2010년까지 쓰레기 배출을 완전히 없앨 것이다. 월마트는 포장을 줄임으로써 2013년까지 모두 66만 7천 톤의 이산화탄소 배출을 감소시킬 것으로 예상하고 있으며 GE와의 협력을 통해 냉장고에 들어가는 고효율의 LED 조명을 개발하여 해마다 1천 3백만 달러를 절감하고 약 2만 9천 톤의 이산화탄소 배출을 줄이려고 한다.

월마트는 고객을 배출감소활동에 참여시키기 위해 올해 말까지 미국에서 1억 개의 콤팩트형 형광등을 판매하려고 한다. 이 형광등은 백열등보다 3배 정도 비싸지만 5배에서 10배나 수명이 길고 같은 밝기의 빛을 내는 데 약 4분의 1 정도의 전기만을 소모하기 때문에 비싼 가격에도 불구하고 해마다 25퍼센트에서 40퍼센트까지 전기료를 아낄 수 있다. 만약 미국의 모든 가정이 하나의 백열등을 콤팩트형 형광등으로 바꾼다면 대기 중에 방출될 90억 톤의 이산화탄소를 줄일 수 있는데 이는 자동차 80만 대를 없애는 것과 같은 효과이다. 많은 소비자들은 덜 밝아 보이고 켤 때 약간의 시간이 걸린다는 이유로 콤팩트형 형광등의 사용을 주저하지만 이런 문제들도 차츰 개선되고 있다. 여러분이 콤팩트형 형광등을 파는 업체와 제조회사를 후원한다면 전기세를 아끼는 동시에 가격을 낮추고 전기소모량을 더 줄인 제품을 생산하도록 격려하는 일이 될 것이다. 나도 얼마 전에 일반 60와트 전구만큼 밝은 6와트 LED 책상용 조명을 샀다.

미국에서 두 번째로 큰 유통업체인 홈 디포(Home Depot) 역시 에너지절약과 깨끗한 물, 지속가능한 임업을 촉진하는 약 3천 개의 제품에 별도 표기를 하는 '에코 옵션스(Eco Options)' 라벨 프로그램을 도입함으로써 고객들이 친환경 구매를 하도록 적극적으로 나서고 있다. 이들 제품에는 형광등과 단열효과가 뛰어난 실리콘 창문 및 문 밀폐제 등이 있다. 그들은 심지어 백열등에서 형광등으로 바꾸었을 때 얼마나 돈을 아낄 수 있는지 계산할 수 있도록 홈페이지에 계산기까지 만들어 놓기도 했다. 홈 디포는 2009년까지 전체 품목의 12퍼센트에 해당하는 6천 개의 에코 옵션 상품을 취급할 예정이다.

유럽의 거대유통업체인 테스코(Tesco)는 '세계에서 가장 친환경적인 건물'로서 재생소재만 사용하는 수퍼마켓을 짓겠다고 선언했다. 이 수퍼마켓에서 사용하는 모든 쇼핑백은 생분해성 소재로 만들어지며 고객들은 남는 포장을 다시 사용할 수 있도록 테스코에 반환할 수 있다. 이

회사는 또한 매장에 풍력발전, 태양열발전, 지열발전 설비를 갖추기 위하여 1억 파운드(약 2억 달러)의 환경기금을 만들었다.

다른 많은 대기업들도 수익을 올릴 뿐만 아니라 인지도까지 상승시키는 방식으로 에너지 효율 제고와 청정에너지 사용을 권장하는 적극적인 노력을 전개하고 있다.

미국에서 20번째로 큰 제조기업인 유나이티드 테크놀로지스사(United Technologies Corporation)는 연간 30조 BTU(에너지 사용을 표시하는 열량단위－옮긴이)를 소비하며 그 생산제품의 사용에 따른 온실가스 배출은 전 세계 온실가스 배출량의 2퍼센트를 차지한다. 이 기업은 지난 10년 간 활발한 성장을 구가하는 가운데 연간 에너지 소비량을 18퍼센트, 2001년 이후로 매출액 대비 온실가스 배출량을 16퍼센트 줄였다. 유나이티드 테크놀로지스의 가장 흥미로운 혁신 사례로는 연료를 아끼는 폐쇄공정을 통해 독성화학물 없이도 프랫 앤 휘트니(Pratt & Whitney) 제트엔진을 청소하는 에코파워(EcoPower)가 있다. 하와이 항공(Hawaiian Airlines)은 에코파워를 이용함으로써 보잉 767에 들어가는 연간 연료소모량을 약 1,130톤, 이산화탄소 배출량을 약 3,630톤 줄일 것으로 예상하고 있다. 모든 상업항공사가 에코파워를 사용한다면 얼마나 많은 연료소모량과 이산화탄소 배출량을 줄일 수 있을지 상상해 보라.

유나이티드 테크놀로지스 외에도 청정에너지의 수익성을 확신하고 거기에 투자하는 대기업들이 있다. 월풀(Whirlpool)과 듀퐁(DuPont) 그리고 로얄 더치 쉘(Royal Dutch Shell)과 브리티쉬 페트롤륨(British Petroleum), 예닐곱 개의 대형 유틸리티 기업, 두 개의 대형 임업제품회사, 하이테크 기업, 엔진 제작사를 포함한 40개의 회사들은 연합으로 세계기후변화에 대응하는 퓨센터(Pew Center on Global Climate Change)를 설립하여 연방정부가 이산화탄소 배출을 규제하도록 로비활동을 펼치고 있다. 그 중에서도 가장 큰 기업은 새 회장인 제프 임멜트(Jeff Immelt)의 지휘 아래 수익성 있는 방식으로 환경 혁명에 동참하기로 결정한 GE이다.

대개 미국인들은 GE라고 하면 전구나 가전기구과 같은 소비자 제품을 떠올리지만 GE는 에너지를 많이 사용하는 유틸리티, 철도, 제조기업, 정부를 대상으로 대부분의 매출을 올린다. GE는 새로운 환경사업을 '이코매지네이션(ecomagination)'이라고 부른다. 2005년에 시작된 이 사업을 통해 GE는 에너지 효율을 개선하여 2012년까지 온실가스 배출을 1퍼센트 줄이고(그렇지 않으면 회사의 성장에 따라 30퍼센트가 증가할 수도 있다), 보다 친환경적인 기술 개발에 책정된 연간 예산을 2010년까지 7억 달러에서 15억 달러로 두 배 이상 올리며, 환경사업관련 제품에서 얻는 매출을 2010년까지 두 배인 200억 달러로 늘리고자 한다.

기술 개발항목으로는 근해 윈드터빈을 비롯한 보다 효율적인 풍력에너지, 보다 비용이 적게 들어가는 태양발전판, 보다 다양한 바이오연료, 바이오매스(biomass: 에너지 자원으로 이용되는 식물체나 동물폐기물—옮긴이), 열, 지열에너지를 통한 비용효율적인 전기생산, 석탄을 이용하여 천연가스만큼 깨끗하고 수증기만을 배출하는 전기생산, 개량된 연료전지, 상업적 실효성을 지닌 수소에너지, 에너지 소비를 30퍼센트 줄이는 오수 재활용, 저렴한 가정용 및 사무실용 LED 조명 등이 있다.

GE는 이미 45개 이상의 환경사업제품을 인증했고 더 많은 제품을 생산 중에 있다. GE는 현재 해마다 3천 개의 윈드터빈을 판매하여 덴마크의 베스타스 윈드 시스템즈(Vestas Wind Systems)에 이어 세계에서 두 번째로 큰 풍차 생산업체가 되었다. 또한 GE는 쓰레기를 태워서 에너지를 생산하는 유기폐기물 재활용 프로젝트, 태양광을 이용한 물 여과 시스템(Solar Water Filteration System), 월마트가 냉장설비에 설치하고 있는 LED 조명 등을 판매하고 있다. 이밖에 GE는 연료를 15퍼센트 적게 소모하는 제트엔진과 연료를 5퍼센트 적게 소모하고 오염물질을 40퍼센트 적게 배출하는 기관차를 개발하고 있다. 제트엔진의 경우 중국에서 이미 3백 기를 주문했고 전 세계적으로 1천 5백 기의 주문이 밀려 있다. 펜실베니아 이리(Erie)에서 생산하는 기관차도 세계 최고의 에너지 효율로 단기적으로는 더 비싸지만 엔진의 수명기간 동안 전체 비용은 더 적게 들기 때문에 멕시코, 브라질, 카자흐스탄으로 팔리고 있다. GE의 소비자 제품으로는 형광등과 물소비량이 적고 에너지 효율이 높은 세탁기 등이 있다. GE는 개선된 에너지 효율로 정확히 얼마의 돈을 아끼고, 어느 정도의 이산화탄소를 줄일 수 있는지 보여 주는 카드를 부착하여 잠재고객에게 친환경제품을 홍보한다. 엄청난 규모와 진지한 열의를 가진 GE는 신기술로 낡은 기술을 대체하면서 온실가스를 줄일 잠재력을 크게 확장시킴으로써 친환경제품 시장을 창조할 역량을 갖추고 있다. GE의 CEO인 제프 임멜트는 '환경은 돈이다(green is green)' 라는 말로 환경을 보존하는 데 도움이 되는 진보적이고 효율적인 기술을 개발하면서 수익을 올릴 수 있다는 점을 역설했다. 이러한 전략이 수익성을 증명하면 경쟁자들도 그 뒤를 따르게 될 것이다. 이처럼 친환경사업도 수익사업이 될 수 있다.

아시아태평양지역에서는 일본의 거대 전자업체인 산요(Sanyo)가 친환경기업으로 거듭나고 있다. 이 회사는 '가이아(고대 그리스의 대지의 여신)를 생각하라(Think Gaia)' 라는 새로운 경영철학을 채택했다. 산요는 한편으로 혁신을 위해, 다른 한편으로 일반 가전제품시장에서 여러 경쟁자들, 특히 한국업체들과의 경쟁에서 이기기 위해 변화에 나서게 되었다.

산요는 새로운 경영철학을 실제 제품에 반영하고 있다. 일본은 태양광발전판의 생산과 설치에서 세계 최고를 기록하고 있는데, 산요가 오랫동안 관련기술을 선도해 왔다. 나는 1979년에 산요의 공장 중 두 군데를 둘러보면서 처음으로 태양에너지를 폭넓게 활용하는 모습을 확인했다. 산요가 만든 최신 태양발전판은 세계 최고수준인 20퍼센트에 이르는 전환효율을 갖고 있다. 현재 산요는 땅에서 반사되는 태양광까지 활용하여 에너지생산을 8퍼센트 높일 수 있는 이중발전판을 생산하고 있다. 또한 산요는 개발도상국을 주대상으로 프레온가스를 99퍼센트 줄인 에어컨과 물이 아니라 공기를 이용하는 세탁기, 하이브리드 승용차용 자동충전 배터리(내가 타는 머큐리 하이브리드 SUV도 산요배터리를 사용한다), 물을 아끼고 재활용할 수 있게 해 주는 다양한 물절약기술 그리고 가장 놀라운 사례로서 같은 크기의 일반 건전지보다 더 강력하고 오래 가면서 1천 번이나 재충전할 수 있는 에너루프(eneloop) 재충전 배터리를 개발했다. 지금까지 37개국 시장에 2천 2백만 개의 에너루프 건전지가 투입되었다. 고객들이 이 건전지들을 사서 수명이 다할 때까지 쓴다면 다른 수십억 개의 건전지를 대체하여 건전지로 인한 온실가스 배출을 98퍼센트 줄일 수 있다. 이는 요세미티 국립공원의 모든 식물이 흡수하는 것과 같은 양이다. 게다가 산요는 일반 충전기 외에 창문 옆에 놓아두기만 하면 되는 태양열 충전기까지 만들었다. 콤팩트형 형광등과 마찬가지로 이 배터리는 재충전하는 데 약간 시간이 걸린다는 불편함이 하지만 온실가스를 줄이는 데 기여하는 손쉬운 방법을 제공한다.

국제적인 재보험회사인 스위스 리(Swiss Re)는 1만 명이 넘는 직원들이 개별적으로 오염물질 배출을 줄이는 활동을 지원하여 기후변화에 대처하는 독특한 접근법을 선보였다. 이 프로그램의 이름은 '여러분도 이산화탄소를 줄이고 혜택을 얻자(COyou2–Reduce and Gain)' 이다. 향후 5년 간 이 회사는 오염물질을 줄이기 위해 직원들이 쓰는 돈의 50퍼센트, 최대 5천 스위스 프랑(4천 달러)까지 지원한다. 스위스 리의 지부가 있는 25개국의 직원들은 하이브리드 차량 구매, 태양발전판 혹은 열펌프(저온의 열원을 흡수하여 높은 온도의 열을 내는 장치–옮긴이) 설치, 조명과 단열 개선 등 자신의 사정에 맞는 이산화탄소 배출 감소 활동에 이 돈을 쓸 수 있다. 만약 전 직원이 이 운동에 동참한다면 스위스 리는 친환경제품의 시장을 창조하고 가격을 낮추는 데 4천만 달러가 넘는 돈을 투자하는 셈이 된다.

국제적인 정보기술업체인 시스코(Cisco)는 전사적으로 출장을 20퍼센트 줄임으로써 회사의 전체 이산화탄소 배출을 10퍼센트 줄이겠다는 의지를 밝히면서 잠재적으로 더 큰 영향력을 지닌 계획을 발표했다. 그것은 향후 3년에서 5년 간 1천 5백만 달러를 투자하여 샌프란시스코, 서울, 암스테르담을 시작으로 대도시의 교통정체를 줄이는 방법을 개발하겠다는 계획이다. 시스코는 이를 위해 도시지역의 교통정체를 없애고 이산화탄소 배출을 줄이며 시민 및 시정부의 시간과 돈을 아껴 주는 '정체 없는 도시개발(Connected Urban Development)' 프로그램을 만들 것이다.

2006년에 열린 클린턴 글로벌 이니셔티브에서 리처드 브랜슨(Richard Branson) 경은 향후 10년 간 30억 달러로 추산되는 버진그룹(Virgin Group) 산하의 항공 및 철도사업에서 나오는 수익금 전액을 재생가능한 에너지 개발에 투자하고, 에너지 사용의 효율성을 높이며, 탄소상쇄 프로그램을 실시하여 탄소중립(carbon-neutral) 기업으로 만들겠다고 약속했다. 버진은 이미 옥수수를 사용하는 일반적인 에탄올 공장보다 더 비용효율적이고 친환경적으로 운영되는 미국 내 여러 에탄올 공장과 전기를 사용하지 않는 기차에 쓰는 바이오디젤연료 개발에 투자했으며, 성공적이라면 온실가스배출을 크게 줄이는 계기가 될 바이오제트연료 개발을 시작했다.

최근에 브랜슨과 앨 고어는 적어도 10년 동안 연간 10억 톤의 온실가스를 대기층에서 제거할 수 있는 상업적 효용을 지닌 기술을 고안하는 개인이나 단체에 2천 5백만 달러를 상금으로 주는 '버진 어스 챌린지(Virgin Earth Challenge)'를 열겠다고 발표했다. 향후 5년 간 열릴 이 대회는 저명한 심사단이 연례회의를 통해 응모한 기술이 요구조건을 충족시키는 엄청난 돌파구를 마련했는지 평가하게 된다. 이미 수상이 가능한 멋진 아이디어들이 세상에 나와 있다. 예를 들어 콜롬비아대 교수인 클라우스 랙크너(Klaus Lackner)는 대기 중에서 이산화탄소를 제거할 수 있는 인공나무를 고안했다. 이미 이 기술은 승무원들이 때에 따라 몇 달을 해저에서 보내야 하는 핵잠수함에서 보다 제한적인 형태로 사용되고 있다. 다보스에서 열린 2007년 세계경제포럼에서 과학자들은 옷과 가구를 만드는 데 쓸 수 있는 광전도성(태양열 발전) 섬유, 셀룰로스 에탄올의 생산비용(옥수수에서 1갤런의 에탄올을 생산하려면 같은 양의 셀룰로스 에탄올을 생산할 때보다 다섯 배가 넘는 에너지를 투입해야 한다)을 줄이는 방법, 유전학적으로 변형된 바이러스를 에너지 저장이 가능한 하이브리드 물질로 바꾸어서 배터리, 태양전지, 연료전지를 만드는 방법 등 여러가지 아이디어를 선보였다. 누군가 브랜슨이 낸 2천 5백만 달러에 버금가는 상금을 제시한다면 이렇게 멋진 아이디어들에 또 다른 상을 줄 수 있을 것이다.

자동차 매연을 줄이는 방법을 진전시키는 아이디어에 주는 상은 이미 있다. 가장 먼저 대기권을 벗어나는 개인용 우주선을 개발한 팀에게 1천만 달러를 준 엑스프라이즈재단(X PRIZE Foundation)은 1갤런(약 3.8리터)으로 100마일(약 160킬로미터)을 갈 수 있고 대량생산이 가능한 차를 개발하는 사람에게 같은 금액의 상금을 준다. 지금까지 1갤런으로 100마일 이상을 달린 차는 여럿 개발되었지만 대량생산하기에는 너무 비용이 많이 들었다. 이 문제를 엑스프라이즈재단은 해결하고자 한다. 수상자는 2009년에 열릴 경주를 통해 결정될 것이다. 만약 그러한 차가 개발되고 수백만 명이 구매한다면 차량 매연에 따른 이산화탄소의 배출은 현저하게 줄어들 것이다.

대기업과 대회후원자들만 청정에너지시장을 열고 수익을 높이면서 온실가스를 줄이는 표본모델을 개발하고자 하는 움직임을 주도하는 것은 아니다. 벤처투자자들과 환경운동을 하는 사회적 기업가들도 거기에 동참하고 있다. 이와 관련하여 아마 가장 주목해야 할 벤처투자자는 전설적인 실리콘밸리의 투자회사인 클라이너 퍼킨스 코필드 앤 바이어스(Kleiner Perkins Caufield & Byers)의 파트너, 비노드 코슬라(Vinod Khosla)일 것이다. 코슬라는 인도공대(Indian Institute of Technology)를 졸업한 후 실리콘밸리로 왔으며 1982년에 스탠포드에서 MBA를 땄다. 그는 친구이자 강한 사회의식을 지닌 또 다른 미래지향적인 벤처투자자로서 클라이너 퍼킨스의 존 도어(John Doerr)가 지원한 자금으로 선 마이크로시스템즈(Sun Microsystems)를 시작했다. 코슬라는 2004년에 개인재산의 대부분을 들여서 영리사업과 비영리사업에 모두 투자하는 코슬라 벤처스(Khosla Ventures)를 세웠다. 그는 이 단체를 통해 파트너들과 함께 빈곤선 이하에서 살아가는 2천 5백만 명에게 소액대출을 제공하고, 인도의 보건과 교육을 개선하며, 5천 달러로 한 채를 지을 수 있는 '글로벌 홈(Global Home)' 모델을 개발하는 사업을 추진하고 있다. 무엇보다 그는 에탄올과 바이오연료, 바이오플라스틱, 태양열발전 등의 친환경기술에 투자하면서 시장구축 측면에서 미래의 청정에너지를 개발하는 데 앞장서고 있다. 코슬라는 청정에너지산업이 우리 아이들의 미래에 닥칠 기후변화의 부담을 덜어 줄 뿐만 아니라 1990년대에 정보기술이 그랬듯이 새로운 기업과 좋은 일자리를 폭발적으로 증가시켜 줄 것이라고 믿는다.

다른 실리콘밸리의 기업가들도 코슬라에 뒤이어 기후변화를 걱정하는 기류에 동참하고, 지난 몇 년 간 많은 인터넷 기업들이 무너지는 가운데 새로운 경제적 기회를 포착하면서 청정에너지분야에 뛰어들고 있다. 컴퓨터칩에 쓰이는 실리콘은 태양발전판의 재료이기도 하고, 나노기술이 태양에너지의 생산비용을 상당히 줄여 줄 수 있으며, 바이오공학의 발전은 곧 비용효율적인 셀룰로스 에탄올의 전환율을 달성할 것이다. 클린테크 벤처 네트워크(Cleantech Venture Network)에 따르면 벤처투자자들은 2006년 3분기 동안 청정에너지관련 신생기업에 4억 달러가 넘는 돈을 투자했다.

미국 사람들은 석유의 70퍼센트를 교통기관에 쓴다. 우리는 제트연료로 사용되는 상대적으로 적은 양을 제외하고 이들 모두를 대체하는 법을 알고 있다. 나머지 30퍼센트는 실질적인 대체재가 없는 플라스틱이나 화학물질을 만드는 데 들어간다. 그러나 이 부분도 바뀔지 모른다. 카길(Cargill)은 옥수수와 콩을 플라스틱과 화학물질에 들어가는 석유의 대체재로 사용하여 카펫, 일회용 컵, 인공잔디, 립스틱, 존 디어(John

Deere) 콤바인의 차체판넬을 생산하려고 한다. 이러한 프로그램이 지속되고 소비자와 기업들이 뒷받침한다면 미국과 다른 나라는 몇 십 년 안에 석유를 전혀 쓰지 않게 될 것이다. 이는 지구온난화를 막고 경제와 사회유지에 도움을 주는 바람직한 변화이다.

북미와 유럽, 일본 이외의 지역에서도 청정에너지 기술을 따라잡고 있다. 브라질은 세계 최고의 효율로 사탕수수에서 에탄올을 만드는 기술을 선도했고, 70퍼센트의 차량이 에탄올연료를 쓸 수 있도록 생산된다. 에티오피아의 총리인 멜레스 제나위(Meles Zenawi)는 내게 에티오피아도 사탕수수를 이용하여 에탄올을 만들고 싶으며, 아프리카의 모든 국가가 전체 차량에 바이오연료를 사용한다는 목표를 추구하여 오염물질의 배출을 줄이고(대부분의 조사에 따르면 아프리카가 기후변화의 피해를 가장 심각하게 입을 것으로 예측된다) 수백만의 농민들이 수입을 얻을 수 있도록 해야 한다고 말했다.

내 친구이자 도미키나 공화국과 다른 남미국가에서 대형 에너지기업을 운영하는 롤란도 곤잘레즈-분스터(Rolando Gonzalez-Bunster)는 후원국가와 국제금융공사(International Finance Corporation)의 지원을 받아 두 개의 풍력발전소를 짓고 있다. 그 중 규모가 더 큰 발전소는 생산되는 전력을 공유할 아이티 근처 해안의 바람이 많이 부는 지역에 자리잡게 될 것이다. 국제금융공사의 지원 덕분에 이 곳에서 생산되는 전기는 싼 가격에 판매되어 아이티에 큰 도움을 줄 것이다. 그동안은 가난한 사람들이 땔감으로 마구 나무를 베는 바람에 사실상 산림이 황폐해져서 홍수가 나면 흙이 유실되고 어장이 오염되는 등 재난을 입어 왔다. 태양전력조명기금은 국가로부터 전력공급 혜택을 받지 못하는 가난한 국가의 주민들에게 20년 넘게 저렴한 가격에 태양발전설비를 지원하고 있다. 휴대폰이 유선전화설비를 무용지물로 만들었듯이 미래에는 태양발전과 풍력발전이 에너지 생산의 탈중심화현상을 불러올지도 모른다. 경제적 이익과 환경보호를 동시에 추구하는 사업은 선진국뿐만 아니라 개발도상국에서도 성과를 올릴 수 있다. 우리는 청정에너지를 생산하는 기업가들이 세상 모든 곳에서 성공하기를 희망해야 한다. 그렇게 되면 우리 모두는 소비자로서 환경보호에 기여할 더 많은 기회를 얻게 될 것이다.

애모리 로빈스(Amory Lovins)는 30년이 넘는 세월 동안 우리에게 기회가 있다고 말해 왔다. 로빈스는 활동규모와 구체성 그리고 끈기에 있어서 거의 두말 할 필요 없이 우리 시대의 가장 중요한 청정에너지 운동가이다. 그는 경제적인 실효성이 없는 접근법을 거부하면서 에너지 절약의 경제적 혜택을 오랫동안 주장해 왔다. 불과 몇 년 전만 해도 그의 주장은 가장 열성적인 환경주의자들을 제외한 모든 사람들에게 무시당하거나 거부당해 왔다.

나는 1977년 1월에 그를 처음 만났다. 당시 아칸소주의 신임 법무장관이었던 나는 그에게 전기세 인상을 초래할 핵발전소 건립문제를 다룰 공공사업위원회(Public Service Commission)에 반대측 증인으로 참석해 달라고 부탁했다. 그때만 해도 나는 지구온난화 문제에 무지했기 때문에 그저 전기세를 낮추고 너무 많은 에너지를 낭비하는 일을 멈추고 싶었을 따름이었다. 그나마 그 전해에 로빈스가 출간한 『국제문제(Foreign Affairs)』를 읽어서 어느 정도 에너지 문제를 이해할 수 있었다. 수십 년 동안 미국이 경제성장을 저해하는 것이 아니라 오히려 촉진하는 방식으로 화석연료의 사용을 완전히 중지할 수 있었다는 내용을 담은 책이었다. 로빈스는 나를 도와 아칸소주가 핵발전소를 운영하는 것보다 훨씬 적은 비용에 더 높은 효율로 미래의 에너지 수요를 충족시킬 수 있다고 주장했다.

우리의 주장은 호기심 수준의 관심과 거의 완전한 불신에 가로막히고 말았다. 그도 그럴 것이 당시 나는 서른 살에 불과했고 아모리는 나보다 한 살 정도 더 어렸기 때문이다. 게다가 나는 법대교수 시절의 장발을 하고 있었고, 지금도 여전한 짙은 콧수염에 헝클어진 머리, 구식 안경을 쓴 아모리는 과학을 전공하는 대학생처럼 보였다. 일반인들에게 우리의 주장은 헛소리처럼 들렸겠지만 나는 우리를 무시한 사람들보다 로빈스가 에너지를 효율적으로 이용하는 문제를 더 자세히 파악하고 있고 그의 말이 상당한 근거를 갖고 있다는 사실을 알고 있었다. 그는 당시에 이미 이산화탄소 배출량의 증가가 기후에 잠재적인 문제를 일으킬 수 있다는 점을 경고하기도 했다.

로빈스는 그때의 싸움을 비롯하여 그 후로도 수많은 싸움에서 졌지만 마침내 깨끗하고 진보적인 에너지의 미래에 대한 전쟁에서 승리를 거둘지도 모른다. 그는 오랫동안 엄청난 책과 논문을 썼다. 그 중 다수는 복잡한 기술적 자료를 제시하며 이제는 대부분의 사람들이 알고 있는 일들을 해야 한다고 촉구하는 내용이었다. 또한 그는 콜로라도 산중에 최대한 에너지를 아끼면서 청정에너지 사용을 극대화한 집을 지었다. 그 집에는 난로가 없고 태양발전판과 실내연못을 비롯하여 집의 여러 곳에서 모은 열을 이용하여 난방을 한다. 몇 년 전에 방문해 보니 애모리는 집에서 바나나나무까지 키우고 있었다. 그때 그는 작년에 완전히 에너지를 자족할 수 있게 되어 전기세를 한 푼도 내지 않는다고 말했다.

로빈스는 25년 전에 세운 록키 마운틴재단(Rocky Mountain Institute)을 통해 활동한다. 이 재단의 사명은 고객들이 '세상에 안정과 번영을 가져오고 생명을 유지시켜 주는 정당한' 방식으로 자원을 이용하도록 돕는 것이며, 국방부, 유틸리티기업, 석유회사 및 채굴회사 그리고 나의 대통령 도서관 등을 고객으로 두고 있다. 그는 월마트 트럭운영부서의 연료효율을 두 배로 높이기 위한 계획 개발과 텍사스 인스트루먼츠(Texas Instruments)가 텍사스주의 리처드슨에 세우는 새 칩제조공장의 설계를 도왔다. 많은 회사들이 더 이상 미국 내에서 공장을 운영하지 못하는 상황에서 텍사스 인스트루먼츠는 에너지절약과 비용효율적인 자원사용 덕분에 미국에 중요한 공장을 두게 되었다. 같은 규모의 다른 칩제조공장보다 20퍼센트 적은 에너지와 35퍼센트 적은 물을 사용할 이 공장은 건축비용도 30퍼센트나 절감할 예정이다.

애모리 로빈스의 활동에서 내가 가장 좋아하는 점은 그가 언제나 문제를 해결하는 데 집중했다는 것이다. 그는 어떤 상황에서도 낙관적인 태도를 버리지 않고 최선의 결과를 이끌어 냈다. 내가 이 장을 쓰는 동안에도 그의 동료 두 명이 차파쿠아에 있는 우리집을 방문하여 힐러리와 내가 1백 년이 넘은 우리 농장에서 나오는 온실가스를 줄이는 계획을 짜는 데 도움을 주었다. 점점 더 많은 사람들이 로빈스의 말에 귀를 기울이면서 그의 글을 읽고, 그의 실용적인 아이디어를 실천에 옮기고 있다. 이 모든 그의 활동은 궁극적으로 생활규칙과 유틸리티 설계, 유통계획, 기업운영의 일부가 될 것이다.

로빈스는 앞으로도 도전을 멈추지 않을 것이다. 그는 최근에 펴낸 『석유 고갈 단계에서 승리하기(Winning the Oil Endgame)』에서 2040년까지 석유 수입, 2050년까지 석유 사용을 완전히 멈추고도 더 많은 경제적 부를 누릴 수 있다고 주장한다. 그의 설명에 따르면 초경량 승용차와 트럭, 항공기로 전환(50퍼센트)하고, 첨단 바이오연료로 가솔린과 디젤을 대체(20퍼센트)하며, 나머지 석유 소요량을 천연가스로 충당(30퍼센트)함으로써 석유를 사는 데 드는 비용의 4분의 1만으로 석유 사용을 중단할 수 있다. 그러면 천연가스는 어떻게 확보할까? 당연히 비효율적인 발전소에서 얻는 전기소비를 줄여서 확보한다. 로빈스는 세금인상, 강제법규제정, 핵발전소의 대규모 선행 폐쇄와 핵물질 처리에 따르는 비용 발생 혹은 더 많은 세금공제 혜택 없이도 그 목표를 달성할 수 있다고 믿는다. 그러나 그가 추구하는 공공선을 실현할 더 크고 잘 조직된 시장이 없으면 그 일은 불가능하다. 그럴려면 더 많은 투자가 이루어져야 하고 더 많은 소비자들이 진정한 선택권에 대해 깨달아야 한다. 이것이 이루어지지 않더라도 로빈스의 잘못은 아니다. 그러나 이루어진다면 그는 우리가 아이들에게 더 안정되고 번영되며 지속가능한 미래라는 큰 선물을 주도록 도와줄 것이다.

혼자서도 할 수 있는 일들이 있다는 점을 기억하자. 2006년의 클린턴 글로벌 이니셔티브가 끝난 후 에이미 올리버(Amy Oliver)는 우리에게 보낸 이메일에서 에너지 효율이 뛰어난 형광등과 가전기구를 사고 아이들도 그렇게 하도록 가르치겠다고 약속했다. 또 오랫동안 재활용을 생활화했고 하이브리드 자동차를 모는 제시카(Jessica)는 지속가능한 환경을 위해 일하는 직업을 갖겠다고 말했다. 여러분도 이 두 사람이 한 일과 같은 어떤 일들을 할 수 있을 것이다. 여러분이 사는 지역에서 청정에너지 사용을 권장하기 위해 할 수 있는 일이 무엇인지 알고 싶다면 크리시 트래스크(Crissy Trask)가 쓴 『손쉬운 환경보호(It' s Easy Being Green)』를 읽어 볼 것을 권한다. 많은 일을 할 수 없더라도 최소한 에이미 올리버가 한 일 정도는 누구나 따라할 수 있을 것이다.

■

기업들이 공공선을 위해 조직한 시장은 에너지부문에 국한되지 않는다. 그 중에서 내가 가장 좋아하는 사례는 대부분 개발도상국의 소작농인 전 세계의 커피재배농민들이 정당한 수입을 올릴 수 있도록 여러 기업들이 만든 공정무역커피시장이다. 이 시장에 커피를 공급하는 농민들은 모두 지역협동조합에 소속되어 장기계약으로 가격변동에 관계없이 파운드당 1.41달러의 최저가격을 보장받고 공정한 이율로 신용거래를 할 수 있다. 커피숍에서 팔리는 커피가격은 변함이 없는데도 원두가격이 파운드당 0.5파운드 미만으로 떨어지는 경우가 있기 때문에 최저가격을 보장받는 일은 매우 중요하다. 이 시장에 참여한 기업들은 커피

농장노동자들에게 공정한 임금이 지급되고 인간적인 작업환경이 유지되는지 점검하고 공정무역라벨을 붙일 상품을 인증하는 트랜스페어(TransFair)라는 단체와 라이센스 협정을 맺는다.

공정무역커피를 판매하는 대형업체로는 이퀄 익스체인지(Equal Exchange), 디트리히(Diedrich), 그린 마운틴(Green Mountain), 피츠(Peet' s), 툴리즈(Tully' s), 스타벅스(Starbucks)가 있다. 나는 스타벅스가 르완다와 쓰나미로 파괴된 인도네시아 지역인 아체를 돕기 위해 벌인 활동의 결과를 직접 확인해 왔다. 스타벅스는 두 곳을 월별로 판촉하는 특별한 원두의 공급지역으로 선정했다. 그들은 직원을 파견하여 지역주민들과 함께 원두의 질을 유지하도록 하고 생산과정을 거쳐 매력적인 포장에 담아 판매한다. 내가 사는 곳 근처에 있는 커피숍에서는 판촉하는 달이 끝나기 훨씬 전에 두 품목이 모두 매진된다. 지난 9월에 한 여성은 내게 앞으로는 공정무역커피만 사겠다는 내용의 이메일을 보내오기도 했다. 누구나 공정무역 인증라벨이 붙은 제품을 사기만 하면 그녀와 같은 일을 할 수 있다.

1999년에 우리 행정부는 미국의 의류회사들이 공정무역제품을 구매할 수 있도록 하는 특별한 무역협정을 캄보디아와 맺었다. 캄보디아의 공장들이 많은 개발도상국에서 벌어지는 강제노역 및 아동노역의 금지를 포함하여 자국의 노동법과 국제노동기준을 지키면 미국시장을 더 개방한다는 내용의 협정이었다. 국제노동기구(International Labour Organization)는 협정의 이행 여부를 점검하고 해당 공장들이 노동기준을 충족시키고 문제점을 수정하도록 돕기로 했다. 이 협정의 결과로 캄보디아는 노동조건이 크게 개선되었고, 산업인력의 3분의 2에 해당하는 27만 개의 새 일자리를 창출하면서 취업률이 급격히 높아졌으며, 갭(Gap Inc.), 나이키(Nike), 시어즈(Sears) 등의 참여기업에 대한 대미 수출도 17퍼센트 증가했다.

2005년에 미국과 다른 부유한 시장에 접근하는 국가별 쿼터를 설정한 국제협정의 효력이 소멸되면서 캄보디아는 중국으로 대표되는 저비용생산국가에 미국시장 점유율을 잃을지도 모른다는 불안감에 휩싸였다. 캄보디아는 쿼터의 기한이 끝난 후에도 높은 노동기준을 지키기로 결정하고 공정한 노동조건이 구매자에게 제공하는 '브랜드 보증' 효과를 강조하면서 생산성을 개선하기 위해 노력했다. 미국기업들은 높은 노동기준을 유지하는 것이 윤리적으로 옳을 뿐만 아니라 미국과 유럽의 소비자들에게 자사제품을 차별화시킬 수 있는 마케팅 자산이 된다는 점에서 이러한 입장에 적극 호응했다.

캄보디아와 구매기업들은 쿼터의 효력이 소멸되기 전에 가난한 나라의 생활수준을 높이고 부유한 나라의 건강한 중산층을 유지시킴으로써 모두가 글로벌 경제의 혜택을 누릴 수 있도록 노력하는 글로벌 페어니스 이니셔티브(Global Fairness Initiative)로부터 협력관계를 유지하기 위한 도움을 받았다. 글로벌 페어니스는 의류회사의 경영진과 정부 그리고 월드뱅크와 같은 국제기구를 초빙하여 캄보디아의 무역전문가들이 캄보디아의 노동관행을 개발 모델이자 비즈니스 자산으로 소개하는 자리를 마련했다. 국제노동기구는 캄보디아모델을 모로코, 루마니아, 필리핀으로 확대하는 일을 돕고 있다. 마다가스카르도 비슷한 프로그램을 시작했다. 글로벌 페어니스는 중앙 아메리카에도 비슷한 노동기준을 확립하기 위해 노력하고 있다. 이 모든 일은 고객들이 개발도상국의 노동자들에게 인간적인 작업장과 생활기준을 보장해 주기 위해 약간의 돈을 더 지불하는 데 동의할 것이라는 믿음 하에 미국의 의류회사들이 기꺼이 조금 더 비싼 제품을 구매해 주지 않았다면 불가능했을 것이다. 캄보디아에서 생산된 옷을 사는 미국 소비자들은 자신이 세상을 조금은 더 좋은 곳으로 만드는 데 기여하고 있다는 사실을 알고 있다.

개인도 이런 일을 할 수 있다. 35년 전에 뉴질랜드의 젊은 코트렐(Cottrell) 부부는 인도 북부에 있는 티벳 난민캠프에서 만든 카펫을 뉴질랜드에서 판매하는 등 수익처를 만들어 주기 위해 그들만의 공정무역사업을 시작했다. 그들이 만든 비정부단체인 트레이드 에이드(Trade Aid)는 현재 전국에 걸쳐 볼리비아에서 만든 모자와 숄, 우간다에서 만든 바구니, 짐바브웨에서 만든 조각상 등 다양한 공정무역상품을 판매하는 상점을 운영하고 있다.

휴대폰시장이 공공선을 위해 조직화되었다고 말하기는 힘들지만 가난한 나라로 확대되면 지역경제에 아주 긍정적인 영향력을 미친다. 2005년에 실시한 조사에 따르면 개발도상국에서 휴대폰시장이 10퍼센트 커지면 1인당 국내총생산이 0.6퍼센트 증가하는 것으로 나타났다. 그 이유는 사람들이 휴대폰을 이용하여 돈을 더 벌 수 있는 정보를 얻기 때문이다. 수단 출신의 사업가인 모 이브라힘(Mo Ibrahim)은 아프리카 휴대폰 시장의 잠재력에 도박을 걸어서 큰 돈을 벌었다. 2005년까지 아프리카 인구의 11퍼센트가 휴대폰을 소지했고, 그 수가 빠르게 증가하고 있다. 아일랜드 사업가인 데니스 오브라이언(Denis O' brien)은 아이티에서 가장 큰 휴대폰사업체를 운영하고 있다. 이제 일자리에 목말라하던 아이티의 젊은이들은 길거리에서 전화카드를 판매하는 새로운 직업을 갖게 되었다. 그라민은행은 마을별로 최소한 한 대의 휴대폰을 살 수 있는 돈을 빌려 주고 구매여성이 마을사람들을 상대로 임대업을 하게 하여 휴대폰을 자영업 수단으로 바꾸었다.

미국에서 청정에너지 다음으로 조직화와 자본투자가 가장 미진한 시장은 농촌과 도시빈민가에 사는 저소득층 사람들을 고용하고 돕는 시장이다. 나는 1996년에 노동능력이 있는 사람은 일을 하여 소득을 얻도록 하는 복지개혁법을 승인하면서 대부분의 노동자보다 교육수준이 낮고 경험이 부족한 해당 국민들이 일자리를 얻을 수 있을지 그리고 일자리를 얻더라도 경기가 나빠지면 제일 먼저 해고당하지는 않을지 우려했다. 걱정했던 대로 평생 수혜기간을 5년으로 제한한 데 따른 반발과 연금수령 대상에서 제외되고도 일자리를 구하지 못한 사람들이 있긴 했지만 복지법 개혁은 큰 성공을 거두었다. 내가 퇴임할 무렵 연금수령 대상은 60퍼센트에 가까운 700만 명 이상이 줄어들었고, 그 후로도 감소세는 지속되었다.

혼자 아이를 키우는 엄마들의 빈곤율과 혼외출산율도 줄어들었고, 아동 빈곤율은 1978년 이래 가장 낮은 수준이 되었다. 2000년에 복지연금을 받는 미국인들의 비율은 40년 만에 가장 낮은 수준을 기록했다. 2001년에 경기가 하강국면으로 접어들었을 때도 복지연금 대상에서 제외된 사람들의 다수는 환급가능한 소득세공제 혜택을 두 배로 늘리고, 자녀공제 혜택을 신설하고, 최저임금을 인상하고, 아동지원금을 두 배로 늘리고, 웰페어-투-워크(welfare-to-work) 세금공제 혜택을 통해 고용을 장려하고, 탁아, 교육, 훈련에 더 많은 자금을 지원하고, 고용에 장애가 되는 의료보장 비용을 없애고, 교통비를 지원하고, 저소득층 근로자가 직장에 더 가까운 곳으로 이사할 수 있도록 주택바우처를 제공하는 등 다양한 지원책 덕분에 일자리를 유지할 수 있었다. 나의 두 번째 임기 동안 거의 8백만 명에 가까운 사람들이 빈곤층에서 벗어났고, 임금수준이 최저 20퍼센트에 속하는 사람들의 임금이 그 전 12년 동안에는 10퍼센트가 떨어진 데 반해 24퍼센트가 올라갔다.

복지법 개혁이 성공한 데에는 정책 이상의 이유가 있었다. 다수의 고용주들을 조직하여 복지연금 대상에서 제외된 사람들을 채용하는 고용시장을 확대하려는 의식적인 노력이 있었다. 내 친구이자 일찌기 미국봉사단을 설립했던 엘리 시걸이 고용주들의 협력단체를 만들었다. 웰페어 투 워크 파트너십(Walfare to Work Partnership)은 1997년에 복지연금 대상에서 제외된 사람들을 고용하기 위해 수백 개의 기업들이 모여서 만든 단체이다. 엘리와 UPS를 그만두고 합류한 흑인사업가로서 카리스마 넘치는 회장 겸 CEO인 로드니 캐롤(Rodney Carroll)의 열정 덕분에 웰페어 투 워크 파트너십은 다양한 규모의 2만 개가 넘는 기업을 회원으로 두게 되었다. 2000년 말까지 그들은 공적지원에 의존했던 1백만 명 이상의 사람들을 고용했으며, 그 중 UPS에서 고용한 인원만 해도 거의 6만 6천 명이나 되었다. 이 숫자들조차 이 단체의 활동이 미친 영향력을 시사하기에는 부족하다. 이 단체에 쏟아진 언론의 관심과 회원기업들이 얻었던 훌륭한 결과는 의심할 여지 없이 다른 기업들도 그 대열에 동참하도록 만드는 계기가 되었다.

그 중에서 네브라스카주 오바마에 있는 대규모 우편발송업체인 인포유에스에이(infoUSA)는 장애자나 가정폭력 피해자뿐만 아니라 복지연금 대상에서 제외된 사람들을 고용하기 위하여 체계적인 노력을 펼쳤다. 이 회사는 2001년 이후로 1천 명 이상을 고용했으며, 그 중 다수는 장기근속자가 되었다. 인포유에스에이는 아이오와 농아학교(Iowa School of the Deaf)와 협력하여 청각장애를 앓는 직원들을 훈련시키고 자동차가 없는 직원들에게 통근버스를 지원한다. 통근버스는 첫 한 달은 무료이며 그 후부터 한 달에 20달러를 받는다. 이 회사는 또한 차가 없는 직원들이 차를 살 수 있도록 대출기관을 알선하고, 네브라스카주와 협의하여 대상직원들이 탁아지원을 받을 수 있도록 돕고, 가정폭력에 시달리는 직원들에게는 법적인 보호요청을 할 수 있도록 상담과 조언을 제공한다. 몇 년 전에 인포유에스에이를 방문한 적이 있는데 직원들이 모두 행복하고 자신감에 차 있었으며 확실히 자신의 일을 즐기고 있었다. 이처럼 웰페어 투 워크 파트너십은 복지연금 대상에서 벗어나 독립적인 삶을 살고자 간절히 원했던 사람들을 위한 고용시장을 조직하고 확대했다.

나는 대통령으로서 자치지구(Empowerment Zone)나 신시장 세액공제와 같은 지원책과 지역개발은행의 설립 그리고 소기업대출 프로그램 등을 통해 복지연금 대상자들뿐만 아니라 가난한 지역공동체를 경제활동 대열에 합류시키려고 노력했다. 퇴임 후에는 우리 재단을 통해 저소득층 근로자들이 소득세 공제혜택을 받도록 지원하고 이자율이 높은 대출업체와 수수료율이 높은 수표할인업체를 이용하지 않고 정상적인 은행서비스를 받을 수 있도록 도와주면서 8장에 소개한 도시기업개발 이니셔티브로 그러한 활동을 계속했다.

이처럼 큰 도움이 되는 정책적 지원과 사회단체들의 노력 이외에도 사실은 사회적 혜택을 제대로 받지 못한 지역공동체와 집단에 투자하면 경제적 이익도 누릴 수 있다. 매직 존슨(Magic Johnson)은 선수생활을 그만둔 후부터 할렘을 비롯한 소수계 공동체에 아주 바람직한 투자를 해 왔다. 사회적 혜택을 받지 못한 공동체와 직원들을 존중하는 경영을 하는 위기기업에 집중투자하여 노조와 연기금 투자자들에게 상당한 수익을 안겨 준 유카이파(Yucaipa) 투자기금의 설립자인 론 버클(Ron Burkle) 역시 마찬가지다. 나는 퇴임하면서 계속하여 저소득 공동체에 경제적 기회를 주는 일을 하고 싶었고, 그것이 훌륭한 투자라는 사실을 증명할 수 있다고 생각했기 때문에 사기업으로서는 유일하게 유카이파의 경영참여 제의를 받아들였다. 지난 5년 간 유카이파는 남부의 대형 카페체인인 피카딜리 카페테리아즈(Piccadilly Cafeterias)를 파산 위기에서 구해 내어 15개 주에 걸쳐 거의 6천 개에 달하는 일자리를 지키면서 5백 개의 새 일자리를 만들어 냈다. 이 카페가 있는 지역에 사는 주민의 74퍼센트는 사회적 혜택을 제대로 받지 못한 저소득층이며, 경영진의 55퍼센트를 비롯하여 직원의 65퍼센트는 소수계이다. 유카이파는 또한 절반이 저소득층에 속하는 2만 6천 명의 직원을 둔 패스마크 수퍼마켓츠(Pathmark Supermarkets)를 인수했다. 유카이파가 인수한 덕분에 패스마크는 수천 명이 해고될 수도 있었던 자산매각 없이 많은 일자리를 지킬 수 있었다.

2007년 4월 26일자 〈뉴욕 타임스〉는 많은 사람들이 한 번도 은행계좌를 가지지 못한 지역에 지점을 열려고 하는 통합은행(Amalgamated Bank)의 노력에 대해 다루었다. 미국에는 여윳돈을 집에 보관하거나, 수수료율이 높은 수표할인업체를 이용하고, 수표계좌나 저축계좌 혹은 현금카드를 한 번도 가져본 적이 없는 사람이 2천 8백만 명이나 되는 것으로 추산된다. 그들은 종종 앞으로 받을 수수료 공제액이나 월급을 담보로 돈을 빌리면서 40퍼센트에서 400퍼센트에 이르는 수수료와 이자를 지불하기도 한다. 금융거래를 하지 않는 사람들은 경제적 난관에 처할 위험만 큰 것이 아니다. 그들은 좋은 신용을 쌓거나 집을 살 수도 없다. 그런 만큼 통합은행이 저소득층을 대상으로 펼친 활동은 고무적인 초기 성과를 올리고 있다. 새로운 고객들은 저금에 붙는 이자와 낮은 대출이자율에 즐거워하고 있다.

통합은행의 회장인 데릭 체파스(Derrick Cephas)는 1년 안에 이들 지역에서 흑자를 올릴 수 있을 것으로 기대하고 있다. 〈뉴욕 타임스〉는 관련기사에서 처음 은행 거래의 혜택을 본 몇 명을 소개했다. 전화회사에 다니는 재클린 윌리엄즈(Jacqueline Williams)는 수표할인업체에 엄청난 수수료를 계속 지불하지 않아도 되고 일일이 돈을 숨겨 둔 장소를 기억할 필요가 없어져서 한시름 덜었다고 말했다. 그녀의 아들도 저금한 130달러에 붙은 이자를 보고 기쁨을 감추지 못했다. 실비아 윌리엄즈(Sylvia

Williams)는 27년 동안 수표할인업체를 이용해 왔다. 그녀는 훨씬 수수료가 싼 현금카드를 처음 갖게 되어서 아주 행복해 하고 있다. 미국 전역에는 실비아와 재클린처럼 열심히 일해서 돈을 모았지만 여전히 은행을 이용하지 못하는 수백만 명의 사람들이 있다. 이들은 개발의 여지가 충분한 시장이며 그 시장의 성공은 모든 사람에게 혜택을 줄 것이다. 또한 그 시장은 지역단체와 종교단체 그리고 혁신적이고 사회적 책임을 다하는 기업들을 위한 준비된 프로젝트이기도 하다.

11

Giving

비영리시장 조직을 통한 나눔

비정부단체들도 공공선을 촉진하는 시장을 조직하고 확장하며 고객들이 같은 일을 하도록 권한을 부여하기 위하여 기업들이 사용하는 전략을 채택할 수 있다. 그렇게 함으로써 비정부단체들은 훨씬 더 많은 사람들을 돕고 후원자들의 돈과 시간이 미치는 영향력을 엄청나게 높일 수 있다. 지금부터 비영리시장을 조직하려는 우리 재단의 노력을 설명함으로써 여러분이 이를 새롭고 색다른 나눔의 방식으로 인식하고 돈과 시간을 많이 들이지 않고도 큰 영향력을 끼칠 수 있는 비슷한 활동을 후원하거나 직접 시작하는 데 도움이 되고자 한다.

나는 재단을 설립할 때 시장 중심의 전략을 채택하는 일이 에이즈 약, 검사, 검사장비에서부터 르완다 농민의 비료비용과 소액대출 이율, 미국학교에서 판매하는 과자와 음료수의 종류 그리고 올해 기대되는 전 세계의 청정에너지 제품에 이르기까지 지난 6년 동안 다양한 분야에 걸쳐 훌륭한 성과를 올릴 수 있는 계기가 되리라고는 생각하지 못했다.

넬슨 만델라와 내가 2002년에 바르셀로나에서 열린 세계에이즈회의(World AIDS Conference)를 끝내고 난 후 세인트 키츠 앤 네비스(St. Kitts and Nevis)의 총리인 덴질 더글라스(Denzil Douglas)는 내게 카리브해 연안의 국가들이 HIV/에이즈를 예방하고 치료하며 환자를 간호하는 시스템을 구축할 수 있도록 자금을 조달하는 일을 도와 달라고 요청했다. 나는 힘껏 돕겠다고 약속했지만 이미 해야 할 일이 쌓여 있는 상황에서 할렘과 리틀록 사무실의 제한적 인력으로는 역부족이었다. 나는 백악관에서 보건과 전자상거래 분야를 책임졌던 내 친구 아이라 매거자이너에게 연락하여 그 프로젝트를 조직하고 이끌어 달라고 부탁했다.

나는 옥스포드를 같이 다니던 1960년대 후반부터 아이라를 알고 지내 왔다. 1979년부터 백악관에 들어오기 전까지 그는 전 세계의 고객들을 상대하는 두 개의 성공적인 기업전략회사를 세우고 운영했으며 다가오는 글로벌 경제의 도전을 다룬 세 권의 책을 썼다. 비즈니스 세계에서의 오랜 경험, 백악관에서 보건과 전자상거래 분야에서 했던 일 그리고 복잡한 문제를 분석하여 창의적 해결책을 만들어 내는 능력으로 볼 때 그 일에 그만한 적임자는 없었다. 나는 1994년에 의료보장계획이 실패로 돌아가고 나서 아이라가 부당한 비난을 많이 받았다고 생각했기 때문에 그가 그 일을 맡겠다고 했을 때 특히 더 기뻤다. 회고록에서 썼듯이 의료비용을 줄이고 모든 사람에게 의료보장 혜택을 주려던 우리의 노력은 계획 자체의 문제가 아니라 정치 때문에 좌절되고 말았다. 2000년 이후로 의료비용과 의료보장 문제는 더욱 악화되어 기업, 근로자, 소비자, 의료사업자 사이에 우려가 높아지고 있다. 지금이라도 우리는 보건시스템을 개혁하여 의료비용을 잡고, 모든 사람에게 의료보장 혜택을 주며, 아픈 사람을 치료할 뿐만 아니라 건강한 삶을 촉진해야 한다. 나는 수 년 내에 우리가 마침내 이 문제를 해결할 수 있을 것이라고 낙관하고 있다. 한편, 아이라는 지금도 에이즈에 걸린 사람들의 생명을 구하기 위해 바쁘게 일하고 있다.

초기에 우리가 개발한 계획은 자원봉사자들을 조직하여 카리브해 연안부터 시작하여 치료와 간호활동을 확대할 수 있도록 도와 달라고 요청한 정부와 협력하는 것이었다. 조직작업을 진행하면서 나는 부유한 국가들에게 가난한 나라의 보건서비스를 개선하고 확대하며 복제약을 구매할 자금을 지원해 달라고 요청했다. 아일랜드와 캐나다가 그 요청에 가장 먼저 응해주었고 뒤이어 노르웨이, 스웨덴, 프랑스 외에 더 적은 금액을 후원한 다른 나라들이 줄을 이었다. 재단의 운영비용은 미국, 캐나다, 영국, 아일랜드 등 여러 나라의 개인후원자들이 낸 기부금으로 충당했다.

우리는 당시 1인당 연간 투약분이 300달러 정도로 일반약보다 훨씬 저렴했기 때문에 복제 항바이러스약을 구매하기로 결정했다. 바하마 정부는 이미 몇 백 명의 사람들에게 복제약을 지급하고 있었다. 그런데 믿을 수 없게도 그들은 엄청난 차익을 챙기는 두 명의 중간상인을 거치는 바람에 1인당 연간 투약분이 300달러밖에 안되는 약을 3천 5백 달러나 주고 사고 있었다. 관련시장이 얼마나 허술하게 돌아가는지 보여 주는 단적인 사례였다. 우리는 폭리문제를 바로잡아서 바하마 정부가 같은 돈으로 거의 10배의 항바이러스 치료제를 살 수 있도록 해 주었다.

그 다음으로 아이라는 시장을 조직하고 확대하는 일에 나섰다. 그는 은퇴한 제약회사 경영진의 도움을 얻고 인도와 남아프리카의 대형 복제약 제조회사들과 협력하여 생산성과 공급사슬의 효율성을 개선하고 협상을 통해 가격을 300달러에서 139달러로 낮추었다. 핵심성분의 제조업체 및 공급업체인 시플라(Cipla), 란박시(Ranbaxy), 애스펀 파마케어(Aspen PharmaCare), 헤테로(Hetero), 매트릭스(Matrix)는 거래물량이 적고 마진율이 높으며 지불관계가 불명확한 사업을 거래물량이 많고 마진율이 낮으며 지불관계가 명확한 사업으로 전환하는 데 동의했다. 곧 아이라와 그의 팀은 미국과 유럽의 대형 공급업체와 협상하여 진단검사비용과 장비가격을 80퍼센트나 낮추었다. 뒤이어 HIV 신속검사비용을 약 1달러에서 49센트와 65센트 사이로 조정하고, 초기 의약품이 더 이상 효과가 없을 때 투약해야 하는 일부 2차 약품의 가격을 인하하며, 소아용 에이즈 약을 600달러에서 196달러로 낮춘다는 합의도 이루어졌다. 2006년에 프랑스는 국제적 보건상황을 개선하기 위하여 소액의 항공세를 부과했다. 다른 예닐곱 개 나라도 국제의약품 구매기구로 알려진 새 프로그램에 자금을 지원하겠다고 약속했다. 프랑스는 우리 재단이 국제의약품 구매기구의 소아 에이즈 부문을 이끌어 달라고 요청하면서 약품구매자금으로 3천 5백만 달러를 지원하기로 했다. 시장이 대폭 확대될 여지가 생기면서 추가 가격협상이 이어졌다. 그 결과 일부 소아용 약품의 가격이 연간 60달러로 2년 전 가격의 10퍼센트에 불과한 수준으로 떨어졌다.

현재 25개국에서 600명 이상의 사람들이 우리 재단의 에이즈 이니셔티브를 위해 일하고 있다. 그동안 활동범위가 빠르게 확대되면서 후원자들로부터 많은 도움이 필요하게 되었다. 캐나다의 사업가인 프랭크 지우스트라(Frank Giustra)는 생명을 구하는 우리의 사업을 지원하기 위하여 자신의 후원금을 포함하여 수백만 달러를 모금해 주었고, 시카고의 언론사 대표인 프레드 에이차너(Fred Eychaner)는 3년 동안 혼자서 우리의 중국활동에 필요한 자금을 지원했다. 또 우크라이나의 사업가인 빅터 핀추크(Victor Pinchuk)와 그의 아내 일리나 프란추크(Elena Franchuk)는 우크라이나 지역사업에 필요한 자금을 모두 대 주었다. 이밖에 아일랜드, 스페인, 멕시코의 기업가들을 포함한 많은 사람들이 우리에게 많은 도움을 주었다. 2004년에 우리는 조달 콘소시엄(Procurement Consortium) 협정에 제시된 환자간호의 국제 품질 기준을 따르기로 약속한 다른 나라들도 우리가 협상한 가격을 적용받을 수 있도록 했다. 현재까지 69개 국가가 여기에 동참하여 같은 돈으로 두세 배 더 많은 환자들을 치료할 수 있게 되었다.

이 책을 쓰는 지금 거의 75만 명에 달하는 사람들이 우리의 계약조건에 따라 구매한 약품으로 치료를 받고 있다. 이는 오늘날 개발도상국에서 치료를 받는 전체 환자의 약 3분의 1에 해당하는 인원이다. 가격을 낮추고 물량을 늘린 협력사들의 조치는 시장에 커다란 파급효과를 불러일으켜서 다른 구매자들이 사는 에이즈 복제약의 가격하락도 가속화되었다. 현재 공급자들이 제시하는 주요 약품의 평균가격은 우리가 설정한 최고가격 밑으로 형성되어 있기 때문에 우리의 구매그룹에 속하지 않은 나라들도 같은 예산으로 더 많은 사람을 치료할 수 있게 되었다.

가장 흔하게 복합투약되는 성인용 약품의 평균가격이 연간 120달러, 아동용 약품은 60달러 수준으로 내려가면서 가난한 나라의 환자들을 치료할 약을 살 충분한 자금이 확보되었다. 그러나 우리는 아직 1차 약품보다 평균적으로 10배 이상 더 비싼 2차 약품의 가격조정에 대한 협의를 끝내지 못했다. 2010년까지 항바이러스제로 치료하는 사람들의 10퍼센트가 2차 약품을 투약받게 된다. 환자치료의 또 다른 주요 난관은 HIV 양성환자들을 판별하고 치료할 개발도상국 보건체계의 역량부족이다. 그래서 우리에게는 더 많은 자원봉사자들과 후원이 필요하다.

우리 재단과 파트너들은 에이즈 약품을 통해 얻은 경험에 자극받아서 시장을 조직하고 확장하는 전략을 활용하여 다른 대의를 진전시키는 일에 나섰다. 한 예로 클린턴-헌터 개발 이니셔티브는 르완다의 농민들을 위해 노르웨이 생산자가 공급하는 비료가격을 30퍼센트 낮추고, 소액대출의 이자율을 30퍼센트에서 50퍼센트까지 인하하고, 공급사슬의 효율성을 개선하며, 운송비용을 낮추었다. 그 결과 르완다의 농민들은 전반적으로 에너지와 비료가격이 높아지는 경향에도 불구하고 현저하게 낮아진 가격 덕분에 이전보다 세배 반 정도의 비료를 더 살 수 있게 되었다.

대형 음료 및 과자회사들이 우리 재단에서 추진한 보다 건강한 세대를 위한 연대의 활동취지에 공감하여 자발적으로 학교에서 판매하는 제품의 크기를 줄이고 성분을 개선함으로써 공공선 시장은 이전과 다른 방식으로 재조직되었다. 캠벨 수프(Campbell Soup), 다농(Dannon), 크래프트 푸즈(Kraft Foods), 마스(Mars), 펩시코(PepsiCo)를 비롯한 대형 식품생산업체들이 같은 과자 성분 가이드라인을, 미국 음료협회(American Beverage Association), 펩시코, 코카콜라(Coca-Cola), 캐드베리 스윕스(Cadbury Schweppes) 등이 모두 더 건강한 학교음료 가이드라인을 따르기로 동의했기 때문에 이들은 경쟁력을 상실하지 않고도 아동비만율을 반전시키는 데 도움을 줄 수 있게 되었다.

2006년에 런던 시장인 켄 리빙스톤(Ken Livingstone)은 세계 최대 도시들을 조직하여 에너지 효율을 높이고 보다 깨끗한 에너지를 사용함으로써 기후변화에 맞서 싸우자는 합의를 이끌어 내기 위한 자신의 활동을 도와 달라고 우리 재단에 요청했다. 지금까지 전 세계 40개 도시와 10개가 넘는 위성도시들이 여기에 참여했다. 우리는 2007년 3월에 이들 도시를 대상으로 기존 건물의 친환경화를 가속시키겠다는 계획을 발표했다. 40개 도시 가운데 16개 도시에서 다섯 개 은행이 각각 후원한 10억 달러로 시작될 이 활동은 현재의 건물 보수율을 두 배로 높이게 될 것이다. 우리는 또한 참여도시들이 LED 교통신호등이나 고압 나트륨 가로등을 구매하도록 돕는 한편 개발도상국 도시들이 보다 효율적인 물관리체계를 구축하고 쓰레기매립지에서 배출되는 메탄가스를 전력원으로 활용할 수 있도록 후원할 계획이다. 이러한 활동이 가시적인 성과를 올릴지는 알 수 없으나 꼭 그렇게 되기를 희망한다.

아이디어와 기술은 있지만 자금이 없는 개인들도 공공선 시장을 조직할 수 있다. 2006년의 클린턴 글로벌 이니셔티브가 끝나고 나서 아모스 올라군주(Amos Olagunju)는 자신의 전문기술을 이용하여 조국인 나이지리아의 가난한 마을에 사는 주민들에게 상수도를 공급하고 그들의 역량을 확대하는 일에 나서겠다는 내용의 편지를 보내 왔다. 세르게이 자빈(Sergey Zhabin)은 편지에서 미국 병원과 아프리카의 병원을 연결하여 조언과 여분의 의료물품 및 설비를 제공하도록 하겠다고 썼다. 자신을 메리라고만 밝힌 한 여성은 지역주민들을 조직하여 자원봉사자들로 운영되는 페어런트 스트레스 라인즈(Parent Stress Lines)를 만들어서 구성원의 죽음이나 이별, 가난 혹은 학대로 고통받는 가족들을 돕겠다고 말했다. 이들은 모두 각자의 방식으로 도움이 필요한 곳에 이전에는 존재하지 않았던 혜택을 줌으로써 공공선을 늘리고 있다.

리 스콧이나 제프 임멜트 같은 비즈니스 리더나 혁신적인 노조 및 공적 연기금 투자자들, 애모리 로빈스와 같은 사회운동가들, 글로벌 페어니스와 같은 노동자 지원단체들 혹은 아이라 매거자이너와 같은 뛰어난 사회적 기업가들이 기여하는 더 크고 더 잘 조직된 공공선 시장은 더 많은 소비자들에게 문호를 개방하면서 긍정적인 영향력을 폭넓게 파급시킬 수 있다. 그 과정에서 그들은 에너지 소비와 제품 구매방식을 바꾸고 후원한 시간과 기술 그리고 돈의 영향력을 높이면서 다른 모든 사람들에게 참여할 수 있는 기회를 준다.

12

Giving

정부가 할 수 있는 나눔

시민들의 사회봉사에 대한 어떤 책도 법률과 규정, 프로그램, 지원금 등을 통해 공공선을 촉진하는 정부의 근본적 역할과 정부활동을 감시하는 시민운동의 중요성을 다루지 않고는 완성될 수 없다. 훌륭한 경제정책은 기업활동을 개선하고, 일자리를 창출하고, 수입의 불평등을 줄이고, 자유롭고 공정한 무역의 혜택을 보장하며, 신기술 개발을 촉진할 수 있다. 사회보장연금은 미국 노인인구의 거의 절반에 해당하는 사람들이 빈곤선을 벗어날 수 있게 해 준다. 메디케어(Medicare: 고령자를 위한 건강보험–옮긴이)와 메디케이드(Medicaid: 저소득층을 위한 건강보험–옮긴이)는 지불능력이 부족한 수천만의 미국인들에게 의료비용을 지원한다. 지난 10년 간 거의 60퍼센트에 해당하는 신약이 정부지원을 받은 국가연구소나 대학에서 개발되었다. 우리가 숨쉬는 공기, 먹는 음식, 마시는 물의 질은 정부의 규제로 인해 훨씬 더 나은 상태를 유지하고 있다. 정부의 감독 활동이 없다면 우리의 일터는 훨씬 덜 안전할 것이고, 우리의 주식과 현물시장은 훨씬 덜 정직하고 불투명할 것이며, 우리의 여행은 더 위험해질 것이다. 정부재정으로 90퍼센트가 넘는 우리 아이들이 고등학교까지 그리고 공립대학에서 교육을 받는다. 이밖에도 정부는 국립공원을 관리하고, 국보들을 보호하고, 치안을 유지하고, 소수계 인종과 장애자의 권리를 보장하며, 전 세계에서 적을 줄이고 친구를 늘리기 위해 외교활동을 펼친다.

내가 대통령으로 재임한 8년 동안만 해도 3천 5백만 명의 미국인들이 아이가 태어나거나 가족이 아플 때 가족 및 의료 휴가법(Family and Medical Leave Act)의 혜택을 받았고, 4천 3백만 명이 추가로 연방기준에 맞는 공기를 마실 수 있게 되었으며, 4천만 명이 추가로 깨끗한 식수를 공급받게 되었다. 또 8천 5백만 명이 연방정부에서 지원하는 보건계획을 통해 부모권리장전(Parent' s Bill of Rights)의 보호를 받게 되었고, 1천만 명의 학생들이 추가로 대학학비를 지원받았으며, 2천만 명이 넘는 아이들이 두 배로 늘어난 소득세 공제 혜택 덕분에 빈곤선을 벗어나게 되었을 뿐 아니라 처음으로 90퍼센트의 아동들이 심각한 질병에 대한 면역관리를 받게 되었다. 또한 5천 8백만 에이커의 숲이 무도로 규칙(Roadless Rule)으로 보호받게 되었으며, 1천만 명이 넘는 중범죄자, 수배자, 스토커들이 브래디 법(Brady Law)에 따라 총을 살 수 없게 되었다.

이처럼 정부는 중요한 역할을 한다. 정부가 일을 잘할 때 시민운동가들은 그러한 활동을 강화하고 보완할 수 있다. 그러나 정부가 일을 잘하지 못하면 시민운동가들은 사회조직 안에 생기는 틈을 메우기 위해 더욱 힘겨운 도전에 직면해야 한다. 정부정책을 바꾸고 개선하거나 보호하려는 노력이 시간과 돈, 지식 그리고 기술을 나누는 가장 중요한 방법 중의 하나인 이유가 거기에 있다.

미국은 정부의 적극적인 대응이 필요한 다음 다섯 가지 큰 도전을 안고 있다.

첫째, 적이 더 적어지고 친구가 더 많아지는 세상을 만들기 위해 다른 국가들과 협력하여 테러와 대량학살 무기의 확산 그리고 군사적인 조치가 아닌 외교, 지원, 무역, 투자를 통해 실패하거나 불법적인 국가에서 일어날 수 있는 파국을 막아야 한다.

둘째, 기후변화에 맞서는 세계적인 활동의 리더십을 유지하여 우리가 할 수 있는 모든 일을 하면서 에너지 소비가 늘어나는 중국과 인도를 비롯하여 인구가 많은 다른 개발도상국이 동참하도록 촉구해야 한다.

셋째, 국내에서 경제적 기회를 늘리고 수입의 불평등을 줄여야 한다.

넷째, 경쟁력 있는 수준으로 충분히 비용을 낮추고 환자에 대한 치료뿐만 아니라 건강한 생활의 중요성을 재차 강조하면서 모든 사람에게 지속적인 의료보장 혜택을 줄 수 있도록 의료정책을 개혁해야 한다.

다섯째, 국가안보를 증진하고 기후변화에 맞서 싸우며 수백만 개의 새로운 일자리를 창출하는 방식으로 깨끗하고 보다 독립적인 에너지의 미래를 향해 나아가야 한다.

록스타 보노는 첫째 도전을 해결하기 위해 보다 많은 사람들이 테러와 폭력의 유혹으로부터 멀어지도록 긍정적이고 생산적인 삶을 살 힘을 주는 활동을 통해 미국에서 U2의 음악을 모르는 사람들에게도 잘 알려진 유명인사가 되었다. 그는 2000년에 밀레니엄 부채탕감 이니셔티브(millennium debt relief initiative)의 대표로서 국민에게 기본적 인권을 보장하고 남는 재원을 보건, 교육 그리고 경제개발에 쓰는 조건으로 가난한 나라들의 부채를 탕감해 주는 문제를 놓고 양원 의원들과 장시간 대화를 나누었다. 이 유명한 록스타가 설득해 낸 사람 중에는 강경 보수파인 제시 헬름즈(Jesse Helms) 상원 외교위원회 위원장도 있다. 조지 W. 부시 대통령이 취임했을 때 보노는 백악관과 협력하여 향후 5년간 에이즈 퇴치를 위해 150억 달러를 투입하겠다는 대통령의 약속을 받아 내고 예산안이 의회를 통과하도록 로비활동을 펼쳤다. 또한 그는 2005년에 스코틀랜드에서 G8 정상회담이 열리기 수개월 전부터 극빈국의 부채를 탕감해 주고 아프리카에 매년 500억 달러를 지원하자는 블레어 총리의 제안을 지지했다.

그는 여러분이 참여할 수 있는 또 다른 방법도 찾아냈다. '원 캠페인(ONE Campaign)'이 그것이다. 이 캠페인의 목적은 미국 정부가 개발도상국의 극빈층을 돕는 데 국민소득의 1퍼센트를 쓰도록 촉구하는 것이다. 이를 위해 원 캠페인은 원 선언(ONE Declaration)에 최대한 많은 사람들이 동참해 줄 것을 호소해 왔으며, 지금까지 2천만 명이 넘는 사람들의 서명을 받았다. 보노는 2008년에 있을 미국 대통령 선거가 다가옴에 따라 빈곤문제를 선거이슈로 명확하게 부각시키기 위해 참가자의 수를 최대한 늘리고 싶어한다.

빈곤문제를 해결하기 위해 활동하는 또 다른 중요한 단체로는 3천 개의 교회를 포함하여 5만 8천 명의 회원을 둔 초당파적인 종교단체인 '세상을 위한 빵(Bread for the World)'이 있다. 이 단체의 회원들은 최빈국에서 빈곤과 기아 그리고 에이즈를 없애는 활동에 나서 줄 것을 촉구하는 내용을 담아 해마다 거의 25만 통에 달하는 편지를 의회로 보낸다. 지난 2년 간 이 단체는 미국의 식량지원 방식을 바꾸자는 부시대통령의 제안을 지지해 왔다. 현행 법규에 따르면 해외에 지원하는 식량은 전부 미국 내에서 재배한 농산물로 조달해야 하고 4분의 3 이상이 미국 선적의 배로 운송되어야 한다. 현재 상승하는 에너지 비용과 복잡한 운송 과정에 따른 추가 비용 그리고 관리비용을 충당하는 데 식량지원 예산의 60퍼센트 이상이 소비된다. 그 결과 수혜자의 수가 5년 전에는 9천만 명이 넘었는데 반해 지금은 연간 약 7천만 명으로 오히려 줄어들었다.

캐나다와 유럽은 자국농산물로 식량지원을 하는 대신 개발도상국들이 기아문제가 심각한 지역과 가장 가까운 곳에서 바로 식량을 살 수 있도록 현금을 지원하는 쪽으로 방향을 바꾸고 있다. 그렇게 하면 더 많은 식량을 살 수 있고, 더 빨리 운송할 수 있으며, 가난한 농촌경제에도 도움을 줄 수 있다. 캐나다는 현재 대형 농업기구들의 지원을 받아 식량지원의 절반을 이런 식으로 하고 있다. 부시 대통령은 미국 식량지원량의 25퍼센트를 현금지원으로 돌리자고 제안했다. 불행하게도 농민단체뿐만 아니라 심지어 일부 자선단체들까지 처음부터 반대하고 나서는 바람에 그 제안은 2년 동안 의회에서 발이 묶이고 말았다.

그래도 세상을 위한 빵은 포기하지 않았다. 이들의 끈질긴 설득에 이미 일부 반대자들은 입장을 바꾸었다. 앞으로도 이들의 설득작업은 계속될 것이다. 나는 항상 미국 농민들이 엄청난 정부지원을 받는 유럽과 캐나다 그리고 다른 지역의 농민들과 경쟁할 수 있도록 돕는 프로그램을 지지해 왔으며 미국의 해운산업도 지지한다. 그러나 이 경우에는 미국 농가와 해운회사에 끼치는 피해를 최소화하면서 조금만 법규를 바꾸면 1년에 최대 5만 명이 될 수도 있는 더 많은 생명을 구할 음식을 제공할 수 있고 가난한 국가의 농민들이 이웃을 먹여 살리도록 도울 수 있다. 여러분도 내 생각에 동의한다면 세상을 위한 빵에 연락하여 도움을 주도록 하자.

앨 고어는 20년 이상 정부 내외부에서 기후변화에 대한 정책을 바꾸기 위해 노력해 왔다. 그는 〈불편한 진실〉에서 시민의 참여와 정책변화가 모두 필요하다고 분명히 밝혔다. 석탄을 때는 발전소를 포함한 예닐곱 개의 유틸리티 기업과 일부 비즈니스 리더들은 이산화탄소 배출을 제한하고 배출권을 거래하는 시스템을 구축하여 배출량을 쉽게 줄일 수 있는 기업들이 여분의 배출권을 그렇지 못한 기업들에게 팔 수 있도록 미국 정부에 요청하는 대열에 동참했다. 투자자와 환경단체 그리고 공익단체의 네트워크인 시리즈(Ceres)도 의회의 행동을 촉구하고 있다. 월스트리트의 투자기업들과 보험 및 재보험회사, 주정부 퇴직금운용기관들과 같은 대형 기관투자가들도 청정에너지에 투자할 준비가 되어 있지만 고객들의 돈을 맡은 수탁자로서 장기적인 정부정책이 어느 방향으로 갈지 알아야 할 의무가 있다. 진보적인 교회지도자들은 오랫동안 기후변화에 대한 보다 적극적인 대처를 지지해 왔다. 지금은 상당수의 교회단체들이 거기에 동참하고 있다. 그들 중 30개 단체는 작년에 〈뉴욕 타임스〉에 행동을 촉구하는 광고를 싣기도 했다. 자연자원보호위원회(Natural Resources Defense Council), 시에라클럽(Sierra Club), 환경보호단(Environmental Defense), 그린피스(Greenpeace)와 같은 주요 환경단체들 역시 오랫동안 기후변화 문제에 대해 보다 진보적인 접근을 촉구해 왔다. 마침내 새 의회가 행동에 나서기 시작했다. 한 예로 의회는 환경학자 및 제조업체들과 함께 향후 10년 간 일반백열등 사용을 전면 중지하여 전기세와 온실가스 배출을 대폭 낮출 수 있도록 새 조명기구 관련 법규를 만들고 있다. 그렇게 되면 석탄을 때는 80개의 발전기가 공급하는 양에 맞먹는 엄청난 전기수요를 줄일 수 있다. 이를 위해 백악관과 의회를 상대로 한 로비작업을 돕고 싶다면 앞서 소개한 단체들을 통하면 된다.

2007년 초에 기업과 노조가 손을 잡은 흔치 않은 모임인 '함께 하는 더 나은 보건(Better Health Care Together)'은 기자회견을 열어서 의료보장 혜택의 범국민 적용과 지나치게 높은 의료비용 문제를 해결할 조치들을 비롯한 보건법 개혁관련 원칙들을 발표했다. 이 모임에는 월마트, AT&T, 인텔(Intel), 켈리 서비시즈(Kelly Services), 미국 정보통신 노동자 노조(Communications Workers of America), 하워드 H. 베이커

주니어 공공정책센터(Howard H. Baker Jr., Center for Public Policy), 나의 전 비서실장인 존 포데스터(John Podesta)가 운영하는 미국발전센터(Center for American Progress) 등이 참여하고 있으며, 심지어 일부 건강보험회사들까지 기꺼이 해결법 마련에 동참하겠다는 의사를 밝혔다. 다른 어느 나라보다 50퍼센트가 많은 보건비용을 지불하면서도 보장 혜택은 적게 받는 반면, 2000년부터 전체적으로 거의 90퍼센트 가까이 오른 보험료는 마침내 미국인들에게 필요하고 그들이 마땅히 누려야 할 보건체계를 구축할 기회를 우리에게 준 것인지도 모른다. 실제로 보장범위가 충분치 않은 수백만 명과 함께 보험에 아예 들지 않은 근로가정이 늘어나면서 경제, 특히 제조 분야에 미치는 위협이 커지고 있다. 그러나 변화는 쉽게 일어나지 않을 것이다. 문제는 세부적 조건, 다시 말해 다른 어느 나라도 용인하지 않을 높은 관리비용을 줄이고 세계에서 가장 잘 사는 나라보다 더 비싼 의료비용을 통제할 방법론에 있다. 만약 여러분이 보건법 개혁을 위한 투쟁에 참여하고 싶다면 50세 이상의 국민은 미국 은퇴자협회(AARP)에 가입하여 로비활동을 후원할 수 있고, 아니면 오랫동안 보건법 개혁을 주창해 온 패밀리즈 유에스에이(Families USA)에 참여할 수 있다.

보건정책의 보다 구체적인 변화를 위해 활동해 온 훌륭한 단체들도 많이 있다. 그 중에서 가장 효율적인 활동을 펼친 단체는 1991년에 유방암을 극복한 현 대표, 프랜 비스코(Fran Visco)와 일군의 헌신적 여성들이 설립한 전국 유방암연합(National Breast Cancer Coalition)이다. 비스코는 현재 세계적인 유방암 퇴치 운동가가 되었다. 전국 유방암연합은 설립 이후 600개 이상의 단체와 7만 명의 유방암 운동가들이 모인 시민운동 네트워크를 구축하여 전국과 주, 시 단위에서 유방암 연구와 진단 그리고 치료를 개선하기 위한 로비활동을 전개해 왔다. 유방암 연구를 위한 연방정부 지원금은 1991년에는 9천만 달러가 채 못 되었지만 2003년에는 8억 달러 이상으로 증가했다. 군에 복무하는 여성이 유방암에 걸릴 위험이 더 높다는 사실이 밝혀지고 난 후 전국 유방암연합은 국방부에 특별 연구프로젝트를 지원해 줄 것을 요청하여 총 20억 달러의 재원을 확보했다. 또한 1993년에 이 단체는 정부와 산업계, 과학자, 소비자가 참여하는 유방암 퇴치를 위한 전국행동계획(National Action Plan on Breast Cancer)을 추진하면서 260만 명에 달하는 후원자들의 서명 명부를 내게 보여 주었다. 이처럼 활발한 활동으로 전국 유방암연합은 의회 조사에서 보건정책에 가장 영향력이 큰 25개 시민단체 중의 하나로 선정되었다.

1996년에 젊은 직장인들의 저축 및 투자에 관하여 좋은 평가를 받은 책을 쓴 베스 코블라이너 쇼(Beth Kobliner Shaw)는 아버지가 전립선암에 걸렸다는 사실을 알게 되었다. 그녀는 열심히 아버지의 투병생활을 돕는 와중에 전립선암의 연구 실태에 관심을 가지게 되었다. 그녀는 전립선암에 걸리는 남성들이 늘어나는 반면 유방암과 달리 전립선암에 대한 연방정부의 지원은 턱없이 부족하다는 사실을 파악한 후 전국 전립선암연합(National Prostate Cancer Coalition)에 가입하여 연방정부의 지원 격차를 줄이도록 여성 혼자의 힘으로 백악관과 나를 설득했다. 전립선암재단(Prostate Cancer Foundation)은 정부지원을 25배로 높인

데 기여한 그녀의 공로를 특별히 치하했다. 프랜 비스코와 베스 코블라이너 쇼는 모두 암과 관련되기 전에는 자신만의 삶을 살아가던 평범한 시민이었다. 그러나 암 퇴치 운동을 시작한 후로 열성적이고 뛰어난 공공봉사자가 되었다. 두 사람은 그들이 암에 기울였던 만큼 여러분이 깊은 관심을 가진 분야에서 얼마나 많은 일을 할 수 있는지 보여 주는 생생한 본보기이다.

오늘날 자녀를 키우는 근로자들은 힘든 생활을 하고 있다. 1979년부터 1993년까지 답보상태에 머물렀던 가구당 실질소득은 20세기의 마지막 7년 동안 매년 증가하여 가구당 8천 달러 이상이 늘었다. 그러나 2000년부터 다시 실질소득이 1,300달러 줄어든 반면 신용카드와 2차 담보 주택대출금으로 소비는 더욱 늘어났다. 그 결과 2000년부터 2005년 사이에 537만 명이 빈곤층으로 떨어졌고 680만 명이 추가로 의료보험 미가입자가 되었다. 지난 몇 년 간 개인파산의 절반 이상은 예상치 못한 의료비용이 원인이었다. 또한 이번 세기에 새로 생긴 일자리의 평균 임금은 사라진 일자리의 평균 임금보다 20퍼센트 이상이 더 낮다.

이 모든 현상이 경제가 성장하고 노동생산성이 증가하며 기업 수익이 40년 이래 최고를 기록하는 와중에 일어났다. 지난 10년 동안 깨끗하고 효율적이며 독립적인 미래의 에너지사용을 위해 충분히 노력하지 않은 탓에 좋은 새 일자리를 충분히 창출하지 못했다는 것이 부분적 이유이기는 하지만 결정적 이유는 정부정책과 기업의 경영 관행에 있다. 우리는 10년 만에 마침내 최저임금을 인상했지만 더 이상 제조업 성장 전략을 갖고 있지 않고, 통상법을 강력하게 집행하지 않으며, 일자리를 잃은 근로자들에게 적절한 지원과 재훈련을 제공하지 않는다. 예전과 달리 지금은 근로자 가정이 경제적 기반을 잃어가고 있다. 전국 소득 중에서 근로자에게 돌아가는 몫이 사상 최저인 반면 기업의 수익으로 돌아가는 몫은 사상 최고를 기록하고 있다. 예산 및 정책 우선순위센터(Center on Budget and Policy Priorities)는 2006년에 근로자의 임금이 국내총생산에서 차지하는 비율이 역대 최저인 51.6퍼센트인데 반해 기업수익의 비율은 역대 최고인 13.8퍼센트를 기록했다고 발표했다. 다시 말해서 느린 임금인상이 기업의 수익을 높여 주고 있는 것이다. 골드만 삭스에 의하면 노동보상의 느린 증가가 작년 한 해 동안 기업순익이 64퍼센트나 증가한 요인으로서 '지난 5년 간 기업순익이 과거보다 더 높아진 가장 중요한 이유는 전국 소득에서 노동자의 몫이 줄어들었기 때문이다.'

여러분이 중산층을 강화하고 가난한 사람들이 빈곤층에서 벗어나도록 도울 정책변화에 관심이 있다면 중산층의 부채부담을 덜어 주기 위해 노력하는 미국발전센터, 책임감 있는 대출센터(Center for Responsible Lending), 저소득층을 조직하여 정치적, 경제적 권한을 부여하는 에이콘(ACORN) 외에 전국 교회협의회(National Council of Churches), 공공선을 위한 가톨릭교도연대(Catholics in Alliances for Common Good), 대중의 삶을 위한 종교(Faith in Public Life), 소저너즈(Sojourners) 등의 진보적인 종교단체에 참여할 수 있다.

미국에는 이라크와 아프카니스탄 참전자의 처우 개선, 전쟁에 투입된 군인들의 장비 개선, 중동평화를 위한 보다 적극적인 노력, 장애자와 동성애자의 권리 개선, 공정하고 보다 효율적인 이민정책, 소수계와 빈곤층을 위한 보다 많은 교육의 기회를 비롯하여 다른 대의를 위해 활동하는 수백 개의 후원단체가 있다. 여러분은 민주당원이든 공화당원이든 아니면 무당파이든, 혹은 자유주의자이든 보수주의자이든 아니면 온건주의자이든 간에 자신의 관점에서 정부활동이 긍정적인 방향으로 변화하도록 노력해야 한다. 사이버공간에서 적극적으로 활동하는 사이트들이 폭발적으로 증가하는 지금, 여러분의 관점을 지지하는 단체를 찾는 일은 그렇게 어렵지 않다.

연방정부가 아닌 주정부와 시정부 차원에서도 중요한 정치참여 활동을 할 수 있다는 점을 기억하는 것이 중요하다. 지난 몇 년 간 중요한 보건법 개혁안은 주정부들에 의해 제정되었다. 일부 주정부는 아동의료보험 프로그램을 위한 연방 매칭펀드(matching fund: 중앙정부가 지방자치단체에 예산을 지원할 때 활동내역과 연계하여 금액을 배정하는 방식-옮긴이)가 지속된다면 올해 더 많은 개혁에 나서겠다는 의지를 밝혔다. 서부와 북동부의 주정부들은 함께 기후변화에 대처하기 위해 노력하고 있다.

2007년 4월에 뉴욕 주지사인 엘리엇 스피처(Eliot Spitzer)는 재생가능한 에너지의 생산을 늘리고 가전기구와 건물에 대해 더 높은 효율기준을 적용함으로써 에너지 소비를 2015년까지 현재 수준 이하로 낮추기 위한 일련의 조치를 제안했다. 사업가인 탐 골리사노(Tom Golisano)가 설립한 뉴욕 소재 회사인 엠파이어 스테이트 윈드 에너지(Empire State

Wind Energy)는 지역정부가 풍력발전기를 소유하고 거기서 생산한 전기를 전기공급업체에 판매하여 얻은 수익으로 재산세를 줄이거나 공공사업에 사용하도록 지원하고 있다.

2006년에 주하원 의장인 파비안 누네즈(Fabian Nunez)와 상원 의장 대행인 돈 페라타(Don Perata)가 이끄는 캘리포니아 주의회는 미국에서 가장 진보적인 기후변화 관련 법률을 통과시켰다. 같은 시기에 소비자단체, 환경단체, 공중보건단체, 과학자, 기업가들이 모여 만든 시민연합은 주민발의로 제안 87호를 발효시켜서 변화 과정을 촉진하기 위해 노력했다. 이 제안은 캘리포니아지역의 석유생산업체들에게 1.5퍼센트에서 6퍼센트 사이의 석유추출세를 부과하여 확보한 40억 달러로 청정연료 자동차의 개발 및 청정연료 공급망의 구축, 태양광발전, 풍력발전, 수소발전의 개발 촉진, 새로운 청정에너지기술의 연구 확대 등에 쓴다는 내용을 담고 있다. 이 주민발의는 5천만 달러를 후원한 자선가 스티브 빙(Steve Bing)의 자금지원으로 추진되었다. 불행하게도 이 제안은 추출세가 석유가격을 상승시킬 것이라고 유권자들을 설득하는데 성공한 석유회사들에 의해 실패로 돌아가고 말았다. 석유회사들의 주장은 사실이 아니다. 석유를 생산하는 다른 모든 주가 이미 추출세를 부과하고 있고, 석유가격은 국제시장에서 결정되기 때문이다. 그러나 제안 87호는 깨끗한 에너지와 깨끗한 공기 그리고 미래에너지 부문에서 수천 개의 새로운 일자리를 원했던 수백만의 캘리포니아 주민들로부터 지지를 받았다. 따라서 지속적으로 더 빠른 진전을 촉구했던 그들의 노력은 헛되지 않았다.

모든 주에는 보건정책과 에너지정책의 변화를 위해 활동하는 지역단체나 전국 단체의 지부가 있다. 그들은 항상 가능한 모든 후원을 바라고 있다.

기후변화에 대처하려는 대부분의 행동은 오히려 지역 단위에서 이루어졌다. 부시 대통령이 배출감소 의무조항을 담은 교토의정서를 거부했을 때 약 5백개 시의 민주당 및 공화당 소속 시장들이 시애틀 시장인 그렉 닉켈스(Greg Nickels)의 주도 아래 시장 간 기후보호합의(Mayors Climate Protection Agreement)에 서명하여 자신들의 지역에서 교토의정서의 배출감소 목표를 충족시키기 위해 노력하기로 했다.

한 예로 로스엔젤레스는 일자리를 창출하고 전기세를 낮추며 삶의 질과 공기의 질을 개선하는 방식으로 오염물질의 배출을 감소시키기 위한 전략을 가지고 있다. 인상적인 젊은 시장 안토니오 비야라이고사(Antonio Villaraigosa)의 리더십 아래 로스엔젤레스는 2010년까지 시소유 발전소에서 생산하는 전기의 20퍼센트를 재생가능한 자원에서 얻고, 오염물질 배출을 줄이도록 기존 발전소를 보수하고, 대체연료, 효율성 개선, 전기장비 사용확대를 통해 항만과 공항의 공기오염을 줄이고, 1백만 그루의 나무를 심고, 녹지를 늘리고, 2010년까지 쓰레기 수집차량을 포함한 더 많은 시 소유 차량을 대체연료 차량으로 전환하고, 에너지 절약과 전기세 절감에 도움이 되는 친환경 건물과 옥상정원을 늘리고, 대중교통수단을 확충하고, 물 사용량을 줄이고, 더 많은 쓰레기를 재활용하며, 공립학교 학생들에게 자원 절약과 재사용 및 재활용을 가르치는 교육 프로그램을 지원할 예정이다.

마이클 콜먼(Michael Coleman) 시장이 이끄는 오하이오주의 콜럼버스시는 약 9만 3천 평방미터가 넘는 크기의 폐쇄된 백화점을 재건축하여 전국에서 가장 큰 리드(LEED)인증 친환경 건물을 만들어 교육, 행정, 상업시설을 입주시켰다. 시카고는 많은 나무들을 심고 가능한 많은 낡은 건물에 옥상정원을 만들어서 에너지 사용과 온실가스 배출, 전기세를 줄이려고 노력하고 있다. 뉴올리언즈는 우리 재단의 기후변화 이니셔티브(Climate Change Initiative)에 지속가능한 주택과 학교건립, 친환경 건물재건계획, 소수계 업체를 우대하는 친환경 재건축 교육사업 등을 포함하는 더 나은 복구(build back better)프로그램을 지원해 달라고 요청했다.

콜로라도주 볼더시의 유권자들은 2012년에 납세기간이 만료될 때까지 시에서 추진하는 기후 행동 계획(Climate Action Plan)의 재원을 조달하기 위해 전국 최초로 매달 전기세에 가구당 평균 1.33달러, 사업세에 3.80달러를 추가하는 에너지세를 승인했다. 그에 따라 이루어질 에너지효율, 재생가능한 에너지, 대체연료 자동차에 대한 투자는 온실가스를 줄이고 에너지 비용에서 6천 3백만 달러로 추산되는 금액을 절감하며 6백만 달러의 세금투자액에 대비하여 10배의 경제적 이익을 안겨줄 것이다.

뉴욕시의 인구 대비 오염물질 배출량은 이미 전국 평균의 3분의 1보다 낮은 수준이다. 그럼에도 불구하고 뉴욕시는 하이브리드 및 청정연료 자동차와 보다 에너지 효율이 뛰어난 설비의 사용과 가로수 심기를 통해 연간 44만 6천 톤의 오염물질을 추가로 줄였다. 2007년 4월에 마이클 블룸버그 시장은 뉴욕을 '환경적으로 인정 받는 최초의 21세기 도시'로 만들겠다는 광범위한 청사진을 제시했다. 그 중에서 가장 논쟁적인 내용은 86번가 아래의 맨해턴 지역으로 진입하는 차량운전자에게 하루 8달러의 '혼잡세'를 물린다는 것이다. 런던과 싱가포르는 비슷한 조치로 교통정체와 매연 배출을 줄이는 효과를 보았다. 혼잡세로 조성된 재원은 대규모 대중교통 프로젝트를 추진하는 데 쓰일 것이다. 약 80퍼센트에 해당하는 뉴욕시의 나머지 오염물질 배출량의 대부분은 빌딩에서 발생한다. 이는 미국 평균인 32퍼센트보다 두 배 반이나 높은 수치이다. 뉴욕시는 컴퓨터 제어 냉난방 및 조명시스템, 옥상녹지화 등 여러 절약조치를 통해 에너지 사용을 줄임으로써 오염물질 배출을 추가로 30퍼센트 줄이기 위해 적극적인 노력을 전개할 예정이다. 뉴욕시에는 95만 개의 빌딩이 있다. 이들 빌딩에 신속하게 옥상정원과 보다 효율적인 조명 그리고 창문을 설치하는 계획은 많은 일자리를 창출하고 기업과 소비자를 위해 전기세를 큰 폭으로 낮춰 줄 것이다.

미시건은 2002년에 자동차, 전력, 방위산업에서 대체에너지 기술을 진전시키기 위해 설립된 비영리재단인 넥스트에너지(NextEnergy)를 통해 미국을 청정에너지와 경제적 기회의 새 시대로 이끄는 선도적 역할을 하고자 한다. 넥스트에너지는 크와미 킬패트릭(Kwame Kilpatrick) 시장, 웨인주립대학(Wayne State University), 제너럴 모터즈(General Motors), 헨리 포드 건강시스템(Henry Ford Health System)이 하이테크 기업가들을 위해 만들었으며, 현재 디트로이트 도심지의 테크타운(TechTown)에 자리잡고 있다. 이 재단은 기업가들에게 연방 및 민간자금, 연구소, 검사장비, 연구파트너, 마케팅 가능한 기술에 대한 지원을 제공한다. 나는 2007년 4월에 넥스트에너지를 둘러보면서 빅3 자동차 회사가 만든 수소자동차부터 더 효율적인 태양광발전 및 풍력발전 기술 외 다른 상업 및 소비자제품까지 놀라울 정도로 많은 신제품을 보았다.

2006년에 〈내셔널 지오그래픽(National Geographic)〉은 '그린 가이드(Green Guide)' 에서 에너지 효율이 높고 오염도가 낮으며 건강한 생활공간을 제공하는 상위 10개의 도시를 선정했다. 그 도시들은 오레곤주 유진, 텍사스주 오스틴, 오레곤주 포틀랜드, 미네소타주 세인트 폴, 캘리포니아주 산타 로사, 캘리포니아주 오클랜드, 캘리포니아주 버클리, 하와이주 호놀룰루, 앨라배마주 헌츠빌, 콜로라도주 덴버이다. 유진시는 85퍼센트의 전력을 수소발전과 풍력발전으로 얻고, 바이오디젤과 하이브리드 차량을 시 소유차량으로 사용하며, 많은 녹지공간으로 1위에 선정되었다. 물론 대부분의 도시들은 수소발전 설비가 없지만 그 중 수백 개의 도시들이 친환경적인 미래를 향해 열심히 달려가고 있다.

전 세계의 도시들도 환경사업을 펼치고 있다. 앞서 말했듯이 우리 재단의 기후변화 이니셔티브는 그 중 40개 도시와 손을 잡고 대형 은행들이 조달해 주기로 한 5억 달러로 야심찬 빌딩개조 프로그램을 시작하여 온실가스 배출을 줄이기로 했다. 이 국제적인 노력의 리더는 런던시장인 켄 리빙스턴으로서 그는 2025년까지 온실가스 배출량을 1990년보다 60퍼센트 낮은 수준으로 감소시키려고 한다. 그가 이미 이룬 진전과 향후 3년 간 1억 5천만 달러를 투입하겠다는 그의 의지로 볼 때 나는 반드시 목표를 달성할 수 있을 것이라고 본다.

시에서 추진하는 환경사업은 시민들이 참여할 수 있는 많은 기회를 제공한다. 여러분이 살고 있는 시가 교토의정서에서 설정한 목표수치 이하로 온실가스 배출을 줄이기 위한 구체적인 계획을 만들지 않았다면, 뜻을 같이 하는 시민들과 힘을 모아 돈을 아끼고 일자리를 창출하며 기후변화에 대한 책임을 다할 수 있는 많은 기회를 강조하면서 시당국이 그렇게 하도록 설득해야 한다. 혹은 여러분이 사는 지역공동체의 리더가 에너지절약과 청정에너지 이용계획을 갖고 있다면 가능한 많은 시민들이 그 노력에 동참하도록 촉구함으로써 실행을 도울 수 있다. 그렉 팔(Greg Pahl)이 쓴 『시민들이 주도하는 에너지 핸드북(The Citizen-Powered Energy Handbook)』은 어떻게 그런 활동을 시작할 것인가에 대한 몇 가지 좋은 아이디어들을 담고 있다. 영국의 비정부단체인 그린얼라이언스(Green Alliance) 역시 마찬가지다. 거기에 속한 에너지 기업가 네트워크(Energy Entrepreneurs Network)는 새로운 아이디어를 수용하고 공공정책의 모든 면에 환경적 고려를 더하도록 정부를 상대로 광범위한 로비활동을 펼친다.

기본적 서비스를 제공하는 역량, 시민들의 바람과 불만에 대한 응답성, 법치에 대한 준수, 성장과 변화에 대한 개방성과 같은 정부의 품질은 삶을 개선하려는 개발도상국 국민들의 능력과 비정부단체의 활동 및 해외 지원프로그램의 성공에 핵심적인 요소이다. 따라서 개발도상국에서 정부활동을 개선하기 위해 노력하는 시민단체의 노력은 엄청난 중요성을 지닌다. '평화를 지키는 여성 네트워크(Women Waging Peace Network)'의 사명은 전 세계에 걸쳐 갈등지역에 있는 여성들을 조직하고 공공정책에 영향을 끼치도록 돕는 것이다. 이 단체는 바이틀 보이시즈의 창립멤버이자 나의 첫 임기 동안 주오스트리아 미국대사로 일했던 스와니 헌트(Swanee Hunt)가 1999년에 설립했다. 그녀는 대사로 일하면서 보스니아의 인종간 갈등을 해소하기 위해 애쓰는 여성들의 활동에 참여하게 되었고, 그 이야기를 『이것은 우리의 전쟁이 아니었다: 평화를 요구하는 보스니아 여성들(This Was Not Our War: Bosnian Women Reclaiming the Peace)』이라는 책으로 펴냈다. 평화를 지키는 여성 네트워크는 그러한 경험에서 생겨났다.

이 단체는 수단, 스리랑카, 콜롬비아, 시에라리온, 보스니아, 중동 등지에 있는 여성평화운동가들을 지원한다. 헌트는 많은 갈등지역에서 "2등 시민인 여성의 지위는 오히려 권한 부여의 계기를 제공하여 문제를 해결하기 위한 혁신적인 방법을 더 잘 찾도록 만들어 준다."고 주장한다. 이 단체의 지원을 받는 여성 중에 1970년 대에 거의 2백만 명을 학살한 크메르루즈 정권의 학정에서 아직 완전히 회복하지 못한 캄보디아의 난다 폭(Nanda Pok)이 있다. 폭은 여성들이 그녀의 조국을 더 밝고 공정한 미래로 이끌어 가기를 원한다. 그녀는 공직선거에 나갈 5천명 이상의 여성들을 교육시켰으며, 그 중 64퍼센트가 2002년에 지역위원회에 선출되었다.

셀텔 인터내셔널(Celtel International)의 설립자로서 아프리카에서 가장 성공한 사업가 중 한 명인 모 이브라힘은 아프리카 국가들의 올바른 국가운영을 촉진하는 재단을 설립했다. 2007년에 그는 국민들의 삶을 개선하고 정직하고 준법적인 국정운영, 시민사회에 대한 권한 부여, 보건, 교육, 인권분야의 진보를 비롯하여 지속가능한 경제 및 사회개발을 위한 조건을 강화한 아프리카 지도자에게 주는 '아프리카 리더십 성취에 주는 모 이브라힘 상(Mo Ibrahim Prize for Achievement in African Leadership)'을 처음으로 수여할 것이다. 퇴임한 지도자에게 주어지는 이 상은 10년 간 5백만 달러, 그 후 사망시까지 해마다 20만 달러를 상금으로 지급한다. 만약 수상자가 좋은 일에 상금을 기부할 경우에는 추가로 연간 20만 달러가 주어진다. 이브라힘은 또한 하버드 케네디행정대학원과 협력하여 목적별 비교항목에 따라 사하라 남부 국가들을 평가한 '아프리카 국가운영지수(Index of African Governance)'를 개발했다. 그는 이 지수가 아프리카 전체에 걸쳐 국가운영을 개선하기 위한 움직임을 선도하고 동시에 국가운영을 가장 잘 평가하는 방법에 대한 공개적 논쟁을 불러일으키기를 원한다. 다른 지역에 있는 뜻있는 시민들도 이브라힘의 상과 지수를 해당지역에 적용하는 문제를 고려해 보면 좋을 것이다.

이러한 종류의 운동 중에서 가장 많은 논쟁을 촉발시키고 또 가장 많이 알려지는 사례는 다른 나라의 정부를 통해 자국의 정책변화를 이끌어 내는 활동일 것이다. 한 예로 1988년에 스코틀랜드 록커비 상공에서 일어난 팬암 103기 폭파사건으로 가족을 잃은 사람들은 용의자들이 재판에 회부되고 배상금이 전부 지급될 때까지 미국 정부가 범인들의 출신국가인 리비아 정부를 압박하도록 효과적인 방식으로 끈질기게 설득했다. 리비아는 테러후원국이라는 오명을 씻고 미국과 화해하고 싶어 했기 때문에 희생자 가족들의 활동은 911 이후에 미국 및 영국 정부와 협력하여 대량학살무기 프로그램의 존재를 인정하고 이를 폐기하기로 한 리비아의 결정에 확실한 영향력을 끼쳤다.

이러한 유형의 시민운동에 있어서 현재 가장 중요한 사례는 아마도 수단에서 일어나고 있는 인간적 비극일 것이다. 그들은 무장반군과 중앙정부 및 잔자위드(Janjaweed)라는 친정부 무장단체가 전투를 벌이면서 광활한 다르푸르지역의 삶을 황폐화시키고 2백 50만 명의 난민과 20만 명에서 40만 명으로 추산되는 사람들이 폭력과 기아에 시달리도록 만들었다. 대부분의 살해 행위는 수단 정부가 암묵적으로 또 때로는 적극적으로 지원하고 있는 잔자위드에 의해 저질러졌다. 고립된 캠프에 모여 있는 난민들은 대부분 나이지리아와 르완다에서 병력을 지원한 8천 명이 채 안되는 소수 아프리카 연합군의 보호를 받고 있다. 그러나 아프리카 연합군은 병력이 너무 적고 적절한 통신장비가 부족하며 무장단체의 폭력에 대한 대처를 과도하게 제한하는 유엔 규정을 따라야 한다. 2007년 초반까지 수단 정부는 중국의 지원을 등에 업고 아프리카 이외 지역의 군대가 포함된 더 큰 규모의 유엔군을 상대로 성공적인 저항을 해 왔다.

다르푸르의 비극이 알려지자 미국 전역에 걸쳐서 학생과 흑인 교회단체 그리고 연예산업계가 즉각적으로 난민들을 돕기 위한 활발한 활동에 나섰다. 특히 배우인 돈 치들(Don Cheadle)과 조지 클루니(George Clooney)가 적극적으로 나서서 다르푸르뿐만 아니라 이집트와 중국을 방문하여 더 강력한 유엔의 군사행동을 지원하도록 해당정부를 설득했다.

2007년 초에 유엔 아동기금 홍보대사인 미아 패로우(Mia Farrow)는 중국이 입장을 바꾸도록 만들기 위해 다른 방법을 시도했다. 그녀는 중국에서 열릴 2008년 올림픽을 '학살 올림픽' 이라고 부르면서 개막식 기획을 돕고 있는 스티븐 스필버그(Steven Spielberg)에게 수단 문제를 중국 정부에 제기해 달라고 요청하여 그의 동의를 얻어 냈다. 중국은 역사와 문화 그리고 진보를 전 세계에 알릴 다시 없는 기회로 올림픽을 아주 중요하게 생각하고 있다. 수단에 대한 중국의 부당한 옹호를 올림픽과 연계시키면 중국이 올림픽을 통해 얻고자 하는 성과를 심각하게 훼손시킬 수 있다. 패로우가 비판한 지 얼마 되지 않아 중국은 수단 정부에게 아프리카 연합군 및 유엔군에서 파견하는 경찰과 평화유지군 그리고 공격헬기를 수용하기를 원하는 반기문 유엔사무총장 및 사우디 아라비아가 이끄는 아랍연맹과 협력하라고 촉구했다.

2007년 4월에 마침내 수단은 공격헬기를 제외하고 최초에 제시받은 1만 7천 명이 아닌 수천 명 선의 유엔군을 받아들이는 데 동의했다. 병력의 수가 불충분하고 아직 파견이 이루어지지도 않았지만 어쨌든 관심을 기울인 정부와 시민운동가들의 노력 덕분에 사태를 해결하기 위한 계기가 마련되었다. 나는 앞으로 이러한 활동이 더 많이 일어날 것이라고 생각하며, 인권침해를 숨길 수 없는 전 세계의 언론문화로 볼 때 사회운동가들이 끈기 있고 효과적이며 창의적인 활동을 펼친다면 종종 성공을 거둘 것으로 믿는다. 우리들 대부분은 미아 패로우, 돈 치들, 조지 클루니처럼 명성을 좋은 일에 쓸 수 있는 유명인사가 아니지만 그래도 모두가 가치 있는 일을 할 능력을 갖고 있다.

정부활동에 대해 마지막으로 하나만 더 언급하도록 하겠다. 유엔과 관련기관에 대한 시민들의 후원이 갈수록 중요해지고 있다. 회원국의 지원금으로 유엔, 월드뱅크, 국제통화기금(International Monetary Fund), 세계보건기구(World Health Organization), 에이즈, 결핵, 말라리아 퇴치를 위한 국제기금(Global Fund to Fight AIDS, Tuberculosis, Malaria) 등의 기본 활동에 필요한 재원을 대지만 유엔은 너무나 많은 구호사업을 펼치기 때문에 효과적으로 운영하려면 개인들의 후원도 필요하다.

한 예로 프랑스를 포함한 다른 예닐곱 나라는 항공권에 부과하는 세금으로 국제의약품구매기구의 에이즈, 결핵, 말라리아 퇴치 활동에 재정을 지원했고, 게이츠재단은 가난한 아이들에게 더 많은 백신과 면역주사를 제공하는 세계백신면역연맹(GAVI Allinace)을 도왔고, 개인들의 후원은 쓰나미 피해지역의 아동들에게 학교와 깨끗한 물, 음식을 제공하는 유니세프의 역량을 확대시켰으며, 나이키와 마이크로소프트는 유엔 난민고등판무관(U.N. High Commissioner for Refugees)이 운영하는 나인밀리언닷오르그(ninemillion.org) 제작을 도와서 일반시민들도 난민캠프에 있는 9백만 명의 아이들을 교육시킬 재원에 돈을 보탤 기회를 주었다.

유엔은 1998년에 개인 후원을 받아서 다양한 사회사업을 지원하기 위해 자체 재단을 설립했다. 유엔재단(U.N. Foundation)은 테드 터너

(Ted Turner)가 낸 10억 달러라는 역사적인 금액을 첫 후원금으로 받았지만 금액에 상관없이 모든 수준의 후원을 기다리고 있다. 지금까지 후원금이 대부분 비정부단체를 돕는 등 가치 있는 곳에 쓰일 것이라는 사실을 잘 아는 수천 명의 사람들이 후원에 나섰다.

13
Giving

얼마나 나누어야 하며 그 이유는 무엇인가?

2006년 12월 17일 〈뉴욕 타임스 매거진〉은 철학자 피터 싱어(Peter Singer)가 쓴 '억만장자가 나누어야 하는 것-그리고 당신이 나눠야 하는 것은 무엇인가?(What Should a Billionaire Give-and What Should You?)' 라는 멋진 글을 실었다. 싱어는 워렌 버핏이 인플레이션을 감안했을 때 100년 전의 전설적인 자선가인 존 D. 록펠러(John D. Rockfeller)나 앤드류 카네기(Andrew Carnegie)보다 두 배나 많은 금액을 기부했다고 말한다. 빌 게이츠는 이미 총 재산의 3분의 1이 넘는 금액을 기부했다. 버핏은 자식들에게 '어떤 일이든 할 수 있다고 생각할 만큼 충분하지만 아무 일도 하지 않아도 된다고 생각할 정도는 아닌' 유산만 주고 나머지 재산의 95퍼센트를 기부할 생각을 갖고 있다. 펜실바니아 주 젠킨타운의 젤 크라빈스키(Jell Kravinsky)는 40대 중반에 집과 가족의 생활비만을 남겨 두고 부동산사업으로 번 4천 5백만 달러의 거의 전부를 보건관련 자선사업에 기부했다. 뿐만 아니라 수천 명의 신장병환자들이 해마다 신장이식수술을 기다리다가 죽어간다는 사실을 알고 나서는 한 쪽 신장을 모르는 사람에게 기증했다. 크라빈스키는 모든 생명이 동등한 가치를 지니고 있다고 믿는다. 그는 신장 기증의 결과로 사망할 확률이 약 4천분의 1밖에 안되기 때문에 충분히 감행할 가치가 있다고 생각했다.

싱어는 부유한 미국인들이 버펫이나 크라빈스키만큼 재산의 많은 부분을 기부하지 않더라도 밀레니엄 개발목표를 충족시키는 데 필요한 한 국가의 몫을 충분히 낼 수 있다고 설명했다. 목표 달성에 필요한 비용은 2006년에 1,210억 달러이고, 2015년에는 1,890억 달러로 올라간다. 사실 이미 집행된 자금과 후원을 약속한 금액을 감안하면 실제로는 이보다 적다. 싱어는 그 중에서 미국이 최소한 36퍼센트를 부담해야 한다고 믿는다. 경제협력개발기구(OECD: Organization of Economic Co-operation and Development)에 속한 부유한 나라에서 팔리는 미국산 제품의 비중이 36퍼센트이기 때문이다. 참고로 세계 총생산량에서 미국이 차지하는 비중은 약 27퍼센트이다.

그는 2004년의 미국 세금자료에 근거하여 최상위 0.01퍼센트에 해당하는 1만 4천 4백 명의 납세자들이 전 세계의 가장 심각한 문제들을 해결하는 데 평균 1,277만 5천 달러인 수입의 3분의 1을 기부한다면 약 610억 달러가 모일 것이라고 말한다. 마찬가지로 상위 0.1퍼센트에 속하는 12만 9천 6백 명의 납세자들이 평균 2백만 달러가 약간 넘는 수입의 4분의 1을 기부한다면 650억에 육박하는 자금이 모일 것이다. 또 상위 0.5퍼센트에 속하는 57만 5천 9백 명의 납세자들이 수입의 20퍼센트를 기부한다면 720억 달러가 모일 것이다. 최상위 1퍼센트를 차지하는 납세자들의 수는 71만 9천 9백 명이다. 그들이 수입의 15퍼센트를 기부한다면 350억이 모일 것이다. 나머지 상위 10퍼센트의 납세자들이 평균 13만 2천 달러인 수입의 10퍼센트를 기부한다면 약 1,710억 달러가 모일 것이다. 이처럼 납세액 상위 10퍼센트에 속한 미국인들이 수입의 일부를 기부하기만 해도 4천 40억 달러나 된다. 싱어는 다른 나라의 부자들과 정부도 이 4천 40억 달러만큼 기부하여 총 8천 80억 달러를 만들면 밀레니엄 개발목표를 달성하는 데 필요한 돈의 여섯 배가 넘는다고 주장한다. 싱어는 따라서 개발목표를 상향 조정해야 할 뿐만 아니라 목표 달성을 더 빨리 해야 한다고 주장한다.

싱어의 분석이 개인기부만으로 미국이 개발목표의 달성에 필요한 예산을 충당하고도 남는다는 사실을 보여 주었지만, 나는 다음과 같은 이유로 단기간에 국제문제를 해결하기 위한 이 정도 수준의 기부를 기대하는 것은 비현실적이라고 생각한다. 우선 일부 부자들은 자신이 기부한 돈이 현명하게 사용될 것이라고 믿지 않는다(지금까지 이 책에서 밝힌 내용으로 그것이 기우라는 점을 여러분이 수긍했으리라고 기대하지만 말이다). 또 돈을 많이 벌지만 모아 놓은 재산이 적은 사람들은 큰 돈을 기부하기 전에 먼저 부를 쌓고 싶어 한다. 리틀록에서는 상위 10퍼센트 납세자들의 연간 평균수입인 13만 2천 달러로 많은 일을 할 수 있지만, 그 정도 수입을 가진 사람들이 많이 사는 뉴욕시에서는 그렇지 않다. 마지막으로 많은 부자들은 이미 미국 내 다른 자선사업에 기부금을 내고 있다. 미국 재단들은 2006년 한 해에만도 400억 달러가 넘는 돈을 국제적인 활동에 기부했다.

이번에는 보다 적은 규모의 시나리오를 검토해 보자. 상위 1퍼센트가 수입의 5퍼센트만 기부한다고 하면 상위 0.01퍼센트는 92억 달러, 상위 0.1퍼센트는 130억 달러, 상위 0.5퍼센트는 180억 달러, 상위 1퍼센트는 120억 달러가 된다. 그리고 나머지 상위 10퍼센트가 수입의 1퍼센트를 기부하면 추가로 172억 달러가 모인다. 그러면 전체 금액은 거의 700억 달러로서 개발목표에 들어가는 비용의 36퍼센트를 충분히 감당하고도 200억 달러 이상을 남겨서 미국 내의 중요한 문제들을 해결하기 위해 노력하는 시민들까지 도울 수 있다. 나는 미국 부자들이 이만한 수준의 나눔을 실천한다면 그들보다 넉넉하지 못한 사람들의 기부도 봇물처럼 쏟아질 것이라고 확신한다. 각자가 내는 금액은 상대적으로 적을지 몰라도 나머지 90퍼센트에 속하는 수백만 명이 인터넷을 통해 정성을 모은다면 부자들이 낸 기부금에 상응하거나 더 많은 금액이 될 것이다.

우리가 얼마나 많은 돈을 나눌 수 있는가 하는 문제는 시간과 기술, 물건, 화해, 새 출발의 경우에도 적용된다. 우리 모두가 능력에 따라 남을 돕는다면 그 긍정적인 영향력은 엄청날 것이다. 나는 이 책이 여러분에게 효율적으로 나눌 수 있는 가능한 옵션에 대한 더 좋은 아이디어를 제시했기를 바란다. 많은 미국인들은 나눌 수 있는 것보다 더 많은 요청을 받고 있다. 우리 모두는 여러가지 요구 중에서 돈과 시간을 어디에 쓸 것인지 결정해야 한다. 우리의 자원을 한 프로젝트에 집중시킬 것인가 아니면 여러 프로젝트에 분산시킬 것인가? 그것은 오직 여러분만이 선택할 수 있다. 그러나 그 전에 여러분은 나눔에 나설 것인지 그리고 얼마나 나눌 것인지 결정해야 한다.

왜 어떤 사람들은 아예 나누지 않거나 최소한만 나누는 사람들보다 더 많이 나눌까? 나는 지금까지 이 문제를 많이 생각해 보았다. 내가 보기에 우리 모두는 자신과 세상에 대한 시각에 뿌리를 둔 복합적인 이유로 나눔을 실천하는 것 같다. 우리는 지금 어려운 사람들을 돕고 앞으로 아이들에게 더 나은 미래를 줄 것이라고 생각하기 때문에, 종교나 윤리적 확신에 따라 마땅한 의무라고 느끼기 때문에, 우리가 알거나 존경하는 사람이 요청했기 때문에, 혹은 물질적 소유를 위해 돈을 쓰거나 일과 놀이에 시간을 보내는 것보다 더 즐겁고 보람되기 때문에 나눔을 실천한다.

그러면 나누지 않는 사람들은 단순히 그 반대의 이유일 것이다. 그들은 가진 것이 제한되어 있거나 다른 사람의 삶과 생활조건을 개선하려는 노력이 헛되다고 생각하기 때문에 자신의 능력으로 세상을 바꿀 수 있을 것이라고 믿지 않는다. 그들은 나누어야 한다는 윤리적 의무감도 느끼지 않는다. 또 누구도 그들에게 나누라고 요청하지 않았다. 그리고 그들은 돈과 시간을 자신과 가족을 위해 쓰면 인생을 더 즐길 수 있을 것이라고 생각한다.

나는 이 책에서 모든 종류의 나눔이 심대한 긍정적 영향을 끼칠 수 있고, 우리 모두가 다른 사람과 나눌 수 있는 가치를 갖고 있으며, 수많은 개인과 단체들이 도움을 요청하고 있다는 사실을 알리기 위해 최선을 다했다. 물론 사람들은 어떤 일에서 윤리적 의무를 느끼고 즐거움을 누릴 것인지 스스로 결정해야 한다.

모든 종교적 믿음은 서로 도와야 한다는 우리의 공통적 의무감에 호소한다. 유태교의 계율과 전통에 따르면 나눔 즉 '체다카(tzedakah)'는 의무이기 때문에 유태교도는 최소한 수입의 10퍼센트를 나누어야 한다. 히브루어로 체다카는 '올바름'을 뜻하지만 동시에 정의와 자선의 의미로도 쓰인다. 거기에는 올바른 사람은 나눔을 통해 사회적 정의에 기여해야 한다는 뜻이 담겨 있다. 미국과 이스라엘, 전 세계의 가난한 나라에서 대의를 촉진하기 위해 상당한 금액을 기부하는 미국유태인 세계봉사단(American Jewish World Service), 유나이티드 주이쉬 어필(United Jewish Appeal), 반인종주의연맹(Anti Defamation League), 메이즌(Mazon)과 같은 다양한 유태인단체들은 체다카가 신자들의 마음 속에 얼마나 굳게 자리잡고 있는지 보여 준다.

이슬람 역시 자선을 뜻하는 '자카트(zakat)'를 모든 교도들의 의무로 만들었다. 이슬람교도들은 모든 사람이 서로의 원조자가 되어야 하고, 부자는 가난한 사람과 장애인 등의 어려운 사람을 도와야 할 성스러운 의무를 가지며, 부자가 아닌 이슬람교도들도 가족의 필요를 충족시킨 후에는 다른 사람을 도와야 한다고 믿는다.

자카트에 따르면 수입의 2.5퍼센트와 음식에서 보석까지 물질적 소유물의 더 높은 비율을 의무적으로 나누어야 한다. 부유한 이슬람교도들은 자카트만으로는 달성할 수 없는 대의를 위해 의무적인 비율을 넘어 더 많은 것을 나누어야 한다는 윤리적 의무감을 느낀다. 이와 같은 자율적인 나눔을 뜻하는 '사다카(sadaqah)'는 히브루어의 체다카와 마찬가지로 올바름의 의미도 지니고 있다(우리는 서로 많은 공통점을 갖고 있다는 사실을 얼마나 자주 잊고 지내 왔는가!). 이슬람교도들은 다른 사람들이 온전한 삶을 살지 못하도록 막는 장애물을 치워야 할 의무가 있으며, 자랑하거나 세속적 보상을 기대하지 않고 자발적으로 그 일에 나서야 한다. 시카고의 '도심무슬림 행동네트워크(Inner-City Muslim Action Network)'와 같은 지역단체의 활동과 페르시아만 지역에서 생겨나는 현대적 대학 및 의학연구기관은 그러한 종류의 나눔을 반영한다.

모든 기독교도는 수입의 10퍼센트를 교회에 헌금하고 이웃을 자신처럼 사랑하라고 배운다. 우리는 어린 시절부터 '받는 것보다 주는 것이 더 복된 일'이라는 가르침을 몇 번이고 들으며 자랐다. 점점 더 많은 미국 교회들이 앞서 소개했던 방식으로 교구를 넘어 더 큰 공동체로 나눔의 영역을 확대하고 있다. 그리고 점점 더 많은 기독교 지도자들이 미래세대를 위해 땅과 그 열매를 지켜야 한다는 성경의 명령을 따르기 위해 종교적 의무로서 기후변화를 막기 위한 활동에 나서고 있다. 훌륭한 생물학자인 E. O. 윌슨(E. O. Wilson)의 최근 저서인 『창조(The Creation)』는 과학자가 정통파 목사에게 지구와 거기서 살아가는 모든 생명들을 지켜야 하는 공동의 의무를 설명하는 편지형식으로 씌여졌다.

점점 더 많은 기독교단체들이 종교에 상관없이 사람들을 돕기 위해 해외로 나가고 있다. 기독교 자선단체들은 쓰나미 사태가 발생하고 난 후 인도네시아의 이슬람교도와 불교도 그리고 스리랑카의 힌두교도들을 열심히 도와주었다. 월드 비전에서 일하는 2만 3천 명의 직원들은 거의 100개국에서 기아와 어린이 학대에 맞서 싸우고 성별에 상관없이 가난한 어린이들에게 동등한 교육의 기회를 제공하며 경제개발을 촉진하는 활동을 펼친다. 월드 비전과 450만이 넘는 미국의 후원자들은 2006년 한 해만 해도 44만 건이 넘는 소액대출을 제공하고 2억 달러가 넘는 식량보조금을 지원했다.

다른 모든 종교도 형식은 다르지만 나눔의 윤리적 의무를 가르친다. 불교도들에게 다른 사람을 돕는 일은 완전한 깨달음에 이르는 필수적인 단계이다. 그들은 자선을 거부하는 이기심이 성숙을 지체시키며, '다나 파라미타(Dana Paramita)'로 알려진 자비심에 따라 대상과 장소에 상관없이 도움이 필요한 사람에게 가진 것을 베풀어야 한다고 믿는다. 또 그들은 아무런 보상을 바라지 않고 행하는 자선은 우리 모두에게 필요한 질투심과 증오로부터 자유로운 마음을 얻는 데 필수적이라고 생각한다.

종교를 가졌든 그렇지 않든, 우리는 공통의 인간적 가치가 흥미롭고 불가피한 차이보다 더 중요하며, 모든 사람이 소중한 존재라는 사실을 이해하는 데 모두의 생존이 걸린 서로 의지하는 세상에 살고 있다. 15만년 전에 첫 인류가 초원 위에 섰던 아프리카의 어떤 부족들은 서로를 맞이하는 특이한 인사법을 갖고 있다. 그들은 인사를 받으면 '나는 당신을 봅니다.' 라고 응대한다. 우리가 정말로 서로를 바라본다면 세상이 얼마나 나아질지 생각해 보라.

나눔이 여러분을 더 행복하게 만들어 줄까? 여러분은 스스로 그 답을 찾아야 할 것이다. 나와 함께 아프리카로 가서 도움을 준 마을사람들과 대화하던 빌 게이츠 부부는 행복해 보였다. 뼈가 부러질지도 모르는 위험을 무릅쓰고 미시시피의 수재민들을 돕던 브라이앤 슈완테스는 행복해 보였다. 다른 삶의 가능성에 대한 이야기로 가난한 아이들의 눈을 밝히던 존 브라이언트는 행복해 보였다. 자신은 누리지 못했던 배움의 기회를 어린 학생들에게 주기 위해 평생 모은 재산을 기증한 오시올라 맥카티는 행복해 보였다. 자신이 대학에 보낸 수만 명의 학생들을 바라보던 카를로스 슬림은 행복해 보였다.

정치적으로는 거의 상극인 두 유명인사, 바브라 스트라이샌드(Barbra Streisand)와 루퍼트 머독(Rupert Murdoch)이 기후변화에 맞서 싸우는 우리 재단의 활동을 후원하기 위해 처음 뜻을 모았을 때, 두 사람은 행복해 보였다. 우리의 에이즈 퇴치활동을 후원한 크리스와 바실 스테이모스, 크리스 혼과 제이미 쿠퍼-혼, 프랭크 시나트라와 프레드 에이차너 외 다른 모든 사람들이 자신들 덕분에 살아남은 아이의 눈을 들여다볼 때, 그들은 행복해 보였다.

현대 문화의 너무나 많은 부분이 방종과 자기 파괴의 이야기로 물들어 있다. 현대 정치의 너무나 많은 부분이 솔직한 정책의 차이가 아니라 인신공격에 매몰되어 있다. 현대 미디어의 너무나 많은 부분이 다른 사람의 품위를 떨어뜨리고, 최악의 순간으로 그들을 재단하며, 그들의 고통을 이용하여 돈을 번 사람들에 의해 잠식되어 있다. 누가 더 행복할까? 통합하는 사람들일까 아니면 분열시키는 사람들일까? 만드는 사람들일까 아니면 부수는 사람들일까? 나누는 사람들일까 아니면 갖기만 하는 사람들일까?

나는 여러분이 답을 알고 있을 것이라고 생각한다. 거리 저 편에 그리고 바다 건너에 여러분을 필요로 하는 세상이 있다. 가서 나누자!

●●● 감사의 말씀

『마이 라이프』를 쓸 때와 마찬가지로 자료를 모아서 정리하고, 추가 조사를 하고, 교정을 보고, 내가 노트에 쓴 원고를 몇 번이고 다시 입력한 저스틴 쿠퍼(Justin Cooper)에게 가장 큰 도움을 받았다. 원고를 작성하던 마지막 3주 동안 캐이틀린 클레보릭(Caitlin Klevoric) 역시 저스틴을 도와 사실 관계를 확인하는 일을 잘해주었다.

도무지 지치는 법이 없는 나의 편집자 밥 고틀립(Bob Gottlieb)은 이번에도 봉사활동의 인간적인 면을 강조하도록 상기시키고, 모든 사람에게 잘 알려진 나눔의 사례를 보다 많이 포함하도록 촉구하고, 정책과 관련된 딱딱한 내용을 지나치지 않은 선에서 가능한 부드럽게 다듬는 아주 중요한 역할을 했다.

이 책이 나오도록 도와준 크노프출판사의 다른 분들, 나눔이라는 주제를 책으로 낼 가치가 있다고 믿어준 소니 메타(Sonny Mehta) 회장 겸 편집책임자, 출간작업을 지원한 토니 키리코(Tony Chirico) 사장, 원고를 읽고 시민들이 유일한 밑천인 아이디어와 열정만으로 시작한 몇 개의 훌륭한 프로젝트를 추가하자고 제안한 캐스린 후리건(Katherine Hourigan) 편집주간, 교정과 책의 완성에 기여한 앤디 휴즈(Andy

Hughes), 마리아 매시(Maria Massey), 제시카 프리먼-슬레이드(Jessica Freeman-Slade) 외 많은 직원들에게도 감사드린다.

이 책의 전부 또는 일부를 읽고 조언을 해 준 힐러리와 첼시, 장모이신 도로시 로드햄(Dorothy Rodham), 변호사 밥 바넷(Bob Barnett) 그리고 더그 밴드(Doug Band), 샌디 버거(Sandy Berger), 론 버클(Ron Burkle), 토미 캐플란(Tommy Caplan), 오스카 플로레스(Oscar Flores), 프랭크 지우스트라(Frank Giustra), 롤랜도 곤잘레스-분스터(Rolando Gonzalez-Bunster), 로라 그래험(Laura Graham), 브루스 린지(Bruce Lindsey), 쉐릴 밀즈(Cheryl Mills), 에릭 노낙스(Eric Nonacs), 존 포데스타(John Podesta), 트루퍼 샌더즈(Trooper Sanders), 진 스펄링(Gene Sperling), 마크 바이너(Mark Weiner) 등 모든 분에게 감사드리고 싶다.

이 책을 쓰면서 그들의 활동에 대한 정보를 제공하고 그들이 나눔을 실천하는 이유에 대해 말해 준 사람들에게도 도움을 받았다. 그들이 들려준 말은 대부분 이 책에서 인용되었다.

책을 쓰는 일에는 많은 시간이 든다. 책을 쓰는 동안 나의 재단과 도서관 및 센터 그리고 클린턴 글로벌 이니셔티브는 직원들의 헌신적 노력 덕분에 잘 운영될 수 있었다. 그들 모두에게 깊이 감사드리며 특히 비서실장이자 부시-클린턴 카트리나와 쓰나미 기금에서 대리인으로 활동하는 로라 그래험, 보다 건강한 세대를 위한 연대, 도시기업개발 이니셔티브 그리고 책에서 소개한 다른 경제적 권한부여 단체를 상대로 연락업무를 맡고 있는 트루퍼 샌더즈, HIV/에이즈 이니셔티브, 클린턴-헌터 개발 이니셔티브, 클린턴 글로벌 이니셔티브를 담당하는 외교정책보좌관이자 연락관인 에릭 노낙스에게 고마움을 전한다. 그들은 언제나 맡은 바 이상의 일을 해 낸다.

끝으로 나의 활동이 가능하도록 시간과 돈을 나눈 사람들에게 감사드린다. 이 책에 소개된 다른 후원자들과 마찬가지로 다양한 연령대와 경제수준에 걸쳐 있는 그들은 전임에서부터 1주일에 몇 시간씩 자원봉사를 하거나 몇 달러에서부터 몇 백만 달러까지 기부를 해 주었다. 그들이 없었다면 나의 봉사활동도 제대로 이루어지지 않았을 것이다. 나는 그들의 은혜를 영원히 잊지 않을 것이다. 내가 할 수 있는 일은 그들이 자신의 모든 선행에 대하여 마땅한 행복을 누렸기를 바라는 것뿐이다.

●●● 참고 자료

1장

웹 사 이 트

- 앰네스티 인터내셔널(Amnesty International): amnesty.org
- 빌 앤 멀린다 게이츠재단(Bill and Melinda Gates Foundation): gatesfoundation.org
- 부시-클린턴 카트리나 기금(Bush-Clinton Katrina Fund): bushclintonkatrinafund.org
- 카터센터(Carter Center): cartercenter.org
- 클린턴 글로벌 이니셔티브(Clinton Global Initiative): clintonglobalinitiative.org
- 클린턴재단 HIV/에이즈 이니셔티브(Clinton Foundation HIV/AIDS Initiative): clintonfoundation.org
- 국경 없는 의사회(Doctors Without Borders): doctorswithoutborders.org
- 그라민은행(Grameen Bank): grameen-info.org
- 그린벨트운동(Green Belt Movement): greenbeltmovement.org
- 사랑의 집짓기(Habitat for Humanity): habitat.org
- 원 캠페인(ONE Campaign): one.org
- 오퍼튜니티 인터내셔널(Opportunity International): opportunity.org
- 오퍼튜니티 인터내셔널 호주지부(Opportunity International Australia): opportunity.org.au
- 옥스팜(Oxfam): oxfamamerica.org
- 적십자(Red Cross): redcross.org
- 여성자영업연합(인도)(Self Employed Women' s Association): sewa.org
- 쇼어은행(ShoreBank Corporation): shorebankcorp.com
- 유엔(United Nations): http://www.un.org
- 유나이티드 웨이(United Way): national.unitedway.org

- 윌리엄 J. 클린턴재단(William J. Clinton Foundation): clintonfoundation.org
- 세계 야생동물 기금(World Wildlife Fund): worldwildlife.org

서 적

- 아시프 돌라(Asif Dowla), 디팔 바루아(Dipal Barua)『가난한 사람들은 언제나 빚을 갚는다: 그라민 2세 이야기(The Poor Always Pay Back: The Grameen Ⅱ Story)』 쿠마리안 출판(Kumarian Press), 2006
- 앨리슨 H. 파인(Allison H. Fine)『계기: 인터넷 시대에 사회적 변화를 촉발하기(Momentum: Igniting Social Change in the Connected Age)』 조시-배스(Jossey-Bass), 2006
- 왕가리 마타이(Wangari Maathai)『굽힘 없는 의지(Unbowed)』 알프레드 A. 크노프(Alfred A. Knopf), 2006
- J. F. 리샤드(J. F. Rischard)『정점: 20개의 지구적 문제, 그들을 풀기 위한 20년(High Noon: Twenty Global Problems, Twenty Years to Solve Them)』 베이식 북스(Basic Books), 2002
- 알렉시스 드 토크빌(Alexis de Tocqueville)『미국의 민주주의(Democracy in America)』 에브리멘즈 라이브러리(Everyman' s Library), 1994
- 무함마드 유누스(Muhammad Yunus)『가난한 사람들을 위한 은행가: 소액대출과 전 세계의 빈곤과의 전쟁(Banker to the Poor: Micro-Lending and the Battle Against World Poverty)』 퍼블릭어페어즈(PublicAffairs), 1999

2장

웹 사 이 트

- 아이들을 위한 무조건적인 보답(ARK: Absolute Return for Kids): arkonline.org
- 미국심장협회(American Heart Association): americanheart.org
- 미국자선재단(American Institute of Philanthropy): charitywatch.org
- 뉴올리언즈 동물구조대(Animal Rescue New Orleans): animalrescueneworleans.com
- 바이 키즈 포 키즈(By Kids for Kids): bkfk.com
- 캔서케어(CancerCare): cancercare.org
- 기아구호를 위한 칼라(Challah for Hunger): challahforhunger.org
- 자선 네비게이터(Charity Navigator): charitynavigator.org

■ 체스-인-더-스쿨즈(Chess-in-the-Schools): chessintheschools.org
■ 아동투자기금재단(Children' s Investment Fund Foundation): ciff.org
■ 기업공동체파트너들(Enterprise Community Partners): enterprisecoummunity.org
■ 풍요한 희망(Fertile Hope): fertilehope.org
■ 국경 없는 친구들(Friends Without a Border): fwab.org
■ 기브(Give): give.org
■ 가이드스타(Guidestar): guidestar.org
■ 할렘아동지역(Harlem Children' s Zone): hcz.org
■ 아동구호기금(Kids to the Rescue): kidstotherescue.org
■ 식탁자선신탁(Kitchen Table Charities Trust): kitchentablecharities.org
■ 키바(Kiva): kiva.org
■ 랜스암스트롱재단(Lance Armstrong Foundation): livestrong.org
■ 인디언 암생존자 국립사무소(National Office of Native Cancer Survivorship): oncs.org
■ 오프라의 천사 네트워크(Oprah' s Angel Network): oprahsangelnetwork.org
■ 오프라 윈프리 리더십 아카데미재단(Oprah Winfrey Leadership Academy Foundation): oprahwinfreyleadershipacademy.org
■ 오시올라 맥카티 장학기금(Oseola McCarty Scholarship Fund): usm.edu/pr/oolamain.htm
■ 보건을 위한 파트너들(Partners in Health): pih.org
■ 로빈훗재단(Robin Hood Foundation): robinhood.org
■ 평화의 씨앗들(Seeds of Peace): seedsofpeace.org
■ 수잔 톰슨 버펫재단(Susan Thompson Buffett Foundation): buffettscholarships.org

서 적

■ 루이스 B. 쿨만(Lewis B. Cullman)『죽을 때 가지고 갈 순 없어요: 돈을 벌고 나누는 기술(Can' t Take It with You: The Art of Making and Giving Money)』 존 와일리 앤 선즈(John Wiley & Sons), 2004
■ 조엘 L. 플레시먼(Joel L. Fleishman)『재단(The Foundation)』 퍼블릭어페어즈(Public Affairs), 2007
■ 프레디 자일러(Freddi Zeiler)『아이들을 위한 나눔의 지침서(A Kid' s Guide to Giving)』 이노베이티브 키즈(Innovative Kids), 2006

3장

웹 사 이 트

- 에이콘(ACORN): acorn.org
- 보다 건강한 세대를 위한 연대(Alliance for a Healthier Generation): healthiergeneration.org
- 미국봉사단(AmeriCorps): americorps.org
- 미국아동봉사단(AmeriKids): campamerikids.org
- 빅 브라더즈 빅 시스터즈(Big Brothers Big Sisters): bbbsa.org
- 시티 이어(City Year): cityyear.org
- 약속의 집(Covenant House): covenanthouse.org
- 에이즈, 결핵, 말라리아 퇴치를 위한 국제기금(Global Fund to Fight AIDS, Tuberculosism, and Malaria): http://www.theglobalfund.org
- 구글자선사업 홈페이지: google.org
- 미국의 마음재단(The Heart of America Foundation): heartofamerica.org
- 헨리 스트리트 세틀먼트(Henry Street Settlement): henrystreet.org
- 버겐 카운티 노숙자를 위한 종교연대(Inter-Religious Fellowship for the Homeless of Bergen County): irfhomeless.org
- 신나게 뛰어노는 건강도전대회(Let' s Just Play-Go Healthy): nick.com/letsjustplay
- 로스엔젤레스 환경보존단(Los Angeles Conservation Corps): lacorps.org
- 소원들어주기재단(Make-A-Wish Foundation): wish.org
- 전국비만포럼(영국)(National Obesity Forum): nationalobesityforum.org.uk
- 오팔라가족재단(Orfalea Family Foundation): orfaleafamilyfoundation.org
- 평화봉사단(Peace Corps): peacecorps.gov
- 프로젝트홈(Project H.O.M.E.): projecthome.org
- 로드홈(Road Home): road21a.org
- 로버트 우드 존슨재단(Robert Wood Johnson Foundation): rwjf.org
- 태양전력조명기금(Solar Electric Light Fund): self.org
- 아칸소대 클린턴사회봉사대학원(University of Arkansas, Clinton School of Public Service): clintonschool.uasys.edu
- 발런티어 매치(Volunteer Match): volunteermatch.org
- 발런티어 리딩 헬프(Volunteer Reading Help): vrh.org.uk
- 발런티어링 오스트레일리아(Volunteering Australia): volunteeringaustralia.org

■ 발런티어링 잉글랜드(Volunteering England): volunteering.org.uk
■ 발런티어링 뉴질랜드(Volunteering New Zealand): volunteering.org.nz
■ VSO: vso.org.uk
■ 염오협회(Yum-o! Organization): yum-o.org

서 적

■ 폴 파머(Paul Farmer) 『감염과 불평등(Infections and Inequalities)』 캘리포니아대 출판부(University of California Press), 1999
■ 폴 파머 『힘의 병리학: 의료, 인권 그리고 가난한 사람들에 대한 새로운 전쟁 (Pathologies of Power: Health, Human Rights, and the New War on the Poor)』 캘리포니아대 출판부, 2004
■ 트레이시 키더(Tracy Kidder) 『산 너머 산(Mountains Beyond Mountains』 랜덤 하우스(Random House), 2003
■ 크레이그 킬버거(Craig Kielburger), 마크 킬버거(Marc Kielburger) 『나에게서 우리로: 물질적인 세계에서 의미 찾기(Me to We: Finding Meaning in a Material World)』 파이어사이드(Fireside), 2006
■ 윌 마셜(Will Marshall), 마크 포터 마지(Marc Porter Magee) 『미국봉사단 실험과 국가안보의 미래(The AmerCorps Experiment and the Future of National Service)』 진보정책재단(Progressive Policy Institute), 2005
■ 엘리자베스 메이(Elizabeth May) 『여가시간에 세상을 구하는 법(How to Save the World in Your Spare Time)』 키 포터 북스(Key Porter Books), 2007

4장

웹 사 이 트

■ 미국의 두 번째 수확(America' s Second Harvest): secondharvest.org
■ 굿윌(Goodwill): goodwill.org
■ 하우스 이어재단(House Ear Institute): hei.org
■ 사랑의 머리결(Locks of Love): locksoflove.org
■ 뮤지케어스(Musicares): grammy.com/musicares
■ 뮤직 라이징(Music Rising): musicrising.org
■ 농촌발전연합협회(Organization of Rural Associations for Progress): synergos.org/voices/orap1.html

- 포인츠 오브 라이트재단(Points of Light Foundation): pointoflight.org
- 전립선암재단(Prostate Cancer Foundation): prostatecancerfoundation.org
- 룸 투 리드(Room to Read): roomtoread.org
- 구세군(Salvation Army): salvationarmyusa.org
- 사마리아인의 지갑(Samaritan' s Purse): samaritanspurse.org
- 세이브 더 칠드런(Save the Children): savethechildren.org
- 유니세프(UNICEF): unicef.org
- 미국-아프리카 아동연대(U.S.-Africa Children' s Fellowship): childrenfellowship.org
- VH1 세이브 더 뮤직재단(VH1 Save the Music Foundation): vh1.com/partners/save_the_music/
- 세계자전거원조단(World Bicycle Relief): worldbicyclerelief.org
- 월드 비전 인터내셔널(World Vision International): worldvision.org

서 적

- 자이납 살비(Zainab Salbi) 『두 개의 세상 사이에서: 폭정으로부터의 탈출: 사담의 그림자 속에서 보낸 성장기(Between Two Worlds: Escape from Tyranny: Growing Up in the Shadow of Saddam)』 고담(Gotham), 2005
- 존 우드(John Wood) 『세상을 바꾸기 위해 마이크로소프트를 떠나다(Leaving Microsoft to Change the World)』 콜린즈(Collins), 2006

5장

웹 사 이 트

- 대수학 프로젝트(Algebra Project): algebra.org
- 아메리카 런즈(America Learns): americalearns.net
- 아메리카 리즈(America Reads): ad.gov/inits/americareads
- 안드레 애거시 자선재단(Andre Agassi Charitable Foundation): agassifoundation.org
- 안드레 애거시 대입준비 아카데미(Andre Agassi College Preparatory Academy): agassiprep.org
- 미국 청소년 클럽(Boys and Girls Club of America): bgca.org
- 외교적 행동을 위한 비즈니스(Business for Diplomatic Action). businessfordiplo-

maticaction.org

- 에피커시재단(Efficacy Institute): efficacy.org
- 걸즈 인코퍼레이티드(Girls Incorporated): girlsinc.org
- 취학전 아동을 둔 부모를 위한 가정교육(HIPPY: Home Instruction for Parents of Preschool Youngsters): hippyusa.org
- 메이요 클리닉(Mayo Clinic): mayoclinic.com
- 전국 아카데미재단(National Academy Foundation): naf.org
- 전국 조기교육협회(National Head Start Association): http://www.nhsa.org
- 희망사업단(Operation Hope): operationhope.org
- 자녀교육지원단(Parents as Teachers): parentsasteachers.org
- 리딩 리커버리(Reading Recovery): readingrecovery.org
- 타이거 우즈재단(Tiger Woods Foundation): twfound.org
- 타이거 우즈 학습센터(Tiger Woods Learning Center): twlc.org
- 위민 포 위민 인터내셔널(Women for Women International): womenforwomen.org
- 젊은 아랍 리더들(Young Arab Leaders): yaleaders.org

서 적

- 힐러리 로드햄 클린턴(Hillary Rodham Clinton)『집밖에서 더 잘 크는 아이들(It takes a village)』 사이먼 앤 슈스터(Simon & Schuster), 1996

6장

웹 사 이 트

- 알콜중독자모임(Alcoholics Anonymous): alcoholics-anonymous.org
- 애니 E. 케이시재단(Annie E. Casey Foundation): http://www.aecf.org
- 바드교도소프로젝트(Bard Prision Project): http://www.bard.edu/bpi
- 부시-클린턴 휴스턴 쓰나미기금(Bush-Clinton Houston Tsunami Fund): state.gov/r/pa/ei/pix/b/sa/45733.htm
- 포드재단(Ford Foundation): fordfound.org
- 조지 부시 대통령 도서관재단(George Bush Presidential Library Foundation): http://www.georgebushfoundation.org/bush/
- 인터페이스 유스 코어(Interfaith Youth Core): ifyc.org

■ 요르단강재단(Jordan River Foundation): www.jordanriver.jo
■ 피스플레이어즈 인터내셔널(PeacePlayers International): playingforpeace.org
■ 알렉산드리아의 오순절교회(Pentecostals of Alexandria): thepentecostals.org
■ 퍼블릭/프라이빗 벤처스(Public/Private Ventures): ppv.org
■ 레디포워크(Ready4Work): ready4work.com
■ 미국 드림 아카데미(U.S. Dream Academy, Inc.): usdreamacademy.com
■ 바이틀 보이시즈 데모크라시 이니셔티브(Vital Voices Democracy): vitalvoices.org

서 적

■ 메리 조 베인(Mary Jo Bane), 브렌트 코핀(Brent Coffin), 리처드 히긴스(Richard Higgins) 『진지한 믿음의 소유(Taking Faith Seriously)』 하버드대 출판부(Harvard University Press), 2005
■ 베스 오도넬(Beth O' Donnell), 킴벌리 세브칙(Kimberley Sevcik) 『아프리카의 천사들(Angels in Africa)』 방돔출판(Vendome Press), 2006
■ 에부 파텔(Eboo Patel), 파트리스 브로듀어(Patrice Brodeur) 『인터페이스 유스 운동 구축하기(Building the Interfaith Youth Movement)≫ 로우먼 앤 리틀필드(Rowman & Littlefield), 2006
■ 로날드 J. 사이더(Ronald J. Sider) 『오직 관대: 미국의 빈곤문제를 극복하기 위한 새로운 비전(Just Generosity: A New Vision for Overcoming Poverty in America)』 베이커 북스(Baker Books), 1999
■ 존 웰라치(John Wallach), 마이클 웰라치(Michael Wallach) 『적도 사람이다: 평화의 씨앗 체험(The Enemy Has a Face: The Seeds of Peace Experience)』 미국 평화 출판 재단(United States Institute of Peace Press), 2000

7장

웹 사 이 트

■ 버나드 앤 오드리 라포포트재단(Bernard and Audre Rapoport Foundation): rapoportfdn.org
■ 하이퍼 인터내셔널(Heifer International): heifer.org
■ 페이지 교육재단(Page Education Foundation): page-ed.org
■ 리드 투 피드(Read to Feed): readtofeed.org
■ 우분투 교육기금(Ubuntu Education Fund): ubuntufund.org

■ 미국 친환경건축위원회(U.S. Green Building Council): usgbc.org

서 적

■ 페이지 맥브라이어(Page McBrier), 로리 로스퇴터(Lori Lohstoeter)『베아트리체의 염소(Beatrice' s Goat)』 아테네움(Atheneum), 2001

8장

웹 사 이 트

■ 아비시니안 개발법인(Abyssinian Development Corporation): http://www.adcorp.org

■ 아프리카 개발재단(African Development Foundation): adf.gov

■ 미국인도재단(American India Foundation): http://www.aifoundation.org

■ 미국의 약속연대(America' s Promise Alliance): americaspromise.org

■ 중앙아시아재단(Central Asia Institute): ikat.org

■ CHF 인터내셔널(CHF International): chfinternational.org

■ 클린턴-헌터 개발 이니셔티브(Clinton-Hunter Development Initiative): clinton-foundation.org

■ 칼리지 트랙(College Track): collegetrack.org

■ 미국 흑인사회와의 서약(Covenant with Black America): covenantwithblackamerica.com

■ 뉴욕 그레이터 앨런 A.M.E.교회(Greater Allen A.M.E. Cathedral of New York): allencathedral.org

■ 호프(H.O.P.E.): southafricanhope.org

■ 헌터재단(Hunter Foundation): thehunterfoundation.co.uk

■ 라이베리아 기업 개발기금(Liberia Enterprise Development Fund): http://www.chfhq.org/content/general/detail/4614

■ 지역사업지원법인(Local Initiatives Support Corporation): lisc.org

■ 밀레니엄 프라미스(Millennium Promise): millenniumpromise.org

■ 해외투자공사(Overseas Private Investment Corporation): opic.gov

■ 페니즈 포 피스(Pennies for Peace): penniesforpeace.org

■ 유엔 밀레니엄 개발목표(U.N. Millennium Development Goals): http://www.un.org/millenniumgoals

■ 도시기업개발 이니셔티브(Urban Enterprise Initiative): clintonfoundation.org

서 적

■ 재닌 맥스웰(Janine Maxwell)『나는 괜찮치 않아(It' s Not Okay with Me)』 와인프레스 출판(Winepress Publishing), 2006

■ 그렉 모텐슨(Greg Mortenson), 데이빗 올리버 렐린(David Oliver Relin)『세 잔의 차: 테러리즘과 싸우고 어려운 나라들을 돕기 위한 한 사람의 사명(Three Cups of Tea: One Man' s Mission to Fight Terrorism and Build Nations)』 바이킹(Viking), 2006

■ 제프리 D. 삭스(Jeffrey D. Sachs)『빈곤의 종말(The End of Poverty)』 펭귄출판(Penguin Press), 2005

■ 태비스 스마일리(Tavis Smiley)『미국 흑인사회와의 서약(The Covenant with Black America)』 제3세계 출판(Third World Press), 2006

■ 태비스 스마일리(Tavis Smiley)『서약의 실천(The Covenant in Action)』 스마일리북스(Smiley Books), 2007

9장

웹 사 이 트

■ 아쇼카(Ashoka): ashoka.org

■ 비하이브(The Beehive): thebeehive.org

■ 셀 바자르(Cell Bazaar): corp.cellbazaar.com

■ 서클렌딩(CircleLending): circlelending.com

■ 커먼 센스 미디어(Common Sense Media): commonsensemedia.org

■ 대니얼 펄재단(Daniel Pearl Foundation): danielpearl.org

■ 에코잉 그린재단(Echoing Green Foundation): echoinggreen.org

■ 글로벌기빙(GlobalGiving): globalgiving.com

■ 카붐!(KaBOOM!): kaboom.org

■ 메이킹 헤드웨이재단(Making Headway Foundation)

■ 마디스트 니즈(Modest Needs): modestneeds.org

■ 닉 웨버신탁(Nick Webber Trust): nickwebbertrust.dynalias.org

■ 오미디아르 네트워크(Omidyar Network): omidyar.net

■ 원 이코노미(One Economy): one-economy.com

- 로리 펙신탁(Rory Peck Trust): rorypecktrust.org
- 사회적 기업가를 위한 슈왑재단(Schwab Foundation for Social Entrepreurship): schwabfound.org
- 지속가능한 남부 브롱크스(Sustainable South Bronx): ssbx.org
- 테아재단(The THEA Foundation): theafoundation.org
- 세계경제포럼(World Economic Forum): http://www.weforum.org

서 적

- 데이빗 본스타인(David Bornstein)『세상을 바꾸는 법: 사회적 기업가와 새로운 아이디어의 힘(How to Change the World: Social Enterpreneurs and the Power of New Ideas)』옥스포드대 출판부(Oxford University Press), 2004

10장

웹 사 이 트

- 클린테크 네트워크(Cleantech Network): cleantech.com
- 공정무역인증커피 연대(Fair Trade Certified Coffee Alliance): transfairusa.org
- GE 이코매지네이션(GE Ecomagination): ge.ecomagination.com
- 글로벌 페어니스 이니셔티브(Global Fairness Initiative): globalfairness.org
- 미주개발은행(Inter-American Development Bank): http://www.iadb.org
- 코슬라 벤처스(Khosla Ventures): khoslaventures.com
- 매직 존슨재단(Magic Johnson Foundation): magicjohnson.org
- 세계기후변화에 대응하는 퓨센터(Pew Center on Global Climate Change): pewclimate.org
- 록키 마운틴재단(Rocky Mountain Institute): rmi.org
- 산요 씽크가이아(Sanyo Think GAIA): sanyo.com/thinkgaia
- 트레이드 에이드(Trade Aid): tradeaid.uk.org
- 버진 어스 챌린지(Virgin Earth Challenge): http://www.virginearth.com
- 엑스 프라이즈재단(X PRIZE Foundation): xprize.org

서 적

- 레스터 R. 브라운(Lester R. Brown)『에코-이코노미(Eco-Economy)』W.W. 노턴(W.W. Norton), 2001

■ 레스터 R. 브라운 「플랜 B 2.0: 고통받는 지구와 위기에 처한 문명 구하기(Plan B 2.0: Rescuing a Planet Under Stress and a Civilization in Trouble)」 W.W. 노턴, 2006
■ 존 H. 더닝(John H. Dunning) 「좋은 지구화 만들기(Making Globalization Good)」 옥스포드대 출판부, 2003
■ 팀 플래너리(Tim Flannery) 「기후 조작자들: 인간은 어떻게 기후를 바꾸고 기후변화가 지구의 생명체에 미치는 영향은 무엇인가(The Weather Makers: How Man Is Changing the Climate and What It Means for Life on Earth)」 애틀랜틱 먼슬리 출판부(Atlantic Monthly Press), 2006
■ 앨 고어(Al Gore) 「위기의 지구(Earth in the Balance)」 하우턴 미플린(Houghton Mifflin), 1992
■ 앨 고어 「불편한 진실(An Inconvenient Truth)」 로데일 출판(Rodale Press), 2006
■ 스투어트 L. 하트(Stuart L. Hart) 「갈림길에 선 자본주의(Capitalism at the Crossroads)」 와튼 스쿨(Wharton School), 2007
■ 폴 호켄(Paul Hawken), 애모리 로빈스(Amory Rovins), 헌터 L. 로빈스(Hunter L. Lovins) 「자연적 자본주의: 다음 산업혁명 창조하기(Natural Capitalism: Creating the Next Industrial Revolution)」 리틀, 브라운 앤 컴퍼니(Little, Brown and Co.), 1999
■ 제레미 K. 레짓(Jeremy K. Leggett) 「텅빈 탱크: 석유, 가스, 뜨거운 공기 그리고 다가오는 지구적 금융파국(The Empty Tank: Oil, Gas, Hot Air, and the Coming Global Financial Catastrophe)」 랜덤 하우스, 2005
■ 애모리 로빈스, 카일 E. 다타(Kyle E. Datta), 아드-이븐 부스트네스(Odd-Even Bustnes), 조나단 G. 쿠미(Jonathan G. Koomey), 네이선 J. 글래스고(Nathan J. Glasgow) 「석유 고갈단계에서 승리하기(Winning the Oil Endgame)」 록키 마운틴 재단, 2004
■ 조나슨 포리트(Jonathon Porritt) 「자본주의: 세계가 중요한 것처럼(Capitalism: As If the World Matters)」 어스스캔(Earthscan), 2005
■ 조셉 E. 스티글리츠(Joseph E. Stiglitz), 앤드류 찰턴(Andrew Charlton) 「모두를 위한 공정무역(Fair Trade for All)」 옥스포드대 출판부, 2005
■ 크리시 트래스크(Crissy Trask) 「손쉬운 환경보호: 환경친화적 생활을 위한 핸드북(It's Easy Being Green: A Handbook for Earth-Friendly Living)」 깁스 스미스(Gibbs Smith), 2006
■ 다나 G. 우드(Donna G. Wood), 잔느 M. 록스던(Jeanne M. Logsdon), 팻시 G.

레웰린(Patsy G. Lewellyn), 킴 데이븐포트(Kim Davenport) 『글로벌 비즈니스 시민권: 윤리와 지속가능한 자본주의를 위한 변혁적 기본틀(Global Business Citizenship: A Transformative Framework for Ethics and Sustainable Capitalism)』 M.E. 샤프(M.E. Sharpe), 2006

11장

웹 사 이 트

- C40도시들-기후리더십 그룹(C40Cities-Climate Leadership Group): c40cities.org
- 클린턴 기후 이니셔티브(Clinton Climate Initiative): clintonfoundation.org
- 헌터재단(The Hunter Foundation): thehunterfoundation.co.uk
- 국제의약품구매기구(UNITAID): http://www.unitaid.eu/en/

서 적

- 앤 C. 콘로이(Anne C. Conroy) 『빈곤, 에이즈 그리고 기아: 말라위의 빈곤문제 해결하기(Poverty, AIDS and Hunger: Breaking the Poverty Trap in Malawi)』 폴그레이브 맥밀런(Palgrave Macmillan), 2007
- 월드 뱅크 국가 조사(World Bank Country Study) 『르완다의 교육현황: 전후 개발 및 기아층 감소를 가속시키기 위한 자원의 재분배(Education in Rwanda: Rebalancing Resources to Accelerate Post-Conflict Development and Poverty Reduction)』 월드 뱅크 출판부(World Bank Publications), 2003

12장

웹 사 이 트

- 미국 은퇴자협회(AARP): aarp.org
- 함께 하는 더 나은 보건(Better Health Care Together): betterhealthcaretogether.org
- 세상을 위한 빵(Bread for the World): bread.org
- 공공선을 위한 가톨릭교도연대(Catholics in Alliance for the Common Good): catholicsinalliance.org
- 미국발전센터(Center for American Progress): americanprogress.org
- 책임감있는 대출센터(Center for Responsible Lending): responsiblelending.org
- 세레스(Ceres): ceres.org
- 에너지 기업가 네트워크(Energy Entrepreneurs Network): green-alliance.org.uk

- 환경보호단(Environmental Defense): environmentaldefense.org
- 대중의 삶을 위한 종교(Faith in Public Life): faithinpubliclife.org
- 패밀리즈 유에스에이(Families USA): familiesusa.org
- 세계백신면역연맹(GAVI Alliance): gavialliance.org
- 그린피스(Greenpeace): greenpeace.org
- 국제통화기금(International Monetary Fund): imf.org
- 모 이브라힘재단(Mo Ibrahim Foundation): http://www.moibrahimfoundation.org
- 전국 유방암연합(National Breast Cancer Coalition): http://www.natlbcc.org
- 전미 교회협의회(National Council of Churches USA): ncccusa.org
- 내셔널 지오그래픽의 그린 가이드(National Geographic' s The Green Guide): thegreenguide.com
- 전국 전립선암연합(National Prostate Cancer Coalition): fightprostatecancer.org
- 자연자원보호위원회(Natural Resources Defense Council): nrdc.org
- 넥스트에너지(NextEnergy): nextenergy.org
- 나인밀리언닷오르그(ninemillion.org): ninemillion.org
- 전립선암재단(Prostate Cancer Foundation): prostatecancerfoundation.org
- 시에라클럽(Sierra Club): sierraclub.org
- 소저너즈(Sojourners): sojo.net
- 테크타운(TechTown): techtownsu.org
- 유니세프(UNICEF): unicef.org
- 유엔(United Nations): http://www.un.org
- 유엔재단(United Nations Foundation): unfoundation.org
- 미국 시장간 기후보호합의(U.S. Mayors Climate Protection Agreement): usmayors.org/climateprotection
- 평화를 지키는 여성 네트워크(Women Waging Peace Network): womenwagingpeace.net
- 월드뱅크(World Bank): worldbank.org
- 국제보건기구(World Health Organization): who.int
- 야후자선사업 홈페이지(Yahoo! for Good): brand.yahoo.com/forgood

서 적

- 『공급 사슬이 세상을 구한다(Supply Chain Saves the World)』 AMR 리서치(AMR

Research), 2006
- 마이클 에드워즈(Michael Edwards)『시민 사회(Civil Society)』 폴리티 출판(Polity Press), 2004
- 스와니 헌트(Swanee Hunt)『이것은 우리의 전쟁이 아니었다: 평화를 요구하는 보스니아 여성들(This Was Not Our War: Bosnian Women Reclaiming the Peace)』 듀크대 출판부(Duke University Press), 2004
- 피터 캐로프(Peter Karoff), 제인 매덕스(Jane Maddox)『우리가 원하는 세상: 자선과 사회변화의 새로운 차원(The World We Want: New Dimensions in Philanthropy and Social Change)』 알타미라 출판(AltaMira Press), 2007
- 그렉 팔(Greg Pahl)『시민들이 주도하는 에너지 핸드북(The Citizen-Powered Energy Handbook)』 첼시 그린 출판(Chelsea Green Publishing), 2007
- 비제이 V. 바이시스와란(Vijay V. Vaitheeswaran)『사람들에게 권력을: 다가오는 에너지혁명이 어떻게 산업과 우리의 삶을 바꾸고 지구를 구할 것인가(Power to the People: How to the Coming Energy Revolution Will Transform an Industry, Change Our Lives, and Maybe Even Save the Planet)』 파라, 스트라우스 앤 지로(Farrar, Straus and Giroux), 2003

13장

웹 사 이 트

- 미국유태인 세계봉사단(American Jewish World Service): ajws.org
- 반인종주의연맹(Anti-Defamation League): adl.org
- 도심무슬림 행동네트워크(Inner-City Muslim Action Network): imancentral,org
- 미국유태인자선사업단(Jewish Charities of America): http://www.jewishcoa.org
- 메이즌(Mazon): mazon.org
- 유나이티드 주이쉬 어필(United Jewish Appeal): uja.org
- 월드비전 인터내셔널(World Vision International): worldvision.org